"I'll do that, son," he said. "And congratulations. We were all pulling for you."

So it was over. Before I left, I talked to Captain Williams about Green and Schwartz, and he assured me they would be freed as a consequence of the verdict in my trial. And sure enough, with some help from Gene and Denny, they had their convictions set aside on appeal, so my defense team ultimately won three acquittals instead of one.

As for me, two days later I was on a flight headed for the United States. But the Marines got in one more lick before I was discharged: My orders were fouled up and I was stranded for 48 hours in Guam. Sitting in the military airport for two days, still thousands of miles from home, my anger finally boiled over.

I remembered the Battle of Wounded Knee, where a huge number of U.S. Army troops were given Congressional Medals of Honor for gunning down unarmed Indians, and I thought of how I'd been treated just because I had defended myself in the dead of night against invisible guerrillas with machine guns—and all for a few favorable headlines for the Marine brass. I didn't blame the Corps, which was composed of hundreds of thousands of individuals, most of them good men. But I made up my mind that I was through with the military. I wouldn't join a reserve unit. I wouldn't join the VFW. I wouldn't set foot again on a military installation.

But I changed my mind a couple of years later. My grandfather—grown older, his voice no more now than a crackle in his throat—was determined I was going to be awarded my Silver

EPILOGUE

AFTER WE'D FINISHED the bottle of Scotch, I was suddenly so tired that I could barely move, but I knew I still had one more thing to do before I found a bunk and sacked out.

"I need to call my grandfather," I told Captain Williams.

"Be my guest," he said, and pointed to the telephone.

It was morning in Oklahoma, and my grandfather should have been home, but there was no answer. I asked the overseas operator to ring again, but still no answer. I knew she had the right number because I could recognize the long, loud ring of the rural phone. Finally, a little concerned, I called Lonnie Weeks, my high school coach.

"Your grandfather's not at home, Randy," he said. "He's out riding the fire truck."

"Riding the fire truck?"

"Yes. They're going up and down the streets of Calvin, blowing the siren, telling everybody in town about the verdict."

So the press had called him. He knew! I grinned.

"Tell him I called," I said. "Tell him I'm coming home."

breeze, and I decided I didn't really care what they did—this medal was for him, not for me, and he wouldn't know or care if there were a hundred guys getting Good Conduct Medals.

Later, after the others had gone through their paces, I stood on the field at attention, while they read the citation—which had been written in large part by Lieutenant Oliver North, a lifetime ago in Vietnam. I wondered where he was now. Maybe still at Quantico, maybe moved on to a new post. I figured I would never see or hear of him again, and for a moment I wished he could be there to see me get this ribbon. Then the colonel was pinning the Silver Star on my chest, and my eyes were filled with tears.

Star. So he wrote letters to Washington, haunted the offices of Oklahoma politicians, and bombarded the Pentagon with telegrams and phone calls.

Finally, to keep him quiet, the Marine Corps agreed to give me my medal. At that point I didn't care; but to please him, I dressed up in my sports coat and tie and went to McAlister Naval Depot one bright Saturday afternoon to receive the Silver Star.

My grandfather and a caravan of friends drove the back roads of Oklahoma to be in the audience for the occasion. They sat in the bleachers on the parade ground, while a military band played and flags waved. When I arrived, I was met by a lieutenant, who told me where to stand, and when to come forward.

"You'll be the fourth man called," he said.

I was pleased at the thought that there would be others decorated at the ceremony.

"What are those guys getting?" I asked.

He hesitated for a moment, then smiled weakly.

"Good Conduct Medals."

For a moment I didn't believe him. Then I realized he was telling the truth, and I did a slow burn. Every man and woman discharged from the service without a major court-martial was awarded the Good Conduct Medal—literally millions and millions of military personnel—and none, to my knowledge, had ever gone through a ceremony. Someone must have brought in these guys to diminish the significance of the presentation to me. For an instant I started to turn on my heels. Then I saw my grandfather sitting up in the bleachers, his white hair blowing in the

ne pas un oeuvre
autobiographique

il voulait moderniser
le roman arabe

méfiance de Boudjedra
des côtés Français et Arabes

Rachid Boudjedra

b. 1941

La répudiation

Denoël

Rachid Boudjedra est né en 1941 à Aïn El-Beïda, en Algérie. Il a enseigné la philosophie jusqu'en 1972. Depuis, il se consacre à la littérature et au cinéma.

Romancier, il a publié notamment *La répudiation* (1969), *Topographie idéale pour une agression caractérisée* (1975), *L'escargot entêté* (1977), *Le désordre des choses* (1991), *Timimoun* (1994). Poète, il a publié *Pour ne plus rêver* (1965) et *Greffe* (1984).

Il est aussi le scénariste d'une dizaine de films dont *Chronique des années de braise*, qui a obtenu la Palme d'or au Festival de Cannes (1975).

L'œuvre de Rachid Boudjedra est traduite en une quinzaine de langues. Depuis 1982, il écrit principalement en arabe.

attaques

Avec la fin de l'hallucination venait la paix lumi-
neuse, malgré le bris et le désordre, amplifiés depuis le
passage des Membres Secrets ; nous avions donc cessé
nos algarades (lui dirai-je que c'est un mot arabe et
qu'il est navrant qu'elle ne le sache même pas ? Peut-
être vaudrait-il mieux ne pas réveiller la chatte agressive et tumultueuse qui dort en elle...) et nous nous
tenions tranquilles. Pourquoi me pressait-elle ? elle
voulait que l'on parlât à nouveau de Ma et comme je
résistais, elle venait frotter contre mon corps la douceur contagieuse de son épiderme, laissant sur ma
peau, non point les traces d'un parfum subtil, mais la
fraîcheur nécessaire à mon état calamiteux, fraîcheur
qui me rappelait quelque senteur d'airelle et de girofle
brûlées et consumées par la ténacité du souvenir.
C'était en ces moments-là que je ressuscitais, revenu
soudainement à un état d'extraordinaire lucidité,
proche de l'extase ; je me mettais à déambuler précautionneusement comme un funambule lavé de son
courage ; je n'étais plus moi-même et il suffisait d'un
cafard croisant ses antennes en signe d'agressivité, en
face des yeux éperdus d'effroi de l'amante, pour que je
coure à son secours la débarrasser de l'ignoble bestiole ; et voyant Céline pleine de reconnaissance, je
palpais obscurément mes muscles, désireux de mieux

9

la soumettre à ma constante adulation. Il se créait alors entre nous comme un espace herbeux, compact et dru dans sa fragilité, constamment menacé d'un effondrement sismique dont l'ampleur ne laissait pas de nous effrayer tous les deux, absurdement campés au beau milieu de l'habitacle, face à la mer calmée par son ressac et arrivée au bout de sa propre monotonie aberrante ; regardant l'éclaboussement fastueux qui inondait le port et la jetée tombés en léthargie depuis le départ des pêcheurs et en attendant l'arrivée des dockers ; nous observant comme deux boxeurs prêts non pas à se battre mais à se mordre jusqu'au sang.

Mais cela, c'était l'habitude, tellement prenante que nous oubliions vite que nous étions en paix décrétée depuis quelques instants ; nous nous affalions ; soupirs sur nos corps fiévreux parvenus à la limite de l'impatience qui rendait notre désir l'un de l'autre hargneux et vorace, faisant fi de la couleur de la peau, parcourue de petits grains violacés qui auguraient déjà l'intensité des caresses douloureuses ; et nous appréhendions ces retrouvailles de la chair, parce qu'au lieu de nous prendre il s'agissait pour nous de nous happer avec une telle virulence que nous engendrions le cauchemar, surtout lorsque la femelle jaillie de sa propre sève laissait apparaître, en écartant les jambes, une chair tuméfiée et saccagée jusqu'à la rougeur d'un fouillis obscur et grave, coupant durement la lumière qui inondait les cuisses, laissant ma chair dans une cécité totale d'abord, avant qu'elle ne se reprenne dans un tâtonnement méthodique jusqu'à la rencontre de quelque orifice ; mais tout cela nous prenait beaucoup de temps ; son sexe bavait sur mes jambes un liquide épais et collant, coulant de l'atroce tuméfaction où j'aimais pourtant m'engloutir ; cela ne calmait pas notre fringale car il fallait, en effet, que ma chair molle allât dévaster la chair molle de Céline, et elle alors,

10

bénissant le va-et-vient flagrant, s'écartait encore plus, prête, dans sa certitude de femme atteinte par la plus grosse horde, à engloutir l'immensité globale, non pour en jouir seulement, mais aussi pour lui donner l'appui et la base de l'ample chair nourricière ouverte à toutes les maternités ; elle ahanait, et quels coups de boutoir viendraient à bout de son festin poisseux ! L'amante ne se rendait pas compte de sa narcissique douleur, elle fulminait sous l'exiguïté de sa propre adulation, voulant tout à coup tout absorber à travers son sexe, ramolli par la jouissance et l'écoulement puis vite durci pour mieux étreindre l'autre chair, étonnée plus qu'agglutinée dans cet espace ridiculement restreint mais infiniment riche de ses possibilités toujours intactes, toujours insoupçonnables ; et au bout de la jouissance, elle profitait de ce laps de temps entre la plénitude et l'amertume pour me remercier, m'adorer et me faire fête.

Parfois j'avais l'impression de tout gâcher en reposant les mêmes questions, mais elle savait me rembarrer gentiment et avec patience ; elle avait le don de me rendre sentimental et de bonne humeur, aussi je n'insistais pas trop, non par peur de briser cet équilibre précaire, mais parce que j'appréhendais tout le temps d'être mis au pied du mur et de me retrouver une nouvelle fois désemparé, nez à nez avec la réalité dont j'avais l'intuition que, de toute manière, elle serait effrayante si, un jour, je poussais l'affolement jusqu'à essayer de la connaître entièrement. Je savais gré à ma maîtresse de sa résistance à mes assauts simulés ; aussi, lorsque Céline me demandait de reprendre le récit que j'avais abandonné la veille au milieu d'une phrase, je ne me faisais pas trop prier, heureux d'avoir échappé au traquenard et réalisé le miracle de ma propre négation et de ma propre fuite devant moi-même (cette peur de la lacération est idiote, disait-elle).

J'exécrais cette compassion qu'elle cachait mal, mais pour ne pas avoir à prendre une décision, je laissais cette situation baigner dans le flou caractéristique de nos rapports. Je rêvais de la cloîtrer, non pour la garder pour moi et la préserver de la tutelle des mâles qui rôdaient dans la ville abandonnée par les femmes, à la recherche de quelque difficile et rare appât (non, je ne pouvais pas être jaloux dans l'état d'extrême confusion où je végétais depuis, ou bien avant, ma séquestration par les Membres Secrets dans une villa bien connue du peuple ; non ce n'était pas du tout là mon but), mais pour lui faire toucher du doigt la réalité de la ville dans laquelle elle avait l'illusion de vivre, flattée peut-être, voire excitée, par les regards ténébreux et fiévreux que tous les hommes laissaient traîner sur ses mollets gainés de nylon (ajoutant au désir brut un érotisme publicitaire de mauvais aloi), sur ses fesses volumineuses et sur ses seins dont la nette séparation étonnait dans ces chemisiers mauves, jaunes et noirs qu'elle affectionnait ; non qu'elle eût des idées bien arrêtées sur les canons de l'esthétique féminine au sein de la Barbarie, mais parce qu'elle aimait certainement (même si elle jurait tous ses dieux païens qu'elle était innocente !) jeter l'épouvante et réveiller la lascivité des foules somnolentes déambulant à travers les rues d'Alger ; foule au sein de laquelle elle se frayait un chemin, avec cette allure impavide et guerrière qui m'avait tant impressionné la première fois que je l'avais vue.

Il aurait fallu, cependant, m'armer de courage et d'esprit de décision pour me marier avec elle et lui imposer la loi de mon pays qu'elle continuait à considérer comme une sorte de paradis terrestre, partagé entre la mer et les ruines romaines qui le

12

jalonnaient d'est en ouest et le gribouillaient pour ainsi dire de formes et de constructions délabrées, presque abstraites.

L'exaspération était là. Et Céline me mettait au comble de la fureur et de l'excitation lorsqu'elle essayait de comprendre pourquoi les plus belles ruines étaient toujours situées au bord de la mer ; et elle disait plusieurs fois *Tipaza,* comme elle eût prononcé le nom d'un fruit, avec cet affaissement gourmand de la lèvre inférieure, charnue et constamment humectée par sa langue, si vivace dans l'ensemble de son visage tranquille et presque serein. Je savais que mon désir de la séquestrer était virulent, mais irréalisable ; je ne voulais pas être en contradiction avec les principes que j'avais forgés au long de mes cauchemars et où les femmes jouaient toujours des rôles très importants (comme dans cet affreux rêve où j'avais vu un lapin écorché sur lequel on jetait des bassines de sang, alors que ma mère, à côté, agonisait par la faute de menstrues démentielles qui ne voulaient pas s'arrêter ; dans mon cauchemar, je ne faisais pas la liaison entre le sang déversé sur l'animal excorié et le sang de ma mère, et ce ne fut qu'au réveil que je me rendis compte que tout le sang provenait de ma mère, vidée et râlante). Il fallait que je la défende, car elle était, elle aussi, une victime au même titre que les autres femmes du pays dans lequel elle était venue vivre. Je ne pouvais pas imaginer d'enfermer Céline dans cette misérable petite pièce que je parsemais de naphtaline depuis que j'avais lu dans une revue que ce produit, sans tuer les rats, leur donnait le vertige, ce qui les obligerait peut-être à renoncer à leurs équipées nocturnes à travers la pièce et à leurs luttes amoureuses dont le résultat était l'ambulation pavanante de la femelle pleine ; ce spectacle me répugnait : je ne pouvais supporter l'odeur des femelles pleines, ni celle des femmes enceintes.

Non! puisque je ne pouvais la malmener, je préférais me soumettre à sa loi et me donner ainsi le sentiment de mon propre échec que je n'arrivais pas à assumer complètement, mais plutôt par petites tranches, selon les événements et les situations dans lesquelles me mettait l'ignoble héritage transporté de la villa à l'hôpital et de l'hôpital au bagne puis du bagne à ce studio que j'occupais sur les quais du port d'Alger ; puis à nouveau, de mon studio à l'hôpital, après une rechute fatale ; Céline était la seule personne qui venait me rendre visite à l'hôpital, même si j'en avais un peu honte, même si ses robes trop coûteuses, aux couleurs trop vives, menaçaient de me faire mettre en quarantaine par les autres malades dont j'appréciais l'intransigeance intellectuelle et cette autosatisfaction dévastatrice de consciences déjà largement entamées. (Inutile de remâcher tout cela, disait-elle, parle-moi plutôt de ta mère...) Je ne répondais à ses sollicitations que lorsqu'elle était à bout de patience et que je sentais confusément que, si je continuais à me taire, je risquais de perdre à jamais l'occasion de pouvoir évoquer la maison de Ma, les rites et les mythes de la tribu ; je m'empressais alors de la satisfaire et au fur et à mesure du déroulement de mes souvenirs, j'avais l'impression d'un irréel non pas fantastique, mais incongru. Le refus ne pouvait plus être poussé au-delà de cette frontière que représentait pour moi l'agressivité de l'amante ou même son ironie affligeante ; le crépuscule qui rentrait par la fenêtre plaquait sur son profil une accalmie, comme puisée du fond des âges ; l'ombre sur sa joue transformait une partie de son visage ; du coup elle me devenait étrangère parce que je ne pouvais plus deviner l'autre joue ni l'autre côté de son corps : était-ce pour moi le prélude à un évanouissement ? Non, plutôt un début d'engourdissement devant la femme à deux visages, à deux profils dont l'un, baigné dans la clarté, retrouvait une sorte de consistance, une réalité jamais éprouvée, tandis que l'autre restait dans l'incertitude ; j'éprouvais moi-même tout à coup un sentiment pénible de dédoublement, à l'instar de la femme assise de profil devant moi, sur le lit ou sur la chaise. Mais comment trouver le courage d'aller jusqu'au miroir posé au-dessus du lavabo et me regarder deux fois, sous deux angles différents, afin de mesurer l'effet de la lumière qui culminait dehors en un dernier embrasement, annonciateur de fraîcheur ? Comment ne pas éveiller la curiosité de Céline, sa panique à me voir planté devant le miroir en train d'observer l'un après l'autre chaque côté de mon visage ? Un côté semblait être plus gros que l'autre, en vertu d'une dissymétrie congénitale qui ne m'apparaissait que lorsque je me regardais dans une glace. L'amante en me voyant ainsi pourrait croire à quelque crise soudaine de folie, à un geste superstitieux, ou même à une manœuvre de ma part pour lui faire mal ou bien la tuer.

Touché d'un côté par la clarté qui montait de la darse vers notre fenêtre illuminée, je me mettais à lui ressembler. Du coup, je saisissais toute l'ampleur de notre cohabitation, non pas amoureuse, non pas sociale, mais en quelque sorte biologique : Céline me ressemblait ! J'étais double et elle l'était aussi ; j'en étais profondément ému car j'avais toujours pensé que rien ne nous rendait semblables. Malgré mon désir lancinant d'aller vérifier de plus près cette ressemblance brusquement entrevue, je ne bougeais pas de ma place et restais à la regarder fumer cigarette sur cigarette, pressentant ce goût fade que Céline aurait dans la bouche au moment où je l'embrasserais, devinant qu'elle finirait par se lever pour aller au robinet recueillir le filet d'eau vertical et dru dans sa paume ramassée en un creux, avançant ses deux lèvres collées l'une à l'autre, avec juste un interstice par où l'eau pourrait pénétrer dans sa bouche. Mais Céline ne bougeait pas non plus. Elle semblait attendre, puis, tout à coup, elle répétait de sa voix monocorde et enrouée : « Parle-moi encore de ta mère. »

La rendre soucieuse ne m'amusait plus tellement. Feindre ? Ma congénère se recroquevillait et tout mourait en elle, sauf ses yeux grands ouverts, braqués impitoyablement sur les mensonges que j'aurais pu débiter, mais comme je ne disais rien, elle n'avait aucune prise, ni sur mon être, ni sur l'être de mon mensonge (elle disait délire). Je la voulais pantelante et elle tombait dans mon piège ; elle me voulait proie, mais pas n'importe quelle proie ; elle me voulait vivant et ne rêvait que de me prendre mes souvenirs, non pour en faire quelque chose mais afin de m'épuiser à travers mon palabre intarissable et stérile, me vider de la substantifique folie ; il ne serait alors resté de moi qu'un résidu bavant et fumant, aux traces indéfinissables, après l'égarement, après la spoliation d'un langage trituré dans sa signification et craquelé dans ses signes.

Ma congénère ployait. Et chaque acte entre nous, chaque espace utilisé en commun, étaient une béance fratricide qui supposait déjà la lacération dense et effrénée. L'on se repénétrait. Elle en voulait ! Et peur de l'abominable bout de chair grêlé et pendouillant au beau milieu du sexe, en un éboulis dont l'humectation particulière faisait penser à la trace d'un scarabée roi éployé circulairement dans son liquide, jusqu'à l'épuisement de tout compromis avec l'environnement hostile ; mais douceur du bois blanc (le seul meuble, dans

16

la chambre, qui faisait rêver) malgré le songe barrant la route à son bas-ventre-fourre-malices-évident-scrofuleux mais plein, quand même, de cette sagesse rocailleuse, si nécessaire à ceux qui veulent apprendre à mourir. Ne pas nier le repos. Altercation. Après, l'eau. Le toit à claire-voie continuait malgré la nuit à filtrer la lumière, comme si le bois était conducteur de clarté, la gardait au sein de sa chair, dans une odeur de peinture, ramollie par la chaleur montante qui arrivait en ondes brûlantes, non pas du ciel, mais des autres toits et des autres terrasses blanchies à la chaux, et renvoyait sur notre mansarde un rayonnement plus lumineux et plus meurtrier.

Se mélanger ! La sagacité de l'amante avait quelque chose de cafardeux ; je sombrais dans une virulence, chaque fois qu'elle devançait un geste, un mot, un désir ; j'étais comme atteint d'amaurose : papules en travers de mes paupières. Et tout grouillait au sein d'une animosité alcaline dont seule l'atmosphère des pissotières pourrait rendre la ferveur rigide dans sa solennité, comme une obliquité pointue laissant couler une eau lourde et aiguë à la fois. L'orage était sur le point d'éclater entre nous. Elle ne voulait pas partir car elle savait que c'eût été une faute grave dont les conséquences pouvaient être désastreuses (chantage ?), d'autant que la raison en était futile ; cultiver le paradoxe jusqu'au bout. La perdre une fois pour toutes ! Elle restait sans réaction. État d'attente. Griffures tout abstraites, nées de l'envoûtement qui émanait de la chambre ; seules les formes demeuraient intactes, épurées, mais sans aucun style particulier ; brutales seulement de temps à autre et stratifiées, comme couvertes de plumes et d'écailles. Le clapotis plus rapide : départ des pêcheurs. Je restais avec cette envie de la faire souffrir en l'enfermant dans un voile blanc où elle se fût trémoussée comme une pieuvre tentaculaire. O ! matérialiser ce songe qui me lancinait dans l'antre où Céline était toujours libre de ses gestes ; mais il valait mieux pour elle m'écouter parler, sans même avoir le courage de s'interposer de temps en temps, à mesure que mon récit prendrait forme, entre moi et ces fêlures maudites qui engendraient la peur en moi, dès que je discernais ce décalage entre le verbe et le réel, jamais colmaté, jamais atténué. Elle était quand même la reine. Immolestée. Sans aucun tracas. Prenant tout sous la garantie de la patience. Sorti de mes transes, je l'adorais et elle restait malgré tout solidaire. C'était aussi la fin des sortilèges.

Elle riait de mes imprécations et de mes jurons arabes ; ne les comprenant pas, elle essayait, par jeu, de les deviner à partir des consonances gutturales et dures, puis douces et suaves du fait des chuintantes mouillées qui pullulent dans ma langue, qualifiée de divine et qui ne me semblait pas à moi plus belle que les autres ; chaque fois que Céline avait essayé de l'apprendre, elle s'y était écorché en vain la bouche et la gorge. Elle riait. Cela me suffisait, car soudainement j'éprouvais le besoin d'énoncer à haute voix des certitudes flagrantes. (La rue en bas est étroite. Elle débouche sur les quais. Hier, nous avons mangé des crevettes grillées dans une gargotte du port où l'on nous avait proposé du haschisch ; j'ai répondu brusquement : non ! Céline m'a regardé avec un petit air étonné. Au retour j'ai lavé ma chemise dans le lavabo.) Céline riait. Les voitures qui roulaient sur les pavés du port faisaient comme un grelottement sourd. Fenêtre ouverte. Vernis des toits abandonnés par le soleil qui les avait poncés toute la journée, en sorte qu'ils brillaient dans la pénombre, et les touffes d'herbe rousse surgies entre les raies des tuiles faisaient dans cette paix comme une écorchure éphémère. Et je me mettais à parler. Soliloque. Elle, l'amante, fascinée par

18

ma voix monocorde et lasse, grosse déjà du sommeil que je chercherais en vain tout à l'heure. Moi, coincé entre le délire verbal et le mutisme superbe ; j'appréhendais que mes mots n'aillent à contre-courant de ma conscience striée par la fugacité de sa propre matière, pressée par la chronologie d'un temps somme toute illusoire (mais parler est essentiel, disait-elle). Assise sur le lit, en tailleur, centrale, les jambes happées sous les cuisses puissantes, elle m'apparaissait semblable à un aveugle nu cherchant sa pitance devant les arrêts d'autobus. Fixité fabuleuse ! Elle prenait toujours cette attitude lorsqu'elle écoutait quelqu'un parler (disposition à la communion).

Te dire que je n'aimais pas le mois de Ramadhan serait mentir. Nous savions guetter la lune. L'attente du mois sacré était bénéfique. Zahir s'arrêtait de boire pendant un mois. Ma reprenait espoir. La maison avait un air de fête. On badigeonnait à la chaux toutes les pièces et en particulier la grande cour. On stockait pour un mois des comestibles rares et coûteux. Le carême n'était qu'un prétexte pour bien manger durant une longue période, car on se rattrapait la nuit sur l'abstinence somme toute factice du jour. Ripailles. Paix tacite avec les oncles. Le banquet s'organisait chaque jour selon un rite strict et précis. Les femmes s'excitaient chaque fois à l'approche du crépuscule annonciateur de la délivrance. Les hommes allaient à la mosquée, puis au café où ils jouaient aux cartes et aux dominos. Les tantes en profitaient pour aller rendre visite. Ma mère sentait bon. Le père nous laissait tranquilles. Zoubida, la marâtre, cessait de me harceler. Les rues étaient pleines dès le dîner terminé.

Foules. Huées. Cohues. Cafés chantants. Touristes pour la danse du ventre importée d'Égypte via la Tunisie. Lumière. Guirlandes. Camelots tonitruants. Nabots. Clowns. Prestidigitateurs. Ombres chinoises. Garagouz turc. Cinémas en plein air. Nous haletions en attendant l'arrivée de Zorro. Effusions. Rires. Luna Park lumineux. Balançoires.

Auparavant, nous allions à la mosquée, un mouchoir propre sur la tête. Bâtonnets d'ambre. Ferveur réelle. Rangs de fidèles, mais les femmes derrière les hommes, au fond de la mosquée. Nattes. Tapis riches. Cristaux. Voix mélodieuse de l'imam. Murmures. Splendeurs : les arabesques et les vitraux. Enfants, nous restions toujours étonnés, éblouis par ce déploiement de faste et de lumière. Coran. Nous frissonnions (avions-nous peur ? La salacité nous quittait-elle dans ces lieux de la foi ? Jamais ! ni la lascivité). Nous nous mettions derrière les femmes et, priant éperdument, balbutiant des formules incantatoires, nous vénérions la chair blanche et lisse entrevue l'espace d'un embrasement, perdue de vue l'espace d'une ondulation, d'une adulation ; puis à nouveau, la chair glabre et véhémente ; la voix de l'imam nous ramenait au réel et nous abandonnions le songe, sans penser à mal. Aucun lucre, rien que l'adoration multipliée du créateur à la fois et de ses créatures. Femmes tenaces. Prières éperdues. La transcendance nous aveuglait, d'autant plus que le mouvement était beau.

A la sortie : fraîcheur. Eau puisée et bue dans des pots qui sentent la menthe et le goudron. Amertume prometteuse. Soif étanchée d'un coup. Ambulations. Souks. Artères. Rues. Quartiers réservés. Soldats. Nous allions partout. Aucun vice ! Les prostituées chamarrées comme des pouliches nous chassaient à grands cris, scandalisées par notre présence et par l'odeur de mosquée que nous trimbalions avec nous ; et

20

nous, offusqués, nous les appelions danseuses, à cause certainement de leurs habits bigarrés et de leur maquillage exagéré. Impasses obscures à traverser avant d'arriver à la grande place, transformée pour un mois en un gigantesque lieu de plaisir. Baraquements serrés. Loteries pour naïfs. Fêtes foraines. Stands de tir. Femmes à moitié nues, invitant à entrer voir le spectacle à l'intérieur. Musique. Tintamarre. Nains voltigeurs. (Nous nous méfiions des sorciers.) Cafés débordant sur les chaussées livrées aux piétons. Poussière. Chaleur. Eau, pour donner l'illusion. Marchands de gâteaux. Beignets compliqués. Amoncellement. Tréteaux. Cafés chantants où l'on s'écrase pour loucher sur un nombril profond, colmaté par une perle de pacotille, brillante cependant ! Pickpockets à l'affût. Rengaines d'Égypte et d'ailleurs. Étalages mirifiques. Marchandes de poudre à faire briller les dents et de mort-aux-rats. Charlatans. Devins drapés dans des soieries chatoyantes, accroupis à même le sol, découvrant l'avenir pour les autres, le lisant dans le sable comme s'ils ne se faisaient plus d'illusions sur le leur. Cohues. Femmes saugrenues et voilées dans la nuit d'été ; elles allaient par groupes, cinglantes, chaperonnées, refusant toute avance. Écœurantes ! Kermesses. Nous resquillions dans les petites baraques où l'on faisait passer des films muets : Charlot inénarrable. Bonheur surtout de n'avoir pas payé. Nous sifflions dès que le petit bonhomme essayait d'embrasser quelque Dulcinée potelée. Récriminions dès que la séance d'un quart d'heure était terminée ; il fallait nous chasser à coups de bâton. Mais nous revenions en payant cette fois-ci avec l'argent soutiré aux femmes ou quémandé auprès des paysans, non point généreux mais dépassés par les événements, ahuris par les fables incroyables que nous leur racontions. Rarement, nous arrivions à nous faufiler dans les concerts orientaux et nous criions

21

d'extase et d'amour chaque fois qu'une grosse mégère soulevait très haut sa robe, nous laissant rêveurs et perdus dans nos supputations au sujet du sexe, qui était presque bedonnant et dont nous ne savions pas encore la fonction délirante. Dehors, nous avions quand même peur des mendiants acharnés à notre poursuite à cause de cette concurrence dont nous les menacions auprès des étrangers en visite dans la ville. Marchands de jasmin. Sveltes. Fugaces. Irréels. Marchands de thé. Ébènes. Liquoreux. Balancés. Marchands d'encens, de vertige et d'angoisse. Eux, farfelus, se souvenaient des sortilèges et des caprices de la ville qui avait changé de rythme, retrouvait une allure démoniaque dans laquelle elle s'enfermait pour un mois, reniant ceux qui l'avaient connue autre, rejetant ceux qui n'osaient pas l'investir. Eux, barbus de toute espèce et de tout rang, se souvenaient de ces fêtes vespérales que nul païen ne saurait entrevoir, pas même en songe ; ils en savaient trop et nous épuisaient à vouloir nous prouver, au détour de quelque ruelle sombre ou bien en pleine place publique, que notre plaisir n'en était pas un et qu'en fait nous ne faisions qu'essayer de colmater le trou du cul des mouches innombrables taraudant de leur vol vibratoire la nuit dense et suffocante ; ils haussaient les épaules, crachaient par terre, se mouchaient entre leurs doigts et montraient ostentatoirement leurs pouces dont la première phalange était enduite de henné. Ils s'éclipsaient. Nous les rejoignions et, tout en faisant semblant de nous accrocher à leur hargne et à leur colère, nous visions leurs bourses qu'ils ouvraient devant nous, dans un geste plus fatidique que théâtral. Nous ramassions les sous qui en tombaient et partions le cœur serein. Ils continuaient à hausser les épaules et à vitupérer, un bâton à la main, à travers les foules haletantes aux abords des bordels. Eux, n'avaient certainement pas oublié le saccage, et leur délire n'était pas du tout surfait, peut-être juste arrangé ; mais personne ne les écoutait car leurs menaces étaient grosses de conséquences pour le peuple assiégé par un quotidien exigeant.

Avec les sous des devins et des mendiants, transformés en incubes fulminants, nous allions regarder les sorciers, laissant dehors les prédicateurs, fous de colère parce qu'ils méprisaient trop les charlatans pour payer leur place et venir nous rejoindre dans le noir de la salle et nous assassiner en prenant tout leur temps, car sur scène le vacarme était tellement assourdissant que personne n'aurait pu entendre le bruit du couteau entrant dans notre chair. Lâches ! Eux, n'osaient pas enfreindre leurs promesses de ne jamais entrer dans une baraque de sorcier allié aux démons et aux forces du pouvoir. Ils nous attendaient donc, mais nous savions les semer à travers dédales et ruelles, jusqu'aux abords de la ville européenne illuminée et infestée de policiers à la mine rutilante ; et comme ils n'aimaient pas l'odeur du vin dans la bouche des mécréants, ils préféraient abandonner leur chasse et s'en retourner dans la fête et la cohue pour demander l'aumône. Les veillées se prolongeaient très tard et nous profitions de cette licence, malgré les surenchères des adultes qui nous écrasaient de leur jeûne ; notre abstinence, une fois poussée à bout, les terrifiait et nous faisions exprès de nous venger de l'insolence des carêmeurs en affichant des mines épuisées et des visages pâles. L'on nous suppliait de cesser le jeûne mais nous criions au scandale et à l'hérésie : allait-on nous obliger à ne pas observer ce que Dieu avait prôné ? Nous restions donc maîtres du chantage et nous nous gavions, en cachette, de friandises et des restes de ripailles subtilisés à la dernière minute dans la poubelle, devant laquelle les mendiants se rassemblaient, très tôt le matin; contrariés, ces derniers se mettaient à soupçonner quelque ruse ou quelque faillite de Si Zoubir qui perdait d'un coup à leurs yeux son infaillibilité. Notre démarche se ressentait de ce carême fallacieux mais véhément; nous obtenions le droit de veiller très tard, puisque le chef du clan s'enfermait dans sa villa et n'en sortait plus de la nuit. Le père se rangeait-il? Certainement, mais pour un mois seulement, juste le temps de donner son dû à Dieu et de se lasser de sa nouvelle femme; ensuite, il reprendrait ses siestes orgiaques avec ses autres maîtresses.

A côté de la fête, il y avait aussi tout le reste. Longueur des journées durant lesquelles la maison familiale était investie par les femmes, condamnées à satisfaire les envies culinaires des hommes. Nous jouions à traquer les femelles qui mangeaient en cachette durant les périodes de jeûne; confuses, elles tremblaient de honte devant nous. Malades! L'argument ne résistait pas à notre vindicte; il nous fallait une raison plus sérieuse, mais en vérité nous avions tellement peur de connaître la réalité que nous préférions arrêter brusquement le jeu, au grand désespoir des femmes pécheresses qui n'avaient pas eu le temps d'aller jusqu'au bout de leurs explications. Zahir! lui, ne voulait jamais se mêler à de tels enfantillages : il était notre aîné. (Tu veux un dessin hurlait-il.) Nous nous taisions. Mais au centre du complot se retrouvait cette désespérance (innée, ou acquise grâce à l'enseignement méticuleux de Zahir?) à ne pas comprendre le désordre que mettait en nous le sang des femmes. Elles ne jeûnaient pas, à cause de leurs règles mensuelles, et pour nous elles étaient irrémédiablement perdues; il fallait alors les fuir et Ma s'angoissait de nous voir assumer une telle injustice à un si haut niveau de

24

désaveu. Se garer du sang devenait essentiel, et pour affaiblir l'obsession démentielle qui nous investissait (pourquoi avoir lié cette image du sang à l'idée de la mort, confuse et trop abstraite pour nous atteindre véritablement, mais gagnant peu à peu une véhémence telle que nous en restions brisés, brûlés et frileux, pendant de longues semaines ?) nous dessinions partout des sexes bouffis et barbouillés de sang. La maison s'en couvrait et les femmes, rivées au rite de l'eau, en étaient consternées. Zahir, de son côté, menait une campagne terrifiante contre elles, et nous exposait son plan pour se débarrasser de ce mal mensuel qui les terrassait sans cause apparente ; en fait, notre frère aîné était désespéré et acculé à une sorte de cécité mentale ; il effrayait celles, porteuses de sang, qui ne comprenaient qu'à demi ses préoccupations : « Je ne vois plus rien... », répétait-il. Il se cognait aux meubles, et lorsque Ma entrait dans son jeu et essayait, par gentillesse, de lui prendre la main et de le diriger à travers la maison encombrée d'objets et d'animaux, il hurlait si fort qu'elle s'en inquiétait sérieusement. « Jamais femelle ne toucha main d'homme ! » disait-il à qui voulait l'entendre.

L'atmosphère de fête se diluait peu à peu dans une tension infernale, en raison de la suspicion que l'aîné de Ma cultivait volontairement : « Tu sens le sang et le carême, toi ! » glapissait-il à l'encontre de l'une des sœurs dont il se mettait à flairer les bras nus, « fous le camp, tu me désoles ! » Car il l'aimait, disait-il ; mais il ne pouvait supporter cette attitude fataliste vis-à-vis du sort qui fendait les femmes du bas-ventre jusqu'aux fesses. « Cinglé, mon frère ! » disait Saïda, « cela ne te plaît pas que je puisse m'accepter telle que je suis ! » « Zebi ! Zebi ! Merde ! » marmonnait le garçon ; c'était sa façon de réagir, chaque fois qu'il perdait le fil de ses idées ou que, désarçonné, il ne savait plus que dire.

Rebelle, Saïda traversait les jours, prestigieuse ; elle marchait, souveraine, les pieds nus se posant tranquillement, l'un après l'autre, sur les dalles fraîches des pièces intérieures ; se mettait au-dessus des querelles des autres femmes de la maison (« Ai-je une gueule à faire le Ramadhan ? nous défiait-elle. Minables ! Je ne jeûne pas, donc je ne coule pas ! ») Elle braillait. Nous en restions ébaubis. Zahir, lui, conscient du danger qui le menaçait, à cause de l'attrait indiscutable de la sœur sur nous, ses meilleurs adeptes, essayait de détourner notre surprise par quelque juron obscène : « Va-t-en ! sinon je pisse sur le Dieu de ta sale mère. » « Rien ! Nul ! disait-elle, tu ferais mieux de te regarder. Moi, j'ai des mamelles ! » L'argument était de force. Que ferait Zahir ? Il nous regardait. « Lamentable ! » soupirait-il. Nous ne sourcillions pas. Nous attendions la réplique pour pouvoir trancher. « Lamentable ! répétait-il, elle ne comprend pas qu'elle est aussi atteinte que les autres, et son mal est d'autant plus terrible qu'elle ne réagit pas. Ne pas faire le Ramadhan n'est pas une fin en soi, il s'agit de lier un tel acte aux autres actes de la révolte. » A ce moment-là, notre méfiance disparaissait. Il avait gagné, pour la seule raison que nous n'avions rien compris de son discours complexe et ardu. Applaudissements. Mais splendide, ma sœur, quand même ! Elle partait à la recherche, sous quelque meuble vétuste, d'épingles pour ses cheveux extraordinairement noirs et longs, chargée de cette fureur violette dont elle savait s'oindre ; constamment sur le qui-vive, elle harcelait le monde hostile, alentour, par une effervescence redoutable pour tous ceux qui voulaient se mesurer à elle ; mais quelle preuve avait-elle donc fait de sa tonitruance ? strictement aucune ! Car si Zahir était, provisoirement, coincé par l'argument des mamelles, nous savions bien qu'en fait n'importe quelle greffe saurait pallier ce manque.

26

Comme d'habitude, l'épreuve de force n'avait jamais lieu : Zahir quittait la maison et ne rentrait pas pendant plusieurs jours ; puis, soudain, il réapparaissait, traînant un visage de carême et une vétusté sublime qui lui donnaient faussement l'apparence de quelqu'un qui n'en peut plus. Nous n'allions pas jusqu'à l'accuser d'avoir observé le jeûne pour se prémunir de quelque châtiment, alors que nous, adeptes conciliants, risquions à chaque instant de perdre notre âme ; non, nous n'osions pas attaquer le maître, et Saïda, pécheresse implacable, savait avoir la victoire difficile, ce qui mettait le frère dans un état de prosternation complète, lui qui n'était revenu que pour appeler l'opprobre et le sarcasme. Qu'avait-il fait pendant son absence ? Il racontait qu'il avait pris le train (il était réellement coutumier du fait) et voyagé grâce à la générosité d'ouvriers kabyles, de retour de France et qui aimaient exhiber leur portefeuille plein à craquer pour allumer la convoitise des autres voyageurs miteux qui n'avaient jamais bu de bière ! Il savait flatter leur amour-propre et leur soutirer de quoi acheter une maigre pitance, longtemps convoitée. Devant nous, il se moquait cependant de leurs cravates et de leurs gros manteaux de laine qu'ils gardaient sur eux, malgré la chaleur étouffante de l'été algérien, pour bien montrer au village leur enrichissement, absolument factice. Eux, d'ailleurs, revenaient juste pour le mois de carême et Zahir abhorrait leur fanatisme, alors qu'ils parlaient du pays d'où ils venaient avec des bouches toutes rondes. Reconnaissait-il que pendant ces journées passées dans le train il avait été obligé d'observer le jeûne ? Il le laissait seulement entendre, sans avoir l'air mortifié ; il avait l'art de suggérer d'éventuels lynchages dont il eût été victime s'il s'était livré à quelque provocation. Nous hochions la tête en signe d'assentiment total ; mais dans nos consciences étroites, seuls les trains — fusant métalliquement à travers la pierre et les buissons, malmenant les villes et les agglomérations, striant la paix des plages et des lagunes — restaient accrochés à nos mémoires ; ce qui nous permettait d'évacuer sans douleur toutes les trahisons et les compromissions de notre chef, passé, en l'espace de quelques jours, à l'ennemi dont il nous avait longuement affirmé la stupidité et le ridicule. Son récit, heureusement, le sauvait, et il reprenait au sein de notre groupe sa prépondérance un moment contestée ; nous l'acclamions alors, non parce que nous pensions qu'il avait accompli quelque exploit spectaculaire, mais parce que nous reconnaissions qu'il s'était bien tiré d'affaire — même si ses pérégrinations à travers le pays ne nous avaient pas laissés indifférents.

Céline n'était pas quelqu'un qui savait écouter, mais elle savait garder sa rectitude originelle et rien ne l'en détournait, pas même l'intérêt qu'elle faisait semblant de porter à mon récit tentaculaire dont elle ne voyait pas le danger, car elle me croyait à la fois lamentable et vociférant. Elle voulait, en restant suspendue à mes lèvres, me maintenir en dehors du monde, me perdre et me faire bégayer. Que faire devant ce mutisme, ou plutôt, cette apathie qui l'aidait à renforcer sa propre solitude et à la dissocier de la mienne ? En réalité, elle se complaisait dans un mutisme effréné et restait renfrognée et totalement détachée de moi ; en dépit de cette fixité tragique qu'elle imposait à mes yeux et à mon corps, tout à coup fourbu, tout à coup différent. Le répit était levé et je n'avais plus qu'une alternative : continuer à m'accrocher à mon récit, à ma fabulation, ou bien me taire et provoquer une querelle dont les conséquences restaient, comme d'habitude, très imprécises. Elle ne bougeait toujours pas. Fixité plus que fabuleuse ! Une troisième voie pouvait alors s'offrir à moi : le sommeil, à travers lequel j'allais assiéger la rancune. Elle, détournée de sa rigidité, violentée dans sa passivité, réagissait mal lorsqu'il n'y avait rien à sauver ; elle me suppliait d'abord, pour mettre la facilité de son côté, puis vexée, elle réintégrait l'hostilité répressive et désolante d'où je ne pouvais plus la faire sortir. La nuit se terminait dans les cauchemars où je m'éblouissais dans la rencontre de ceux de ma race venus me sauver des griffes de Céline, doublement étrangère, par son sexe et par sa langue maternelle, et à qui je m'ingéniais à ne plus parler (disant que je ne savais plus) pendant quelques jours, jusqu'à ce que mes bras, que j'utilisais en guise de langage articulé, n'en puissent plus de gesticuler pour exprimer mes colères et cette difficulté à me réaliser totalement auprès de l'amante boudeuse.

Je me remettais à parler de nouveau, cherchant par mes palabres, non à rompre l'étau qu'elle serrait autour de mes muscles, mais à puiser dans la structure des mots ce vertige nécessaire à ma somnolence définitive, car je savais m'enchevêtrer dans les signes les plus aigus et les plus pernicieux jusqu'à en faire partie et m'y perdre ; le souffle tancé par la vindicte et le marasme de mon état, la gueule aux abois ; mais le tout sans aucune persévérance, livré à un monde cinétiquement étrange, sans cesse hanté par l'image du Devin me disputant mes rêves et mes réveils pénibles, au moment où le doute est absolu et où l'on ne sait balancer longtemps entre la véracité et la fausseté. Il fallait tous les jours s'engouffrer dans le difficile réel, agressé par toutes les calamités qui submergeaient la ville, dont les tramways bleus ne savaient plus où donner de la queue à cause, peut-être, de ce miroitement fabuleux de la mer qui avale les digues deux fois par jour : au lever et au coucher du soleil. Savait-elle que le récit était fictif ? Elle savait, comme par un sixième sens, que j'avais des tendances à la mythomanie et qu'en réalité la vie dans la maison de Si Zoubir n'était pas aussi grotesque que je voulais le laisser entendre. Fallait-il souligner que l'hypocrisie des jeûneurs était un trait de mon imagination fertile ? Elle n'osait aller jusque-là, car elle savait les ripailles et les cuisines gigantesques, elle savait aussi la recrudescence des épidémies gastriques pendant cette période sacrée de l'année ; en dépit de la pleine jouissance et des bordels pris d'assaut, les bourgeois se sentaient des âmes de martyrs, exhibaient des cernes monstrueux et laissaient entendre qu'ils enduraient de terribles souffrances physiques en raison d'une abstinence totale. Zahir savait les surprendre, ces gros marchands de la ville, et leur poser des embuscades à l'orée des impasses de la Kasba où se situaient la plupart des maisons closes, mais il était particulièrement vigilant autour d'une maison tenue par une Française dont les recrues étaient réputées dans tout le pays pour leurs qualités orgasmiques ; c'était aussi le seul endroit où les putains se laissaient embrasser sur la bouche, et les prix, par conséquent, étaient très élevés. La maison était fréquentée par l'élite qui aimait venir y passer les longues et chaudes nuits du Ramadhan, mais Zahir gâchait tout car, une fois saoul, il partait dans des diatribes virulentes contre les gros commerçants démasqués et bafouillants ; il allait jusqu'à leur faire du chantage et, moyennant son silence, ils lui payaient tout l'alcool qu'il réclamait durant la soirée.

Céline m'exaspérait par sa roideur, qui finissait par devenir mirobolante à la fin de la nuit et avant l'arrivée du petit matin — d'autant plus glacial qu'il annonçait les grosses chaleurs d'été ; en fait, elle était fascinée par mon attitude et ma mimique, et non pas tellement par la dénonciation, que j'exagérais parce que je la voulais la plus acerbe. Elle ne voyait dans ma gesticulation effrénée et mes yeux exorbités que l'approche d'une crise de folie qui me séparerait à nouveau d'elle. Revenir à l'hôpital ! J'en frémissais d'horreur ; mais je savais que les Membres Secrets étaient à l'affût de la moindre incartade pour m'envoyer, cette fois-ci définitivement, au bagne. Elle pleurait alors, sachant que de toutes les manières, notre vie commune était intenable. Je m'ouvrais à ses larmes, malgré toute ma rancœur, car sortie de sa prosternation et de son immobilité elle fusait dans la revendication la plus totale : être heureuse !

Ma mère est au courant. Aucune révolte! Aucune soumission! Elle se tait et n'ose dire qu'elle est d'accord. Aucun droit! Elle est très lasse. Son cœur enfle. Impression d'une fongosité bulbeuse. Tatouage qui sépare hargneusement le front en deux. Il faut se taire : mon père ne permettrait aucune manifestation. Lamentable, ma mère qui ne s'était doutée de rien! Avait-elle pris au sérieux les médisances des vieilles femmes de la maison? La peur lui barre la tête et rien n'arrive à s'exprimer en dehors d'un vague brouhaha. Elle est au courant. Une angoisse bègue. Elle se déleste des mots comme elle peut et cherche une fuite dans le vertige; mais rien n'arrive. Devant ses paupières, une fluorescence intermittente que l'incertitude rend peu à peu insupportable. Elle ne sait pas cerner le réel. Les mots restent comme engourdis dans sa tête; une sorte de torpeur bien graissée et qui laisse des taches d'huile (ou de bave?) au réveil. Lâcheté, surtout.

Elle est debout et lutte contre l'envie de s'évanouir. L'indifférence rutile dans la pièce fraîche. Le père continue à manger, très lentement comme à son habitude. Pour lui, tout continue à couler dans l'ordre prévisible des choses. Il prend plaisir à mastiquer en rythme sa viande et agace les mouches qui, prises au piège, dévalent sans discernement la pente d'une tranche de melon jaunâtre. Ma regarde l'une d'entre elles buter contre le suc épais qui se répand sur les bords de l'assiette. La mouche s'affaire et Ma a pitié devant une si vaine agitation ; la mouche est sur le point de mourir. La poitrine opulente. Les yeux sont très doux. Terreur soudaine devant la mort inéluctable de la mouche. Ma éprouve une sensation fugitive de facilité, comme quelque chose que l'on va toucher, mais l'illusion dure peu. Solitude ! Mieux : exiguïté. Peut-être est-ce le tatouage qui la gêne ? Elle se sent transpercée. Pour faire quelque chose, elle contemple ses pieds nus, mais n'ose regarder le carrelage éblouissant. La pièce énorme. Si Zoubir continue à manger. Table basse. Cuivres reluisants. Pénombre dense. La buée des plats chauds piquette les verres de sueur. Ma hésite. Une gêne... La banalité des mots qu'elle va prononcer. Elle ne sait pas se décider. Et les phantasmes ! Surtout pas d'insolence pour ne pas rebuter les ancêtres. Se taire... Les mots se forment, puis se désagrègent au niveau de la gorge sèche. Ma préfère desservir la table. Son mari ne dit mot, car se curer les dents est un art, plus qu'un plaisir !

(Dans la ville, les hommes déambulent. Ils crachent dans le vagin des putains, pour les rafraîchir. Chaleur... Les hommes ont tous les droits, entre autres celui de répudier leurs femmes. Les mouches continuent d'escalader les verres embués et de s'y noyer. Aucune ivresse ! Ma mère ne sait ni lire ni écrire. Raideur. Sinuosités dans la tête. Elle reste seule face à la conspiration du mâle allié aux mouches et à Dieu.)

Lascivité des siestes méditerranéennes.

Le repas terminé, elle attend un ordre. Elle se déshabille en silence et très lentement, comme on va à l'échafaud. Corps lourd et que la sieste rend plus lourd encore. Trente ans. Si Zoubir lui caresse vaguement le pubis, net comme la paume de la main. Elle refuse de se donner, laisse faire. Éparpillement des sens sur un lit peinturluré de jaune ocre. Une chute ? Un spasme banal ! La communication presque évidente devient bâclée. Prise. Elle aurait passionnément hurlé, mais seul un soupir d'aise s'échappe de la bouche de mon père. La chair s'amoncelle. Un peu de sperme sur la cuisse de Ma atteste l'acte-rot. Ma, prise d'une hébétude onctueuse, risque une somnolence. Il faudrait s'habiller et quitter la chambre. Le père dort déjà.

Sieste. Les hommes dorment. Ma à l'orée de la révolte. Les enfants chuchotent. L'air est moite. Sueur... La poitrine des femmes dégouline. Dehors, le linge sèche toujours. La répudiation est inéluctable : ainsi en a décidé mon père. Dans la tête de Ma, l'idée de mort germe ; mais l'agonie des mouches dans le suc de melon lui rappelle l'atrocité de la chose. Révolte. Un chat passe. Sa queue frétille. Il veut copuler. Ma ramène sa jupe sur ses cuisses blanches. Une sensation qui laisse une vague fraîcheur sur le bout des ongles. Si Zoubir a le bon Dieu de son côté, aussi a-t-il laissé tomber très calmement la phrase qui condense son désir de prendre une deuxième femme. Ma, elle, n'a rien. Divinité médiocre qui se contente de justice marginale ! Ainsi, les jeux sont faits. Ma ne s'y trompe pas, elle sait qu'il faut rester digne et se faire à l'idée de l'abandon. La sieste terminée, les hommes s'ébrouent et se raclent la gorge sans aucune retenue. Autour d'eux, les femelles frétillent du bonheur humide de leur mari ; et Ma, quoique fraîchement répudiée, reste soucieuse du bien-être de Si Zoubir.

A la fin de la sieste, le soleil abandonne sa position instable sur l'angle mat du toit qui perd ses écailles, et s'affale lourdement dans le patio gigantesque. Marbre éclatant. Vertige de chats efféminés qui préfèrent les gros tapis et les girons des femmes. Vasque qui dégouline d'eau tiédie par les mille zébrures du soleil. Portes peintes en vert. Fer forgé, pour grillager les femmes pendues aux fenêtres d'où toute perspective est vouée à l'échec. Marbre aveuglant. Dalles rouges veinées par les radiations, comme un front martyrisé. Échancrure à même la matière. Marbre brûlant qui, dès que le soleil sera parti, donnera loisir aux femmes de se pâmer d'aise. Cuisses envahies par le froid. Érotisme calfeutré, occulte. La sieste torride fait sécher les pépins de melon en un clin d'œil. Patience des femmes qui s'ingénient à les décortiquer pour en manger le noyau blanc et fade. Et en fin de journée s'annonce une telle chaleur que des millions de seaux pleins d'eau fraîche jusqu'au bord ne suffiront pas à éteindre toutes les brûlures et toutes les rousseurs.

Mon père n'est, au fond, qu'un point de départ. Dès qu'il est sorti pour aller au magasin, le pépiement des femmes reprend de plus belle. Les chats regrettent alors le silence qui domine les siestes; les enfants provoquent leurs mères et détalent vers la rue qui leur est, à elles, absolument inaccessible. L'eau coule de plus belle. On se remet à nettoyer ce que l'on avait astiqué le matin. Occupation vaine, elle ne sert qu'à soulager la chair des picotements morbides des vierges emmurées. Gros flocons d'ennui. Tension. Les paradoxes s'aiguisent. Foisonnement multiple. Gargouillis sordides de l'eau dans les tuyaux d'écoulement. Les sexes dégoulinent de sueur et l'émanation n'en est que plus forte. Travaux quotidiens. L'impatience est fougueuse, mais rien ne survient! La bave s'alourdit dans la bouche des femmes. Fébrilité de la munificence. Tout devient évocation charnelle et personne ne s'en cache, car l'éclat laisse pantelant. Promiscuité mouillée de l'eau qui gicle, fuse, insidieuse comme une langue de chair verte. Fouets. Les femmes lavent. Les femmes balaient. Les femmes crient et se disputent. Puis, tout à coup, le mouvement perd de sa rapidité, devient obsédant et pénétrant (prélude à l'acte sexuel). Enfin, l'heure arrive pour les femmes d'aller se préparer. Elles se lavent, s'épilent, se rasent le pubis et font des plaisanteries sur ce qui les attend dans le lit conjugal. Elles roucoulent pour donner envie aux vierges, qui restent muettes et ne cachent pas leur hostilité.

Cérémonie. Rite. Ma mère avait participé à la cérémonie rituelle. Elle n'avait plus peur. Les mots lui arrivaient au ras du cortex, puis s'échappaient comme ils étaient venus : des bulles. Aucune révolte ! Aucune réflexion ! Le barricadement était nécessaire, inévitable, et durerait le restant de sa vie. Claustration que l'on donnera en exemple aux veuves engrossées et aux répudiées indisciplinées. Ma savait qu'il y allait de l'honneur de la famille. Trente ans. Elle allait en finir avec sa vie de femme visitée conjugalement et dignement par le mâle effréné qui contentait aussi deux ou trois maîtresses, dont l'une, française, était venue au pays dans le seul but de vérifier l'ardeur génitale des hommes chauds. Solitude, ma mère ! Fermeture ! Pire qu'une huître : un vagin inculte. A trente ans, la vie allait s'arrêter comme un tramway poussif qui veut jouer à l'âne. Ultime recours : Dieu devait faire revenir Si Zoubir sur sa décision, sinon les sorciers entreraient en transe et les charlatans envahiraient la maison. Après la consternation, la première décision. Pour répudier Ma, Si Zoubir se fondait sur son bon droit et sur la religion : sa femme, elle, comptait sur l'abstraction des formules magiques. Enfant, elle l'était, et elle ne pouvait dominer les choses que par l'intermédiaire d'une autre transcendance : l'amulette.

Solitude, ma mère ! A l'ombre du cœur refroidi par l'annonciation radicale, elle continuait à s'occuper de nous. Galimatias de meurtrissures ridées. Sexe renfrogné. Cependant, douceur ! Les sillons que creusaient les larmes devenaient plus profonds. Abasourdis, nous assistions à une atteinte définitive. En fait, nous ne comprenions rien. Ma ne savait ni lire ni écrire ; elle avait l'impression de quelque chose qui faisait éclater le cadre de son propre malheur pour éclabousser toutes les autres femmes, répudiées en acte ou en puissance, éternelles renvoyées faisant la navette entre un époux capricieux et un père hostile qui voyait sa quiétude ébranlée et ne savait que faire d'un objet encombrant. Mais les valeurs nécessitaient des sacrifices et tout le monde était d'accord pour les assumer jusqu'au bout : les femmes — elles n'étaient pas les dernières ni les moins enthousiastes —, les hommes, les cadis et les gros commerçants. Ma reprenait alors sa place parmi les traditions envahissantes et réintégrait les dimensions de l'ordre. Aussi la société reprenait-elle son souffle et psalmodiait-elle d'une voix triomphante. Le peuple, lui, battait des mains et se réservait des lendemains de fête.

Ma était donc répudiée. Longues déambulations agressives à travers la maison. Lourde métamorphose. Elle rêvait peut-être de papillons chuintants et de phosphorescence pénétrante. La rupture avec le père était totale : il ne venait plus à la maison. Mutations intégrales. Transformations inadéquates. Le sang lui battait dans le bout des doigts. L'ovulation, chaque mois, se dégonflait lamentablement, comme une bulle crapaudine sur ces nénuphars en papier que nous rapportions des kermesses des écoles françaises. Si Zoubir, lui, pensait déjà à prendre une deuxième femme ! Halètements vertigineux des sourdes résonances. Toutes les nuits à franchir, et la solitude ! Mes tantes épiaient ma mère ; et profondément visitées, elles soupiraient d'aise, en se retournant dans leurs lits, pour mieux suggérer les jouissances abondantes. Les vaches ! Je voyais Ma se mordre les lèvres et se tordre le corps. Elle se taisait. Dans le noir, je faisais semblant de dormir. Depuis le départ du père, j'avais pris sa place dans l'énorme alcôve. J'avais dix ans et comprenais beaucoup de choses.

Les salauds prolifèrent dans la ville mais personne ne s'occupe de ce mal qui ravage les femmes de la cité. Les statistiques deviennent folles et, vu l'ascension du mal, se mettent à mentir. Ma mère fait partie de ce lot des femmes sans hommes. Sensation d'un monde qui s'arrête de tourner le temps d'un ahanement érectif, mais le monde continue à tourner et l'on croit rêver. La ville est calme. Situation stable. Les mégots jonchent les rues qui finissent dans la mer. Dans certains quartiers, il n'y a que des hommes en vadrouille qui crachent dans leur mouchoir quand ils veulent montrer qu'ils sont civilisés, prennent le tramway en marche, se saoulent dans les quartiers siciliens et, pour mieux jouir, donnent à leurs femmes des prénoms de putains. Le monde continue à tourner. L'énorme maison est située dans un quartier commerçant, Bab El Djedid, où le père tient un commerce d'import-export. Les cafés sont pleins à craquer. Chaque tasse de café est une négation de la femme. A défaut de leurs épouses, les consommateurs sont accompagnés de leurs enfants ; toujours endimanchés et l'air décidé de ceux qui savent que la relève est certaine : garder les femelles.

(Troubles. Pisse de tortue. Nuits d'été.)

La solitude — pire que la compassion ricanante des femmes qui font des efforts ardus pour regarder leur sexe dans un miroir, afin de s'assurer qu'il ne reste pas le moindre poil superflu — oblige Ma à descendre dans la cour à l'heure où il faut se méfier du jasmin. Les femmes font semblant de colporter des ragots, mais c'est la brise du soir qui les attire, car la suffocation grossit et la peur les tenaille. Femelles indécises, elles rivalisent d'ingéniosité pour garder le mari dont elles baisent encore la main, en signe de respect. Leurs lits sont durs à cause des amulettes exorcisantes qu'elles y cachent. Illusions... Ma garde une attitude discrète, mais au fond elle a envie de provoquer un scandale : se déshabiller et laver ses seins avec l'eau glacée du puits. Margelle... Les tortues somnolent aux abords du bananier stérile. Ma préfère éviter les sacrilèges et, en fin de compte, elle ne bouge pas de sa place. Tortues sacrées, elles ferment l'accès du puits. Ma mère a si peur de les gêner !

Certains jours, Ma paraissait si lasse qu'elle nous délaissait et ne s'occupait plus de nos petits drames. Ménopause précoce. Elle querellait Dieu mais laissait Si Zoubir monter les zèbres débridés. Elle était au courant des maîtresses, mais trouvait normal qu'un homme pût tromper sa femme. La réciproque ne l'effleurait même pas. Elle perdait, cependant, chaque jour un peu plus de sa douceur, de sa constance. Répudiée, elle restait sous la dépendance financière et morale du père, car une femme n'est jamais adulte. Elle ne sortait que rarement, pour rendre visite à des amies, ou pour aller au bain maure, à la fin du cycle menstruel. Chaque fois, ma mère demandait l'autorisation de sortie à mon père qui ne l'accordait que parcimonieusement. Ma était mortifiée par l'ingérence de Si Zoubir dans sa vie intime ; le patriarche réalisait ainsi une victoire totale. Après avoir répudié sa femme, il la mettait devant le fait accompli de son autorité permanente et, du même coup, il nous plaçait nous, ses enfants, dans une situation impossible. Entre nous, il disposait une barrière d'hostilité qu'il s'ingéniait à consolider. Effarés, nous allions nous abîmer dans cette lutte difficile où les couleurs ne sont jamais annoncées : la recherche de la paternité perdue.

(— Ce fut le début du cauchemar...
— Raconte, disait-elle).

Dimanche. Les femmes étaient parties à un mariage, emmenant avec elles la nombreuse progéniture. Lézarder dans la grande cour, pour une fois déserte, à la recherche de quelque faille malencontreuse. Engueuler le chat qui cherche querelle à la mère tortue, occupée à pondre douloureusement son œuf. Se remplir de l'accalmie. Soleil. Platitude d'un dimanche algérien. Déjà, je m'inquiétais de la future mort de la grosse tortue que ma mère soignait avec tant d'égards. Qui l'avait engrossée, la tortue de Ma ? Soupçonner le chien des voisins et lui garder rancune... N'avait-il pas l'habitude de dégainer son sexe rouge au milieu des femmes qui poussaient de véritables cris hystériques ? L'amitié entre le chien et la tortue avait toujours inquiété mon frère aîné qui avait fait naître en moi des doutes et des soupçons terribles. Silence. L'ennui des femmes déteignait sur moi et je n'avais plus envie d'aller me promener dans les rues de la ville, coupée stupidement en trois : la ville arabe, la ville juive et la ville européenne. Système clos et le racisme, latent ou déclaré ! Passer les après-midi à aller de chambre en chambre où m'attiraient les vêtements des femmes, que je m'ingéniais à humer sans jamais me lasser. Treize ans. Irrité par l'odeur tenace, je m'évertuais à chercher, au fond des buanderies, cachées derrière les sacs de couscous — séché et rentré en prévision des pluies automnales —, les culottes des cousines, souillées à l'endroit du sexe d'une traînée jaune dont la seule évocation me faisait bander. Premières masturbations dans la grande cour irradiée de soleil où j'allais chercher mes premières jouissances et une âcreté nécessaire à ma solitude. Mal de tête. L'exultation ne durait que peu de temps ; mais j'érigeais l'érection en système verrouillé d'automutilation, à tel point que, dans ma rage de confondre les choses, j'associais à ma douleur physique, due à la fatigue de l'organe affreux, la coupure définitive d'avec le père. Aucune modification ! Je reprenais la solitude là où je l'avais laissée. Sol criblé par le soleil ; dents chauffées et la hargne. Je traînais... Revisitais les chambres une à une et m'attardais dans celle de ma mère. Au seuil de la souillure, j'hésitais à renifler ses habits, mais le besoin de tendresse m'alourdissait l'esprit et je restais figé pendant des heures, incapable d'agir. Je finissais par m'en aller, déçu par l'odeur de la sueur. Atrocité de la cohabitation avec le monde des adultes où je rentrais par effraction, en brisant les verrous de toutes les chambres fermées à clef. Lorsque le soleil déclinait, j'escaladais les toits de la maison à la recherche de bestioles tièdes qui chauffaient leurs antennes, éblouies par le fastueux coucher fondu dans le crépuscule qui arrivait badigeonné de couches lumineuses et mordorées. C'était l'heure où l'agonie pénétrait la vieille tortue, perplexe entre l'admiration pour l'œuf pondu et la mort, somme toute, futile ; c'était aussi l'heure fatale où j'allais, sous l'évier de l'énorme cuisine, mettre à mort d'horribles limaces roses agglutinées autour des tuyaux d'écoulement. J'avais la nausée rien que de les toucher, et je retrouvais dans cet acte le même désespoir du lien coupé qui me donnait des rages de testicules.

44

Complexité des choses. Je nageais alors dans un monde dilué qui m'obligeait à créer, pour mon propre usage, des mots dont l'abstraction excessive me laissait pantelant. Je passais des heures entières à jouer, à attraper la berlue, à faire des cauchemars ardus... Et après la fatigue venait la peur : l'ombre d'une chaise, en particulier, placée toujours au même endroit, surgissait brusquement sans que je la visse arriver ; elle prenait des formes variables et monstrueuses qui donnaient à mon délire une puissance jamais atteinte ; et j'espérais le retour des femmes, comme un épouvantail qui en a marre d'être accroché au beau milieu du champ. Planté dans ma cour, je faisais semblant de me tromper en comptant les premières étoiles. Haines... Le cœur me battait d'exaspération, le silence n'en finissait plus et lorsque l'ombre de la chaise avait été engloutie par la nuit vorace, il restait l'idée de l'ombre, comme une trace brumeuse dans ma tête d'enfant malade et vicieux et qui se préparait déjà à un acte terroriste contre ce néant de père dont j'embrassais la joue rêche et froide, tous les matins, avant d'aller à l'école. L'heure était propice aux machinations enfantines ; mais l'arrivée soudaine des femmes rendait confus, dans mon esprit, tous les plans arrêtés dont il ne restait qu'un tenace entêtement, bâti sur un leurre vide de sens. Les femmes, revenues de la noce, mettaient le désordre dans ma tête et dans les pièces. Exténué par les inhalations fétichistes, l'attente des femmes et mes projets absurdes pour capturer le père, je me retirais furtivement, anxieux, face à cet enchevêtrement des formes et des désirs qui me collaient à la peau du crâne. Je partais finalement dans ma chambre sans vérifier si la tortue était vraiment morte, car la certitude venait avec la brise : impossible de se tromper, l'heure était à l'agonie.

45

L'effervescence des tantes, qui gardaient sur elles l'odeur de la noce, durait peu de temps. Neuf heures du soir. Voix du muezzin. Mes oncles rentraient, les bras chargés et les yeux rétrécis par le commerce-canular des paysans enrichis nouvellement arrivés dans la ville. Tout de suite le silence était rétabli parmi les femelles piaillantes. Les hommes parlaient fort, donnaient des ordres stricts. Les femmes chuchotaient, obtempéraient. Dîner gras. La sauce dégoulinait sur les mentons mal rasés des oncles qui mangeaient très lentement, à des tables basses, assis en tailleur le cul au frais sur le marbre transi. Ils se pénétraient d'importance, mes oncles ! Mine de rien, ils laissaient tomber dans l'assemblée des femmes des chiffres et des projets, évoquaient le nom des grandes villes qu'ils allaient visiter, mais ne pipaient mot sur les bordels de ces mêmes villes, dont ils feraient l'éloge tout à l'heure au café, entourés par une clientèle avide de détails croustillants. Les femmes, maintenant, avaient perdu leur langue, mais leur silence était chargé d'une telle admiration poisseuse qu'elles me dégoûtaient ; et mon aversion pour elles ne faisait que grandir. Je ne dînais pas, préférant écouter les propos des oncles qui continuaient à ébahir leurs pauvres épouses ; du coup, elles ne pouvaient plus se taire et se mettaient à roucouler : louanges à Dieu et que la prospérité et l'abondance ne les quittent jamais ! Il s'en fallait de peu qu'elles ne se missent à toucher folichonnement le pénis de leur mari respectif. Mais aucune imagination ! aucune ivresse ! Dents scintillantes dans la grosse pénombre d'une fraîche nuit d'été... Articulations saccadées de mâchoires à l'unisson... Coliques douce-reuses des tantes... J'en venais à reprocher aux femmes leur lâcheté ; mais ce qui me rendait le plus malheu-reux, c'était l'attitude équivoque et caqueteuse de ma mère, prise dans sa contradiction abondante, ne sachant à quelle haine se vouer et, pour ne pas perdre pied, décidant tout à coup de jouer le jeu, de se soumettre totalement aux avunculaires déchaînés. Finances solides, estomacs énormes, la famille engloutissait et l'abondance se déversait, laiteuse, juteuse, saignante et si piquante que la sueur inondait le front des dîneurs. Angoisse, terrible angoisse!

Et pour ne pas les entendre péter dans les cabinets et décrire après, avec force détails, leurs hémorroïdes, il faudrait sortir tout à l'heure, ou bien aller dans la chambre la plus éloignée des lieux...

Au fond, l'espace se refermait sur moi et je n'avais pas le vertige nécessaire à mon étonnement. Je ne pouvais, d'ailleurs, plus rire, ni courir, car courir c'est mourir, et je n'avais plus peur du chagrin. Je m'imposais alors des limites que la répudiation de ma mère rendait plus astreignantes encore. L'étalement familial me mortifiait et pourtant c'était dans cette périphérie oiseuse, et nulle part ailleurs, que j'avais l'unique chance de retrouver le père! Le bonheur les rendait fous, et cependant, tout autour, les choses s'entêtaient dans leur chétivité première. Ils mentaient, grossissaient les phénomènes; et le dîner se poursuivait: sucreries, pâtisseries, sur lesquelles les femmes avaient trimé toute la journée. Délectation! Bruits de langue! Odieuse nuit... Et la progéniture, piailleuse! Gloutonne! Pilleuse! Malgré le sommeil qui leur transperçait les yeux, ils continuaient à s'agiter, les bébés de la famille, et je savais leur pincer, rageusement, les fesses! Les tantes rivalisaient d'ardeur pour démontrer l'intelligence de leurs enfants; les oncles, eux, souriaient de satisfaction, oubliant qu'ils étaient tous porteurs d'horribles hémorroïdes, bien rouges et bien purulentes, qu'ils allaient — signe de distinction — soigner en Europe où ils recrutaient en même temps leurs secrétaires-maîtresses. Rires fantastiques défer-

lant d'un autre âge. Envie de les frapper, jusqu'à
ce que mort s'ensuive, avec le bout acéré de mes
souliers. Mais je ne faisais rien, et les choses gardaient
une fixité primordiale. Entre-chocs de verres ; vibrations d'âmes commerçantes. Les dalles rutilaient, la
maison était propre. La tribu continuait à mastiquer, à
parler et à s'étrangler de temps à autre ; les piments
brûlaient le palais des hommes, mais comme ils
croyaient que cela développerait leur puissance génésique, ils n'en avaient cure. Du coup, l'un des oncles a
de la morve qui pend à sa moustache mais, parti dans
une longue diatribe contre les mendiants qui infestent
la ville, il ne prend pas le temps de s'essuyer et préfère
gober sa douce morve, comme un caméléon gobe un
insecte. Personne n'a rien remarqué. Les bébés-singes
font maintenant des passes savantes, zézayent, lâchent
un pipi sur les pantalons arabes de leur père, sans
aucun égard pour la religion qui interdit la prière à
ceux qui portent des traces d'urine ; cependant, personne ne se fâche, au contraire, les pères vont jusqu'à
comparer l'abondance du liquide et en commenter la
couleur. Arrivés au sommet de leur excitation, ils se
mettent à toucher la verge de l'enfant élu et à en
comparer la longueur avec celle des autres ; chatouil-
lés, les bébés hurlent à l'unisson avec beaucoup de
vigueur ; et les femmes, gagnées par tant d'excitation,
embrassent carrément les testicules encore humides.
Tintamarre et fêtes galantes. L'atmosphère est équivoque, et les chats, nombreux dans la maison, se mettent
à caracoler, à se monter et à pousser des petits
miaulements de plaisir. Devant ce spectacle, les femmes rougissent et baissent les yeux, mais dans leurs
façons de faire il y a des appels au viol et au massacre...
Cela continuait ainsi, durait deux ou trois heures ; puis
les oncles partaient au café ; les tantes ramassaient
l'énorme vaisselle et la marmaille endormie au milieu

d'une pitrerie stupide; délaissées, elles reprenaient leurs attitudes naturelles, et de leur voix toute minauderie disparaissait. Elles s'aggloméraient dans la cuisine et se remettaient aux travaux ménagers et aux disputes jusqu'à l'arrivée de leur mari. Elles devenaient subitement silencieuses, alourdies et presque agressives : l'heure de la vérité avait sonné et il ne restait plus de place pour les palabres. Elles rentraient dans leurs alcôves, où on n'allait pas tarder à les assassiner à petits coups d'indifférence : les hommes, en les prenant, rêvaient à leurs maîtresses et aux putains des villes européennes.

Toute cette tension nouée au niveau de ma gorge, et que je n'arrivais pas à faire exploser dans un quelconque acte de violence, me fatiguait beaucoup. Insomnie. Ma mère, à mes côtés, ne dormait pas non plus. Soupirs. La promiscuité ne me gênait pas, à vrai dire, mais l'énervement, entre nous, surgissait dès que nous étions dans le grand lit. Pendant de longues heures, le sommeil ne voulait pas de moi. Épave, je dérivais. Monde terrifiant dont je comprenais les signes, mais jamais l'intention. Pourquoi ma mère me préférait-elle à mes autres frères ? En fait, nos rapports étaient plus heurtés, plus violents. Impossible de donner une réponse. Je n'arrivais pas à m'endormir, malgré la lassitude. La maison était silencieuse, mais je savais que ce n'était là qu'une apparence, car les membres de la famille étaient rivés à leurs rêves, plantés dans leurs cauchemars et dans une incommunication abjecte, plus épaisse dans le faux de la nuit merveilleusement belle qui se découpait, clarté roide, derrière les fenêtres de notre chambre. Incommunication établie à partir de solides hiérarchies ancestrales ; et la ville avait englouti la campagne. En fin de compte, toute affectivité disparaissait, se disloquait ; ne restaient que des structures de façade qui empêchaient les rapports réels. Facticité... Étouffement. Quitter furtivement le lit et sortir de la chambre. Tourner en rond. Regarder la carapace de la tortue, morte maintenant et dont personne ne s'était occupé. (Ma, demain, lui ferait de belles funérailles et irait peut-être jusqu'à encenser la maison, en hommage à l'animal qu'elle avait amené avec elle le jour de son mariage.) Accalmie. Laisser venir à moi la brise. L'une de mes cousines ne dormait pas encore. J'allai dans sa chambre qui sentait encore les effluves ramenés de la fête. Elle me regarda entrer chez elle, mais je ne distinguais que mon ombre qui me devançait, hâtive, grosse et débordant de partout jusqu'au plafond ; ma cousine me vit arriver sur elle, et elle devait craindre surtout cette ombre dense, si grotesque. Au début, elle dit qu'elle ne comprenait pas, puis qu'elle ne voulait pas, à cause de la religion. Elle était plus âgée que moi et préparait son trousseau pour un éventuel mariage. Grâce à mon ombre, je parvins facilement à glisser ma main sous sa chemise de nuit et lui pétrir les cuisses qu'elle avait très fortes. Je la caressai avec une violence qui la fit gémir et, un instant, j'osai lui toucher le sexe, mais ma main ne rencontra qu'un renflement de poils humides ; écœuré, je la retirai précipitamment. Larmes de la cousine. Avait-elle cessé d'avoir peur de mon ombre, qui la submergeait plus que mes caresses maladroites ? Moi, tout ce que je voulais c'était atteindre l'ignoble chose dont je soupçonnais l'existence fantasmagorique à l'abri du pubis velu. Mettre la main dans ce trou de vie dont je ne connaissais que la trace jaunâtre. Peur... Rester là, sans aucun mot. Je n'en étais pas à ma première tentative. Échec, encore ! Elle se blottissait contre moi, et je voulais déjà la quitter (touche mes cuisses, elles sont si soyeuses !) ; elle ne comprenait pas mon attitude défaitiste devant son sexe vierge et

50

qu'elle voulait bien me laisser caresser, voire prendre d'assaut. Elle s'accrochait, disait qu'elle m'aimait (enfantillages...). Bafouée. Tremblante. Elle devenait de plus en plus fébrile, s'abandonnait à l'imprécise étreinte. Commisération à l'égard de mon propre malheur, car je revendiquais à l'instant même ma mère meurtrie, trompée ; mais les idées étaient rétives et j'aboutissais chaque fois à cette odieuse impasse où me catapultait l'innocence amère (je ne savais pas comment me venger du sadisme du clan vis-à-vis de Ma). Brouillard multicolore devant mes yeux. Mal à l'échine. L'autre arc-boutée, comme à la recherche de quelque étreinte qui eût modifié les données infernales. Moi, plein d'une cécité prophétique, je promenais sur le corps de la cousine des mains ascétiques. Maintenant, elle n'en pouvait plus, se prenait pour une citadelle qu'il me fallait investir. Moi, je farfouillais dans le reste attiédi de ma conscience à la recherche de quelque usurpation primordiale (mais rien !). Elle, ne voulait pas d'un simulacre. Moi, je geignais d'une façon stupide. Arrivé au bout de mon impatience, je ne sus plus que faire. Elle était pâle. Moiteur, comment faire pour qu'elle cesse ? Une seule perspective : m'exprimer à travers ce corps. Prise de panique, elle s'étendit à même le carrelage nu et brillant, me mordit la lèvre inférieure, et tandis que mon sang dégoulinait sur le corps glabre de la vierge, moi, je perdais mon temps à humer l'odeur exécrable qui émanait de la déchirure, atrocement curviligne. Yamina sortit alors un sein banal de fillette précoce que je m'empressai de malaxer, pour faire quelque chose ; mais la chaude mamelle minable me rappela, avec son téton dur et bleuâtre, le pis des chèvres qu'il m'était arrivé de voir traire dans les fermes de mon père ; et à chaque instant, je m'attendais à ce que le lait tiède giclât du sein de la gamine, ridiculement affalée, inondât mes habits, coulât par terre, envahît toute la maison et fît miauler les chats qui l'auraient lapé en deux coups furtifs de langue rose. Renoncement... Je voulais partir, mais le sexe grotesque à l'entrebâillement rouge me fascinait de plus belle. Je ne fis alors que regarder globalement, sans prêter attention aux détails. Pendant quelques instants, l'envie me prit de gambader à travers l'énorme triangle velu, mais l'idée du lait, qui pouvait arriver jusque sous le lit de ma mère et dont l'odeur âcre la réveillerait, gâchait ma sublime joie de gamin assis sur le sommet d'un cul. Elle râlait maintenant, et j'avais peur qu'elle n'éclatât entre mes mains tremblantes ; au lait s'ajouterait le sang ! Tout à coup, je partis dans ma chambre, laissant ma cousine pantelante, bêtement femelle, déjà grosse de ses menstrues chétives, éminemment entrouverte, grotesque, paresseuse et surtout malheureuse à l'idée du péché piètrement consommé.

Je m'échappai donc et réintégrai le sommeil que je n'avais jamais quitté. Il y avait toujours quelque chose d'irritant dans mon sommeil, comme une lacune d'éternité que je m'épuisais chaque nuit, en vain, à combler. Je dormais par bribes et finissais par haleter avec le jour brusquement jailli dans notre chambre et ne laissant plus le moindre répit à ma mère qui finissait par se lever. Je n'arrivais pas à savoir, alors, si je dormais ou si je rêvais. L'éclaboussement sonore de l'eau dans la cuvette et les bouts de chair nue se relayant, dans ma conscience, avec une rapidité extraordinaire ajoutaient à mon indécision. Était-ce tout simplement ma mère qui se lavait bruyamment dans la salle de bains ? J'étais incapable de faire la part du réel à travers toutes les sensations qui me prenaient d'assaut. L'inextricabilité de la situation finissait par m'endormir profondément, angoissé par la voix de ma mère qui faisait sa prière de l'aube. Je n'avais pas encore étanché ma soif de cauchemars qu'elle me pinçait pour un réveil matinal et abrupt que je haïssais entre tous. Il n'y avait plus de place pour le doute. Les choses se rebiffaient en angles drus et explosaient dans mes yeux sans pourtant m'aveugler. Mains poisseuses... Visages renfrognés des membres de la famille. C'était l'heure où le mien, reflété dans la glace, m'étonnait. Mouvement de recul : je m'écorchais à me vouloir autre ; mais rien ! Je ne recelais aucune trace de mutation. Grimaces... Bruits divers. Chasse d'eau. Chute de corps solides. Voix pâteuses. La folie reprenait l'énorme tribu, qui, dans son désir de nous voir acquérir la science, s'évertuait à nous inculquer une ponctualité de cancre. Traîner est un art. Chaque fois que je me regardais dans la glace, je jurais de ne plus recommencer. Cris de ma mère... L'odeur du café se répandait. Encore la chasse d'eau ! L'innombrable famille faisait ses besoins à tour de rôle ; du coup je pissais dans le lavabo pour ne pas faire la queue devant l'unique W.C., quoiqu'il me fût très agréable de voir mes tantes se toucher pour réprimer leur envie d'uriner un bon coup. Avec la marmaille, c'était le lever des mouches, effarées par un réveil aussi assourdissant. Continuer à me regarder dans la glace jusqu'à ne plus me reconnaître. Puis, effrayé, battre lâchement en retraite. Chaviré, il me fallait quand même m'habiller parmi les cris de ma mère, soudainement ressuscitée, heureuse d'avoir traversé la nuit sans encombre. Elle caracolait même pour bien montrer qu'il n'y avait pas eu de mauvais rêve dans son sommeil de femme répudiée et dévote. Ridicule, ma mère ! Je la haïssais, d'autant plus que le souvenir poilu et juteux de ma cousine me hantait littéralement. Je reprenais mon angoisse là où je l'avais laissée la veille. J'étais intact ! Réveil, somme toute, banal. Yeux torves. Un oncle s'indignait, sa montre à la main. Il ne fallait pas arriver en retard au lycée! Pour le clan, il s'agissait d'un investissement, c'est tout! Cependant, rien n'y faisait, nous nous escrimions à arriver en retard dans le but d'épater les autres cancres et d'avoir la mainmise sur la classe. Cela n'embêtait pas beaucoup le professeur juif qui nous enseignait le français. En classe, nous pincions dans notre pain, glissé *in extremis* dans notre poche avant le départ tonitruant. Troupeau... Mauvais élèves... Nous avions la bouche pleine et cela nous aidait à ne pas répondre. Impotence congénitale. Race de paysans arrivés. Nous étions heureux de notre incapacité à ingurgiter la science; surtout que cela faisait râler nos parents-commerçants. Seul Si Zoubir comprenait la contradiction car il était le seul à s'être détaché de la paysannerie grâce à une culture solide. La classe puait... Chaleur... Au cours de mathématiques, c'est une dame qui nous enseignait. Nullité... Nous ne savions pas compter et trébuchions sur les énigmes algébriques. Pour faire quelque chose, nous lancions des gommes sous la chaise du professeur et, en allant les récupérer, nous regardions sous sa jupe. Trou noir! Entre les mathématiques et le néant, nous choisissions les mathématiques. Fébriles, nous comprenions alors tout ce qu'on voulait, afin d'oublier la nuit fétide, là-bas, sous la jupe. La dame n'en revenait pas de notre soudaine diligence. Elle était belle, Mlle Mercier! mais nous en étions dégoûtés pour le restant de la semaine. Horribles profondeurs... Il aurait fallu se contenter du superficiel : yeux verts. Pâleur extravagante. Elle avait la berlue et de petits seins. Mais quelles cuisses! Habillée constamment de noir, elle nous attristait. Nous restions là, pervertis par la géométrie et la peur du noir, à l'orée de la masturbation gigantesque que nous n'osions même plus évoquer, tellement nous râlions d'être tombés dans le piège du trou noir, absolument incompréhensible et que nous ne parvenions pas à ramener à notre portée. La classe se terminait bêtement dans le ronron stupide des bons élèves que nous étions devenus : questions sournoises, jaillissement de réponses dociles. Nous n'étions même plus hostiles, malheureux seulement.

Coincée entre le souk des forgerons et celui des bouchers, notre maison était juchée sur une hauteur d'où l'on dominait toute la ville. Juste en bas, passait le tramway ferrailleux et sans âge. Nous étions donc entourés de dangers, aussi nous était-il formellement interdit de jouer dans la rue. Cependant, comme nous étions constamment chargés de faire les commissions, nous avions le loisir de nous promener et de pousser jusqu'à la ville européenne, très loin de la maison, à la recherche de quelque parfum rare pour une des tantes ou, tout simplement, à la recherche de la mer que nous pouvions surprendre dans ses eaux portuaires, très sales mais que nous trouvions à notre goût. En été, nous allions jusqu'à nous baigner dans l'eau fangeuse du port, parmi les dockers et les chômeurs venus au bord de l'eau fumer du kif et, par la même occasion, nous peloter les fesses sous prétexte de nous apprendre à nager. Après de telles escapades, nous n'échappions pas aux corrections des oncles. Les femmes, dans ces cas, étaient de connivence avec les hommes : elles obtenaient la preuve de notre forfait en nous léchant la peau pour voir si elle était salée ou pas. Généralement, elles nous protégeaient contre la sauvagerie des mâles, mais lorsqu'il s'agissait de baignades elles étaient intraitables. N'ayant jamais vu la mer, elles se fiaient aux hommes pour mesurer les dangers que nous courions. Le plus souvent nous limitions nos vadrouilles aux souks avoisinants : boutiques de forgerons, minuscules : bric-à-brac monstrueux et rouillé. Le souk des bouchers était beaucoup plus grouillant : étals chargés de viande dégoulinant de sang, odeurs âcres. Cris... Tintamarre... Viande... Tripes... Disputes... Subterfuges... Hideur pénétrante des cuisines faméliques... Viande pour riches, viande pour pauvres. Nonchalance affectée : il suffisait de gratter un peu pour que toute l'atrocité de la chose éclatât et raclât le fond des nuits à lamentations, morts violentes, visages griffés, ventres gonflés, seins plats et saouleries monstrueuses qui ne trouvaient d'écho que dans les prières des femmes, charnellement rivées à un Dieu d'abstraction morbide et qui ne servait strictement qu'à secourir, d'une façon nébuleuse, les affamés, les malades et les ivrognes si nombreux dans la ville.

Dans les rues, la foule est dense ; c'est l'heure où les places se transforment en marchés misérables : légumes pourris étalés à même le sol et récupérés dans les ordures des halles ; fillettes, remarquablement propres, vendant des galettes et du fromage de chèvre ; garçons bouchers se battant au couteau pour une fille du quartier réservé ; vieilles femmes aux gestes doux d'ancêtres ; graisse ; tripes encore ; têtes de moutons ; bœufs énormes. Il dégouline tout le temps une eau couleur rouille, dont les bouchers se débarrassent anarchiquement. La foule a l'air de danser. Balancements. Étals rouges. Les vieilles femmes noires exhibent des dents pourries et des gâteaux au sorgho. Les passants s'arrêtent, reluquent les fillettes et chassent les mouches agglutinées dans la chaleur. Les hordes de mères passeront tantôt et rafleront tout : mauvaises viandes, mauvaises graisses... J'aime, avec mon frère aîné, me glisser au sein de cette humanité malencontreusement vivante. Impression que les insectes qui grouillent autour des victuailles malodorantes ont des têtes de criquets en train de gigoter comme des mal pendus. Les visages s'amoncellent, s'entassent, ricanent en gros plan, et le mouvement s'amollit de tant de lassitudes que l'on entendrait presque crisser les rires mécaniques. Mansuétude de vers effilochés. Acceptation fétide. Nous sentons leur rage poindre à ras du cœur, mais les vieilles femmes hochent la tête et nient la lutte. Misère étale. Chaque soir, elles étendent le catafalque des causes perdues et se gorgent jusqu'aux transes d'encensements fatalistes qui réconcilient les riches et les pauvres. Zahir m'expliquait beaucoup de choses, mais je ne comprenais que confusément et il ne me restait qu'une poignante certitude, que le sang rendait morose.

Au sortir des souks, nous titubions parmi les conteurs sournois qui s'ennuient à raconter les mêmes histoires à un auditoire qui ne réagit qu'aux passages obscènes. Les devins préféraient les ruelles plus calmes pour attirer les nigauds piteux venus s'en remettre à eux pour découvrir un trésor ou ensorceler une femme réticente. Les badauds chômeurs déambulaient d'un attroupement à l'autre, opinaient de la tête, crachaient sur le sol d'énormes viscosités de poitrinaires et se permettaient de contredire parfois les charlatans, vendeurs de remèdes contre le mal de tête et le mal d'amour enveloppés dans du papier journal. Aux alentours des rues qui pointent droit vers le ciel, les aveugles, sanglés dans leur petite vérole, tentaient d'apitoyer les passants et annonçaient les petits bordels grincheux où tout un peuple, habitué à cloîtrer ses femmes, venait faire l'amour à de vieilles matrones insupportables. Zahir me plantait là et, sans aucune explication, s'en allait escalader les marches des petites ruelles ; rechignant contre les inhibitions pathologiques qui lui faisaient éviter les impasses sombres et les putains bedonnantes dont les ovaires n'en peuvent plus, il allait frapper à la porte d'un fondouk où l'accueillait tous les soirs le vieil Amar qui travaillait pour le compte du père et cultivait du kif dans des pots de jasmin. J'en voulais à mon frère de ne pas me mettre au courant de ses secrets ; hésitais à traverser en trombe le quartier réservé ; décidais finalement de rentrer.

Neuf heures du soir. La nuit arrivait par le halo faiblard des lampes à carbure allumées au-dessus des étals des marchands de fruits. Neuf heures du soir. Le muezzin, d'une voix nonchalante, appelait les fidèles à la prière. Les passants continuaient à cheminer tranquillement à travers la cohorte des charrettes à bras qui embouteillaient les petites rues de la ville basse, sans s'occuper des appels réitérés où perçait cependant une légère menace contre ceux qui resteraient insensibles à l'exhortation de Dieu. Les vendeurs de journaux s'égosillaient à annoncer les gros titres des gazettes d'outre-mer. Les processions de mendiants dévalaient les collines des bidonvilles — magma encombrant de plaies à même le zinc surchauffé par les mille scintillements de la mer —, s'engouffraient dans les ruelles noires et psalmodiaient des complaintes qui avaient le don de n'émouvoir personne. Les tramways, sur les grandes artères érodées par la proximité de la mer, devenaient plus brinquebalants qu'au début de la journée et prenaient tout à coup conscience du temps et de la vitesse ; mais les receveurs somnolaient sur leur siège et la ville était tiède, à cause peut-être de l'odeur de pieuvre grillée qui adoucissait l'atmosphère. Neuf heures du soir. Le travail s'arrêtait dans les souks. Les commerçants s'en allaient vers l'autre côté de la ville. Prémices d'étreinte... Monde devenu tout à coup statique... Les choses revenaient à leur position première. Début de quiétude... Mouvance lentement freinée jusqu'au bercement au rythme duquel s'endormait la ville arabe, épuisée par son troc et sa position instable entre la mer et les collines. (Regarder s'amenuiser les silhouettes dans les ruelles tenait du cauchemar!) Peur... Je n'avais pas sommeil. Querelles de femmes livrées à elles-mêmes... Roucoulements de cousines arrivées subrepticement à l'âge de la puberté... Trahison, encore! Chahut des sœurs énervées par l'attitude du père... Et la chanson de l'eau (chasse, bidets). Engloutissements... Je ne voulais pas rentrer. Ma attendait. Quitter la vieille ville... S'intégrer aux femmes... Assister au dîner des oncles... Revendiquer une place dans la nuit fraîche... Se taire, finalement, exténué par cet environnement inconsistant; et mon compagnon (ou mon frère aîné) aurait beau exulter de me voir retomber dans le même fossé que la veille, je ne lui en voudrais même pas. Faire l'aveugle devant les simagrées de la cousine, troublée par sa nouvelle exigence d'un mâle se dérobant à ses coups de griffe et geignant jusqu'à l'évanouissement si une langue pénétrait sa bouche. Peur du lait, tellement indélébile que ma peau s'en ressentirait longtemps après. Pour arriver à la maison de Ma, il faudrait éviter les impasses urineuses — rendez-vous d'homosexuels qui se caressent dans le noir des latrines — et les cafés à rengaines. Faire de longs détours pour ne pas tomber dans la facilité!... Se méfier des femmes. Ma attendait l'annonciation; mais Si Zoubir n'était pas mort, il ne saurait mourir, comme le souhaitait ma mère. Râles encore! Tout se passerait comme je l'avais prévu : les oncles seraient là. Maussades, les femmes joueraient aux garces et prendraient des attitudes provocantes.

Fermeture de soutien-gorge qui craque ; gros seins que n'importe quel sommeil ne saurait écraser... Tuer les bébés ! Mais il est trop tard et la cérémonie est déjà avancée lorsque j'arrive dans la maison.

Le père n'avait pas attendu longtemps pour se remarier. Son plan était précis : habituer la mère à cette idée nouvelle et rompre définitivement avec nous. Il ne fallait pas brusquer les choses, l'affaire étant importante. Il s'agissait pour lui d'attiser notre haine et d'atteindre un point de non-retour à partir duquel toute réconciliation serait impossible. Nos rapports se détérioraient de plus en plus, devenaient plus que crispés. Petits meurtres en puissance... Il avait le beau rôle mais c'était trop facile : Ma avait depuis longtemps abdiqué et s'était laissée prendre par ses prières et ses saints. Nomenclature complexe pour une mise à mort évidente ! Tout le monde avait compris et nous attendions avec fébrilité l'annonce du mariage de Si Zoubir. Le père vint demander conseil à Ma qui fut tout de suite d'accord. Les femmes lancèrent des cris de joie et ma mère, pour ne pas rester en deçà de l'événement, accepta d'organiser les festivités. La mort sur le visage, elle prépara la fête ; d'ailleurs, pouvait-elle s'opposer à l'entreprise de son mari sans aller à contre-courant des écrits coraniques et des décisions des muphtis, prêts à l'entreprendre jour et nuit si elle avait eu la mauvaise idée de ne pas se résigner ? Ma ne querellait plus Dieu, elle se rangeait à son tour du côté des hommes. Ainsi, l'honneur du clan était sauf (louanges à Dieu ! encensements) et Si Zoubir pouvait éclater de bonheur.

Noces drues. La mariée avait quinze ans. Mon père, cinquante. Noces crispées. Abondance de sang. Les vieilles femmes en étaient éblouies en lavant les draps, le lendemain. Les tambourins, toute la nuit, avaient couvert les supplices de la chair déchirée par l'organe monstrueux du patriarche. Pétales de jasmin sur le corps meurtri de la fillette. Zahir n'avait pas paru à la fête. Mes sœurs avaient de vilaines robes, et des larmes aux yeux. Le père était ridicule et s'efforçait de se montrer à la hauteur : il fallait faire taire les jeunes gens de la tribu. Depuis que sa décision de se remarier avait été prise, il s'était mis à manger du miel pour retrouver la vigueur hormonale d'antan. Zoubida, la jeune mariée, était belle ; elle venait d'une famille pauvre et le père n'avait certainement pas lésiné sur le prix. Sérénité du troc et netteté des comptes ! Pendant la noce, les femmes étaient séparées des hommes ; mais les garçons de la maison profitaient d'une certaine confusion pour aller rejoindre les femmes qui n'étaient là que pour se laisser faire. L'euphorie battait son plein, mais Ma ne quittait pas la cuisine. Tout le monde louait son courage et cela la consolait beaucoup ! Lamentable, ma mère ! Je ne lui adressais plus la parole et je la haïssais, bien que cela pût profiter à Si Zoubir. Zahir n'apparaissait toujours pas et personne ne s'en inquiétait. Vers la fin de la noce, il rentra complètement saoul et jeta l'émoi parmi les femmes en leur faisant publiquement de l'œil. Le père ne lui adressa aucun reproche ; il s'arrangeait pour nous éviter, de peur de tomber dans nos traquenards : il était plus superstitieux que scrupuleux. Il s'occupait d'ailleurs trop de sa nouvelle femme et avait l'œil constamment allumé ; parfois, il promenait des mines confuses et émues et c'était là sa façon d'arborer sa passion devant le corps nubile de celle qui allait être son otage. Ma dut quitter précipitamment la cuisine pour soigner Zahir, l'aîné de ses enfants, tombé dans un délire homicide : il prétendait vouloir tuer un fœtus, sans donner trop de précisions. Moutons tués. Couscous épicé. Montagnes de gâteaux au miel. Défoulement des femmes. Folie de mon frère, de plus en plus délirant. Le peuple braillard était aux premières loges et se bâfrait sans aucune retenue ; tout le monde profitait de l'aubaine. Le nouveau marié restait invisible pendant de longues journées et, lorsqu'il réapparaissait, il aimait exhiber sournoisement des cernes d'homme comblé, suggérant des orgies interminables. En fait, il était conscient de faire l'amour à une gamine et cette idée perverse l'excitait par-dessus tout. Les mâles se frottaient les mains et rêvaient d'une éventuelle fête érotique, à l'instar du gros commerçant. Ils se taisaient d'ailleurs, préférant surprendre leurs épouses par une répudiation sans bavure qu'elles n'oseraient refuser puisqu'elles applaudissaient à celle de Ma. Les lecteurs du Coran se relayaient et se bagarraient ferme pour le plus gros morceau de viande. Les mendiants assiégeaient les portes de la demeure et, abandonnant leur mine hirsute, ils arboraient des faces de jouisseurs gagnés en un tournemain à la société d'abondance et devenus complices des riches commerçants de la ville. On mangeait. On gigotait. Hilarité. Remous. La maison croulait. Les parents de Zoubida étaient les plus nombreux. Je ne pouvais rien avaler, mais je me rattrapais sur les vagins des vierges, dans lesquels je fourrageais sans désemparer. J'en profitais pour haïr ma mère et, par une sorte de dérision, avilir toutes les femmes qui me passaient entre les mains. (Lâcheté !) Et je gardais dans les doigts une odeur opiniâtre de pisse rance, comme si j'avais mis les mains dans un cageot de poissons avariés. Mécaniquement, je forniquais avec les veuves et les divorcées, qui préféraient les gamins pour éviter le scandale et une éventuelle grossesse. Nymphomane débridée, une de mes tantes me suppliait de lui faire l'amour mais, dans mon onirisme farfelu, je gardais assez de clairvoyance pour deviner là un piège grotesque du clan contre l'un des fils de Ma. Les parents continuaient d'affluer, au fur et à mesure que la noce prenait de l'ampleur : cohortes stupides, cisaillées par le sommeil et qui faisaient deux jours de train pour débarquer dans la cité immense qui les surprenait et les rendait terriblement méfiantes durant tout leur séjour. Toute la ville parlait de cette noce fastueuse : les riches riaient fort et se préparaient en douce de petits mariages avec des fillettes dodues ; les pauvres, eux, soupiraient de ne pas avoir assez de deniers pour convoler à nouveau et finissaient par s'éparpiller dans les bordels louches. Les femmes n'avaient pas d'opinion ; mais la révolte grondait parmi les maîtresses de Si Zoubir, qui trouvaient que la noce avait assez duré comme cela. (Mais elle n'a aucune expérience, cette pauvre gamine ! s'exclamait Mimi, l'une des maîtresses de mon père, ancienne recrue des bordels de Constantine.)

Mon père, cependant, était solidement arrimé aux ovaires de la marâtre juvénile. Les lecteurs du Coran avaient beau rouspéter et embrasser goulûment sur la bouche les vieilles domestiques édentées ; les gros cadis avaient beau se gorger de vin et fleurer l'eau de rose, Si Zoubir ne daignait pas faire un geste, pour stopper le mal qui gagnait tous les convives. Chapelets. Grain à grain... Les bénédictions pleuvaient. On ne s'entendait plus parler. La maison sentait l'abattoir. Les musiciens étaient aveugles et de surcroît, juifs ! Ils moulaient à longueur de journée leurs airs braillards. Raclement des instruments (j'adorais la cithare !). Les

convives larmoyaient d'émotion, m[...]
fétide et leur mauvaise foi évidente. [...]
prenaient de l'ampleur, chaque jour [...]
le monde était fourbu de fatigue mais [...]
rater une telle aubaine. Après, on [...]
mariages pour des mois. Zoubida, la [...]
de mon père, faisait la fine bouche; [...], je la
regardais à travers mes cils, la trouvais splendide et me
préparais à en tomber amoureux. Je lorgnais ses
formes chaque fois que j'étais dans son sillage, mais
elle restait de marbre. Nous nous défiions. Salaud,
mon père... tant de candeur escamotée... Il ne me
parlait plus, d'ailleurs, et je trouvais exagérée cette
pudeur avec ses enfants après ce qu'il venait de faire !
Moignons. Face de rat. Faces de bébés mort-nés.
Merde... Il grignotait un bout de sein, un bout de chair
de la marâtre-enfant et assiégeait les lieux d'aisance.
Rancœur ! Les cousines m'exaspéraient et, dès qu'elles
venaient rôder autour de ma divagation, je les giflais
sans retenue ; elles ne comprenaient plus rien. Je
n'étais plus porté sur la chose, moi qui leur avais
donné de si mauvaises habitudes. En vérité, je laissais
à mon père le temps de jouir, pour mieux le remplacer
le moment venu. Mes cousines m'en voulaient à mort
et, au sortir de la fête, me tendaient de véritables
embuscades. Elles distillaient le fiel ; mais leurs fortes
émanations me prévenaient de loin et je savais les
dérouter. Durant la noce je me plaisais à jouer au mâle
en l'absence de Zahir resté au lit, plein de mépris pour
ma vaine agitation. Déjà, investi de mon rôle, je
voulais être méchant ; mais les femmes me faisaient
pitié, écartelé que j'étais, chaque nuit, entre le rêve et
la berlue. Je me remettais alors à caresser de nouveau
les pubis osseux des femelles maigres et à pénétrer les
plus grasses.

Rafraîchissements. La limonade coulait à flots chez

...emmes; les hommes, eux, faisaient la cour aux danseuses professionnelles afin de les baiser gratis, et les saoulaient à l'anisette. La noce s'échauffait et l'orgie devenait monstrueuse. Du coup, les mendiants refusaient les restes et exigeaient les meilleures parts; en face d'une telle situation, insurrectionnelle, les gros commerçants obtempéraient et les gueux de la ville avaient gain de cause; souvent je conduisais leur révolte, mais ils me refusaient toute reconnaissance et leur attitude me causait une grande mortification. Haines! L'abondance, à la fin, nous faisait parvenir à un stade léthargique très avancé; les grosses voix des cadis qui bénissaient Dieu nous réveillaient en sursaut et freinaient grandement l'adultère, car les femmes étaient superstitieuses avant toute chose, et quand elles avaient peur de l'enfer, elles devenaient coriaces; inutile alors de quémander la chair!

Jubilation! Toilettes. Bariolage. Sexes en sueur. Henné. Yeux noirs. Vingt brûlures entre les yeux... le calvaire de Ma durait toujours. Elle pétrissait la pâte, cuisinait et soignait Zahir qui se morfondait dans une torpeur bizarre. Il m'arrivait de lui parler et, lorsqu'il acceptait de mettre fin à son brumeux et pénible soliloque, nous passions de longs moments ensemble: il m'apprenait la haine du père. (Ne pas hésiter: les buter, lui, sa gamine et le fœtus, répétait-il.) Il avait des yeux fiévreux et jetait sur l'entourage éberlué, un regard arrogant et maussade; empêtré dans sa terrible exigence, il me consolait de ma lâcheté. Nous collions aux mots et imaginions le crime parfait; Zahir, calmé, s'assoupissait, mais j'avais très peur. Me traînaient dans la tête des relents de phrases, petites, cupides, souffreteuses. Le père pouvait toujours ahaner au-dessus du corps glabre de sa jeune femme, il n'aurait jamais plus de paix! Traquenards. Je jurais haut, niais Dieu, la religion et les femmes. Zahir haïssait la tribu et pissait dans l'eau qui servait à l'ablution des saints hommes et des lecteurs du Coran. Cauchemars où les frelons se promenaient dans le lit de la mariée. Barbes... Turbans... Ils louchaient tous et lavaient les morts. Nous les maudissions, et mon frère, durant ses crises, hurlait qu'ils étaient tous pédérastes. Les sœurs restaient sur le pas de la porte, elles ne pouvaient participer au complot. Ma se dérobait!

Si Zoubir avait acheté des lunettes de soleil pour mettre en évidence sa joie éclatante et souligner ses cernes d'homme comblé. En fait, cela lui permettait de fuir nos regards et de nous surveiller sans en avoir l'air. La noce durait toujours. La rue, en bas, continuait à sentir le gaz carbonique, et les automobiles se déglinguaient sur l'atroce chaussée parsemée de crottin qui fumait au soleil. Les tabernacles furieux faisaient trembler la maison sur ses fondations; mais aucune conscience sociale! Tout pourrissait, jutait... Puanteur. Cela tournait au vinaigre. Les aisselles des femmes noircissaient et dégoulinaient. Les hommes se laissaient aller. La chaleur atteignait son paroxysme et l'asphalte urinait un liquide noir. Les boutiques des forgerons se terraient, atteintes par le marasme et les échos de la fête. Seules les poubelles bedonnantes fleuraient le caca et témoignaient d'une solide richesse. Victuailles... Rots abominables de gens enrichis à la sauvette... Pets de familles nombreuses et respectables... La maison baignait dans une atmosphère saumâtre, opiniâtrement collée aux êtres et aux choses. Les murs en devenaient verdâtres. Et la satisfaction giclait de partout, perforait les faces les plus renfrognées et faisait ronronner les aïeules grasses, engoncées dans leurs falbalas, gesticulantes, travesties, n'en finissant jamais d'engloutir et de se délecter. Les poubelles, devant la maison, étaient prises d'assaut par les mendiants handicapés physiquement, qui n'arrivaient pas à satisfaire leurs revendications à l'instar de tous les autres. La plupart étaient paralytiques, se traînaient à quatre pattes et trifouillaient avec leurs moignons dans les excréments des riches. Ils avaient l'habitude d'arriver en rangs serrés, clopinants et traînards. Les aveugles, eux, surgissaient plus tard, pour éviter la cohue, mais les chiens ne leur laissaient aucun répit et leur urinaient sur les mains. Les femmes, derrière les fenêtres grillagées, ne perdaient pas une miette de ce spectacle désopilant. Un soir, il avait même fallu appeler la police : un mendiant était mort étouffé ; nous l'avions découvert, couché sur les détritus et tenant à la main sa verge amorphe, dégoulinant encore d'un liquide indéfinissable. Les femelles, du coup, furent effrayées et n'osèrent plus assister aux ripailles des éclopés. Elles vomirent ce soir-là tout ce qu'elles avaient mangé durant la noce. La maison se mit à sentir le vomi. Les orgasmes diminuèrent de moitié. Les cadis firent la prière des morts sur l'emplacement habituel des poubelles, lavé à l'eau. Les lecteurs du Coran braillèrent des versets pour l'âme du gueux. La mort pénétra la noce, et la mascarade atteignit son comble lorsque les gosses se déguisèrent en fantômes et firent la chasse aux femmes qui crurent à la résurrection du mort. Elles attrapèrent toutes la jaunisse et allèrent en cortège consulter un charlatan ! Seul le père restait au-dessus de cette agitation : il devenait véritablement gâteux ; mais dès qu'il tombait sur l'un d'entre nous, il retrouvait son visage récalcitrant, fronçait les sourcils et nous fixait si fort, derrière ses lunettes noires, que nous en bafouillions de surprise. Il ne perdait donc pas le nord, continuait à manger beaucoup de miel et des amandes grillées (toujours l'obsession génésique !), étrennait tous les jours des djellabas flamboyantes, en soie pure, qui lui tombaient sur les mollets ; et par un souci de coquetterie, il se rasait en cachette le bas des jambes. Il était petit, râblé, et son visage lui dégringolait sur le menton à cause de son appendice nasal particulièrement développé, qui obstruait tout ; ses yeux étaient plissés et noyés dans la graisse de paupières volumineuses. Dès qu'il se mettait en colère, ses prunelles flamboyaient soudainement et immobilisaient l'interlocuteur — c'était là sa force ! Zoubida, la jeune mariée, avait des couleurs diaphanes ; elle était constamment soutenue par de vieilles négresses, attachées à ses pas pour lui expliquer comment elle devait se comporter avec son mari. L'éducation sexuelle de la gamine prenait des allures de cauchemar. La mariée ne participait que de loin en loin à la noce et Zahir claironnait partout qu'elle avait le béguin pour lui. On croyait qu'il était en train de devenir fou. Puis tout à coup il cessa d'en parler. Nous arrivions à la fin de la fête ; les musiciens juifs se faisaient à leur tour choyer par les femmes qui n'allaient pas plus loin : à chacun sa race ! Ils en restaient meurtris, gênés en outre par leur cécité. Certains invités pliaient bagage. Les adieux promettaient d'être bien charnels ; moi je perdais la tête à humer les femmes que j'avais très intimement connues. Ma s'évanouissait deux fois par jour. Mes sœurs dépassaient la limite avec mes cousins. Hébétude... Temps d'arrêt... Personne n'en pouvait plus, sauf le père, resurgi dans une vigueur nouvelle qui nous laissait ébahis ; il suintait le bonheur et il lui arrivait souvent de s'endormir debout, tellement il était content de son sort. Entre-temps mes oncles profitaient de l'aubaine pour dévaliser la caisse et fausser les comptes.

La maison, dès la fin des festivités, tomba en léthargie. Si Zoubir revint au magasin et retrouva son despotisme. Zoubida réintégra sa villa d'El Biar. Ma cessa de s'occuper de Zahir qui continuait à garder rancune au fœtus dont l'énigme restait complète aux yeux de tous. Peu à peu, la tribu reprit ses habitudes. Les femmes étaient lasses et leurs querelles avaient perdu de leur intensité. Il ne restait de la fête qu'une immense langueur que nous éprouvions jusque dans nos muscles. Ma préférait l'engourdissement; l'été se consumait dans un hiver précoce : on ne savait plus quel temps il faisait. Le silence devenait brutal, coupait l'incongruité des propos salaces qui avaient envahi la maison une semaine durant. Les oncles parlaient bas (que manigançaient-ils?). Les gosses, qui ne chahutaient plus, donnaient aux femmes une meilleure contenance. Une sorte de gêne s'installait entre nous et, comme je ne comprenais pas, j'accumulais les soupçons pour essayer de m'en sortir. Sortilèges. Calme plat. Zahir tirait des mines rabbiniques et se laissait pousser barbe et moustache; il faisait tout pour rendre l'atmosphère étouffante et restait muré dans un silence fatal : lui qui aimait tant tenir de longs discours sophistes dénués de sens, il ne prêchait plus! J'en cafouillais de stupeur. Nous étions tous transpercés par la mort. Mon frère gloussait et n'apparaissait plus que vêtu d'une longue djellaba, pleine de trous et parsemée de taches de graisse; se pavanait des heures durant dans son accoutrement étrange; agitait sans cesse un énorme éventail, malgré le temps frais et la mort de toutes les mouches. Personne n'osait intervenir, mais l'attitude de mon frère avait le don d'agacer les chats de la maison qui ne cessaient de sortir les griffes, délaissant le giron des femmes, plus malheureuses que jamais. Elles tenaient de véritables conciliabules dont rien ne transperçait, malgré une vigilance accrue de ma part. Seule la poulie du puits continuait à crisser avec un bruit sinistre. L'eau ne coulait plus avec la même libéralité. Le soleil automnal entrait à angle droit dans les yeux des rares mouches qui en tournoyaient d'aise : nous savions alors qu'il était midi. Zahir quittait le lit et le réintégrait d'une façon anarchique. J'évitais mes sœurs, et mes cousines n'écartaient plus ostentatoirement les jambes, comme elles avaient l'habitude de le faire lorsqu'elles s'asseyaient à même le sol ; la tribu s'effilochait dans la pudeur retrouvée, après l'orgie mémorable. La lumière perdait de sa vivacité et les menstrues des femmes n'avaient plus leurs belles couleurs légendaires ; elles étaient toutes atteintes par quelque maladie sournoise et secrète. Les réveils ramenaient à nous les douleurs et les silences de la veille. Ma se calfeutrait.

Ma chambre (c'était celle de ma mère, en même temps) restait fraîche, malgré le soleil. Bruit du tramway, en bas. Deux taches d'ombre sur le tulle blanc des rideaux. Par terre, un foisonnement multicolore (vert, rouge...). Les couleurs crevassaient profondément le carrelage. Zahir préférait se rendormir. Fêlure des cris. La rue entrait dans la maison par bribes. Cris des marchands. Ouohh ! Ouohh ! (cris du repasseur de couteaux.) Crissement d'une meule au lointain. Son de pipeau. Somnolence, par intermittence. Odeur d'hôpital. Fatigue. Les gosses du quartier préparent un piège : ils font semblant de s'amuser innocemment, attendent la moindre erreur du marchand de fruits, chipent une énorme pastèque, courent, courent, pouffent, se la partagent au fond d'une impasse-urinoir. Vertige de la fuite. Émotion de kleptomane. Le marchand a tout vu mais feint d'être occupé ailleurs pour ne pas avoir à courir derrière les gamins, lestes comme l'éclair, et ne pas paraître ridicule aux yeux de ses compères. Comme la rue nous était interdite, je ne quittais plus la fenêtre. Vibrations ténues des carreaux, lors du passage du tram. Fumée des marchands de saucisses. Étals en plein air. Moisissure liquide sur les parois de la vespasienne, juste en face de la maison. A côté, une petite mosquée hantée par les araignées, et un muezzin timide qui n'ose élever la voix. Prières. Dieu est grand. Coupoles à l'infini... Armatures. Cribles. Toits blancs. Toits ocre. Toits bleus. Stridence. Fibrilles... Zzz! Zzz! Bourdons marron. Automne? Hiver? (Qui sait?) Boutiques bariolées. Quelques-unes ont l'air de porter le deuil (de qui?). Foule. De haut le mouvement paraît plus cocasse encore! Vendeurs qui évitent les policiers, et policiers qui les pourchassent. Un voile blanc (simple suggestion!) troue de temps en temps la masse amorphe. Des yeux noircis par le khôl, un léger strabisme! Les hommes adorent ça et louchent dans les limites de la religion. Louange au déhanchement. Ablution féminine (toujours la même suggestion). Douceur, cependant. Tout transparaît. Le temps passe. Rien de plus triste qu'une fin de journée à une fenêtre. Zoubida prisonnière au fond de sa villa. Tout à l'heure, des phalènes dans la nuit tombante. Descendre subrepticement, arpenter le trottoir, me fatiguer, revenir, retrouver la maison pétrifiée. Non! c'est trop d'audace. Le père risquerait de me surprendre, les oncles de partir à ma recherche. Il ne fallait pas donner à la famille l'occasion qu'elle cherchait pour sortir de l'impasse dans laquelle elle moisissait depuis la fin de la noce. Ils avaient peur; et Ma allait leur poser des problèmes! Suicide, fugue, ce n'était rien, mais l'adultère! Il fallait donc la surveiller, avoir l'air de ne pas y faire attention, puis, tout à coup, lui tomber dessus et la livrer vivante au chef du clan. Ils avaient peur, mes oncles, car à la moindre erreur de leur part, Si Zoubir les pourchasserait, les tuerait. Ignobles victimes! Ils n'y couperaient pas, mes oncles teigneux! Tout s'expliquait : la peur de l'adultère. Avant de décider de

74

l'ultime tactique, ils devenaient statiques, méditatifs. Ignares, analphabètes, cupides, méchants et sadiques, mes oncles étaient dominés par leur frère aîné, démiurge bedonnant qui les écrasait de sa culture d'autodidacte, formé sur les genoux d'une de ses maîtresses — infirmière de son état et fille de gros colon, par surcroît. Elle m'aimait beaucoup, cette Mlle Roche qui me gavait de chocolat. Elle se régalait du couscous très fin et très épicé que ma mère lui préparait. Gamins, nous surprenions le père avec son infirmière ; il aimait faire claquer ses jarretelles en pleine leçon de grammaire française ; elle aimait l'appeler Sidi et lui baiser la main, en signe de profond respect. En vérité, elle en raffolait, de son riche commerçant, de ce baiseur infatigable, ouvert largement à la culture française malgré son fanatisme de musulman féodal et son nationalisme exacerbé. Nous, pourvu qu'elle nous donnât du sirop doux, nous l'adorions notre infirmière, avec sa peau grasse et rouge, son antiracisme et ses seins qui pointaient éternellement sous ses chemisiers immaculés (est-ce pour cela qu'elle laissait toujours derrière elle une terrible odeur de lait gras ?). Très vite le père domina la langue française et, comme il était déjà versé dans la langue arabe, son autorité sur la tribu entière devint écrasante. Les oncles, eux, rampaient et n'osaient élever la voix ; d'autant plus que le père s'était arrangé pour rafler tout le capital de la famille en pactisant, au moment voulu, avec l'autorité coloniale. Mais les avunculaires, sournoisement, se vengeaient sur nous, progéniture haïe d'un chef redoutable. Avec ma mère cela allait jusqu'à la persécution : ils la méprisaient parce qu'elle avait la même attitude qu'eux face à la domination de Si Zoubir. Lorsque leurs coups en douce et leurs mesquineries ne rendaient plus, ils décidaient de ne plus lui parler ; elle les assiégeait alors, réclamant un pardon hypothétique qu'elle n'obtenait que lors des grandes fêtes religieuses. L'aîné de mes oncles était particulièrement mauvais. Il se grattait continuellement le cuir chevelu et se couvrait la tête avec une énorme chéchia couleur pivoine, qui lui arrivait jusqu'aux sourcils, pour cacher sa teigne. Sa seule distraction consistait à épater les femmes et les enfants de la grande maison en faisant sa prière à haute voix ; il en rajoutait, bien sûr : ablutions tonitruantes, voix de stentor. Il faisait durer le plaisir, jouissait littéralement de voir les tantes admirer sa dévotion, hennissait d'aise ; et à la fin de la prière, il se prosternait longuement, embrassait le sol, bafouillait, bredouillait, perdait presque la raison et terminait dans un murmure confus. Les femmes se pâmaient ; mon frère et moi n'oubliions pas notre vindicte et pavoisions à le voir si faible, si vulnérable. Il n'en restait pas là et dès la fin de la prière se mettait au beau milieu de la cour, égrenait son chapelet, tout en donnant des conseils à son épouse sur la façon de préparer le dîner ; tenait les chats de la maison en respect et leur interdisait l'accès de la cuisine. Nous en voulions beaucoup à notre mère car elle n'était pas la dernière à sublimer la foi ardente de l'oncle ; tant de crédulité de sa part nous laissait désemparés : c'était beau, la religion, et l'oncle l'assumait trop bien !

Je comprenais l'accalmie soudaine. Tout le monde avait peur. Il fallait un plan, mûrement réfléchi. On se concertait longuement sur les mesures à prendre. Ma ne comprenait absolument rien à ce qui se tramait autour d'elle. Elle vaquait, délirait à moitié, la nuit, et s'arrangeait de petits rêves pour la sieste. Aucune envergure ! Aucune velléité ! Soumission. Sa propre apathie ne l'intriguait pas. Elle partait comme ça. Revenait au beau milieu d'une phrase, nous faisait répéter les choses mille fois, disait qu'elle ne saisissait pas très bien. Riait. Rougissait. Attrapait sans cesse la berlue (Ménopause ?). Elle flageolait sur ses jambes, nous étreignait, nous repoussait, éclatait en sanglots. Puis, lorsqu'elle s'était assez donnée en spectacle, elle prenait son chapelet et remerciait mille fois Dieu pour sa bonté ; allumait des cierges, empestait la maison en brûlant dans un énorme brasero rougeoyant des plantes dont la puanteur nous donnait d'atroces maux de tête. Zahir fulminait. Magie noire ! Transe à blanc ! Nous avions peur pour la mère, entrée dans un état second et qui souriait par à-coups. Nous ne la reconnaissions plus tellement elle bêtifiait. Comédie ? Nous n'en croyions rien ! Elle se préparait tout simplement à esquiver les coups en traître des oncles, en les prenant de court. Zahir était pris au piège du silence devenu dramatique et dont la mère était la principale victime ; mais dans son entêtement, il jurait de tenir jusqu'au bout, et la grande conspiration tournait à la catastrophe générale. Les tortues devenaient mornes. Les bébés, frappés de stupeur, n'osaient plus pleurer. Plus rien ! La brise ne parvenait plus jusqu'à nos visages avides de la moindre fraîcheur. L'attente se prolongeait et Ma craignait une mise à mort décidée à la hâte. Ce fut Zahir qui rompit le premier le cercle des représailles ; il quitta sa folie, cessa de rôder dans la maison ; il s'entêta à se promener seul dans la ville, et le soir, au retour, il créait une véritable animation autour de lui en racontant aux femmes cloîtrées ce qu'il avait vu. Il s'évertuait à relater les plus petits détails et mentait beaucoup, car il savait que les femmes ne connaissaient pas la ville dans laquelle elles vivaient. Les choses reprirent progressivement leur cours ; les mâles retrouvèrent leur assurance ; les femelles, leur délation : elles mouchardaient à qui mieux mieux pour plaire à leurs époux. Seuls les animaux gardèrent leur attitude première. Comme ma mère était condamnée à ne plus quitter la maison jusqu'à sa mort, nous étions très inquiets à l'idée de l'agonie qui allait nous envahir et de l'amour maternel qui allait nous dévorer. Il n'y avait plus d'issue !

Zahir se promenait dans la ville : ondulations grises. Vibrations métalliques. Bandes jaunes. La ville ne dure que l'espace d'un fracas fulgurant, lors du passage d'un train qui s'en va vers Blida. La mer n'est qu'un étalage gluant, et change de couleur selon l'animation des souks : elle s'infiltre jusqu'aux creux des avenues, éclabousse le néon qui se transforme en vaine phosphorescence d'ions désintégrés à qui manque la langoureuse fluidité du mouvant ; perpétuel va-et-vient, elle se fait incandescence tapageuse lorsque midi bat son plein ; relègue au loin les collines où les buildings futuristes font comme des mutilations denses ; déborde les quais où les chômeurs dédaignent les mégots pour se concentrer sur leurs rêves en forme de bateaux qui les transporteraient dans les cités françaises où ils deviendraient un lumpen-prolétariat envenimé d'une prétention à la promotion sociale ; lèche en un clin d'œil l'agglomérat fantastique de câbles et de tôles, qui surgit à ciel ouvert et menace le soleil étonnamment immobile ; esquisse un mouvement de retrait pour mieux acculer la ville et lui imposer ses propres dimensions, la pressurer, l'encombrer ; et arrivée en face du port, elle devient exaspérante, menace la kasba d'étouffement, l'oblige à monter en dédales sinueux, débouche soudainement sur « Barberousse », prison d'une rondeur sacerdotale qui semble prolonger exprès l'attente des femmes qui font continuellement la queue depuis le 8 mai 1945, passant devant les gardiens corses qui les fouillent et ne rêvent que de les délester de leurs voiles dont la blancheur leur donne des éclaboussements érotiques ; jalouse les minarets renégats qui ne savent que faire de leurs croix malencontreuses ; permet aux pigeons patriotiques de souiller quotidiennement les anciennes mosquées travesties en églises. Au bout du compte, la mer se calme, abandonne toute prétention ; la ville reprend alors le dessus, met en branle les feux verts, rouges et jaunes de la circulation, explose de toutes ses lumières, crée une animation factice, pour épater le paysan arabe qui ne sait pas traverser dans les passages cloutés, donne aux passants des visages d'un siècle à venir, les coupe et les découpe en figures géométriques, colle sur leurs visages des impressions de kaléidoscope et des couleurs bistre. Les voitures se relaient sur la chaussée rutilante de la première bourrasque automnale et amortissent les cris qui s'échappent des cafés où des enfants aux yeux malades demandent l'aumône et traînent des boîtes de zinc au bout d'une ficelle, en guise de jouet.

La ville, cette année-là, s'épanouissait et exhibait des chantiers crépus où les grosses grues bâtissaient, à coups de convulsions électriques, des échafaudages compliqués, toujours sur le point, semblait-il, de culbuter dans la mer tentatrice qui guette, à chaque coin de rue, le touriste naïf : il voudrait s'en remplir les poches, mais les palissades tapissées d'affiches qui fusent à travers leurs couleurs, dans un éclaboussement qu'on dirait jailli du matériau lui-même, bouchent toute perspective, et la ville redevient ce qu'elle a toujours été : une agglomération effervescente qui tourne sur elle-même et sent perpétuellement la mer. Plus bas, dans la zone du port, le calme est total et les rues sont mal éclairées. Il y a autant de bateaux que de gargottes sordides ; des pêcheurs y mangent du poisson, boivent du vin rouge et fument du kif. Certains soirs, ivres morts ils condescendent à faire l'amour à des marins étrangers et aux petits vendeurs de cigarettes. Basilic bleu. Murs ocre. Les flics sont dans le coup et respectent la rêverie des consommateurs. La ville meurt là, à en juger par le ressac de la mer, toute proche. Grilles, à l'entrée du port, juste en face. Les bruits sont relégués au niveau des cauchemars. Odeur d'huile qui bout dans la bassine où l'on jette d'énormes poignées de crevettes roses. Les hommes sont douillets, tièdes. Balcons. Il y a toujours un joueur de cithare tapi là-haut. L'agitation n'arrive jamais ici, même lorsque les bateaux sont déchargés ; la ville apparaît d'ici comme irréelle, estompée : elle n'a jamais existé ! Les perruches ont de belles cages dorées. Fer forgé qui surgit de l'ombre, sans transition. Les dockers sont secs et noueux, ils ont des bubons dans leur barbe mal taillée. Antre, rêverie paisible ; mais les visages restent tendus : attente de la mort ou de quelque chose qui lui ressemble. Les ivrognes se querellent avec les fumeurs, sans élever la voix. Des avaleurs de sardines font des paris. Jamais de femmes ! Elles trébuchent dans les phantasmes et n'ont pas besoin de roucouler. Colombe ! Les chansons sont âcres et dures. Arômes. Un homme entre dans un café où il n'y a que des nattes pour s'asseoir ; il a l'air mystérieux car il ne sent pas des pieds : signe de ralliement. Ce n'est tout de même pas un intrus ; il porte, sous sa veste de toile bleue, un couteau à cran d'arrêt. Il ne le sort pas mais cela crève les yeux ; par contre, il exhibe une boîte et l'ouvre avec un geste théâtral : on voit des centaines de frelons serrés les uns contre les autres. L'homme au couteau s'absorbe un long moment à les compter et rit tout seul ; personne ne l'imite. Lorsqu'il remet les bestioles dans leur boîte et s'en va très triste, personne ne pipe mot. Un vieillard hoche la tête et rend l'âme, on le laisse faire. Des marins turcs font circuler du haschich. Pipes. Le dernier autobus passe sous le tunnel des Facultés, mais personne ne l'entend : la cité tapageuse meurt quelque part, entre la place de la Poste et la mer. Les gargottes sont en bois vermoulu et les vers qui y grouillent mangent toute la sciure qu'on répand sur le sol pour couvrir le vomi des ivrognes. Chaque fois qu'un ver meurt, un jeune homme le ramasse et le met dans sa poche. Pénombre jaune. Colliers de jasmin. Le patron est gras et doux ; c'est un homosexuel et, malgré ses airs efféminés, personne ne le soupçonne ; c'est un peu le père de tout le monde. Il apprécie beaucoup la poésie de Zahir, dont j'ignore jusqu'à l'existence. C'est dans cette taverne que mon frère aîné vient boire quand il a le cafard (et il l'a continuellement). Combats de rats sur les docks ; les plus faibles viennent se réfugier jusque sous les pieds des buveurs qui les caressent avec leurs talons. Les peaux de banane flottent sur l'eau, visibles dans la nuit grâce à leur phosphorescence (ou bien est-ce encore l'illusion d'optique d'un fumeur ?). Un gros nègre, la tête enveloppée dans une serviette de toilette écarlate, fume le narguilé, mais il n'est pas pris au sérieux. Canaris silencieux. Des photos de femmes nues ornent le plafond ; les clients pour se masturber doivent lever les yeux au ciel et leur quête de l'orgasme prolonge leur mysticisme : splendeur du vide et du chaos dans les têtes. Des mouches font l'amour sur une glace brisée en mille morceaux et recollée chaque soir par le propriétaire ; pourtant on ne se bagarre jamais dans ces lieux et l'on ne tue pas pour l'honneur. Amertume ! Ahanements aussi dans les latrines visqueuses où la défécation se fait péniblement, à cause de la fragilité du monde transparent qui flotte dans l'esprit des fumeurs (s'agirait-il simplement de difficultés dues aux hémorroïdes?). Quelque chose d'insalubre. La hantise des araignées, pire que le chômage qui guette le consommateur au sortir du rêve. Malgré tout, chacun garde sa méfiance et l'optimisme n'est qu'une façon de s'afficher publiquement. Transpercés de part en part par l'extase, ils se souviennent aussi d'être morts jadis, épuisés par la recherche de quelque amante sauvage. Aucune animosité! Histoires d'amour (« Le vin est un grain de beauté sur la joue de l'intelligence », a dit le poète Omar, inconnu de toute la ville et interné dans un asile d'aliénés). On court frénétiquement derrière la femme, coupable de tous les maux dont le pire est de ne pas avoir de consistance. Amants figés, riaient-ils dans ce havre? Non, ils étaient seulement attachés à leur imagerie, fétide malgré sa splendeur apparente; ils ne prenaient aucun risque. Odeur d'amante enchaînée à son luth et à son mari — elle ne pouvait venir qu'à condition qu'on fît couler du sang en son honneur. La nuit est belle; dehors aucune pulsation. Pas de ressac; les bateaux ont des formes bizarres et ne transportent que des marchandises stercoraires. Odeur d'éponge fraîche. Tasses de café pour noircir l'imaginé. Un pêcheur tatoue un autre pêcheur. Les émanations du port deviennent plus fécales : poissons séchés. Entrailles de chats. L'eau se transforme en chyle. Quelqu'un s'en va; un autre se fait écrire une lettre d'amour. Un homme, assis à l'écart des autres, récite des versets du Coran, et lorsqu'il oublie un mot il le remplace par un autre : le tout reste cohérent car le Coran est euphorique. Zahir était-il entré dans un de ces bouges? Je n'en savais rien! Il était revenu très tard mais n'était pas saoul.

Mon père, au fond, n'était qu'à demi avalé par le sexe de sa jeune femme; et s'il ne venait plus à la maison où logeait l'énorme tribu, il n'en continuait pas moins d'avoir la haute main sur nous. Ma ne l'intéressait plus. Il s'en lavait les mains. Il était tranquille et comptait sur mes oncles. Seulement, il se méfiait de nous. Il nous trouvait des faces de traîtres et d'assassins. Il ne pouvait pas nous lâcher. Livrés à nous-mêmes, nous aurions organisé les pires complots. Il se sentait déjà persécuté! Nous lui sucions son sang, son argent et sa vie. Nous le prenions très au sérieux; et lui, pour mieux nous triturer, entrait souvent en transe. Il était alors lamentable et nous avions vite pitié; nous regrettions même nos mauvaises intentions. Zahir, lui, tenait bon : « Mais il joue un rôle et cela l'exalte! Il nous baise en douce! » Les filles l'inquiétaient plus encore : elles avaient dépassé l'âge de la puberté et annonçaient des poitrines splendides. Elles allaient au lycée mais portaient le voile; nous les escortions quatre fois par jour, malgré leurs récriminations, mais nous savions pertinemment que toute surveillance était inutile, puisqu'elles prenaient leur plaisir à l'intérieur même de la maison avec la cohorte innombrable des cousins avides. Le père devenait idiot et multipliait les erreurs énormes. Ses obsessions l'irritaient au point qu'il craignait sérieusement pour sa vie ; et lorsque le ridicule l'étouffait, il clamait haut que tout le mal venait de la mère, embusquée derrière sa répudiation. Elle était jalouse, putride et sorcière ! Il nous citait des versets du Coran à l'appui de sa thèse, nous battait à mort et dissertait des heures durant sur l'enfer qui nous attendait. En réalité, il avait des remords. Il se mettait derrière son bureau et jetait sur nous l'anathème. Le magasin se vidait comme par miracle et les ouvriers nous abandonnaient à la méchanceté du père parti dans un soliloque aberrant, ancré dans sa solide conviction que nous étions des assassins en puissance dont il fallait se méfier. Il nous menaçait de tout. Nous tremblions. Suppliions. Hurlions que nous l'aimions. Même Zahir n'en menait plus large. Si Zoubir, devant notre désarroi, se déchaînait ; il devenait grossier ; parlait à tort et à travers. Il traitait Ma de putain syphilitique. Égrenait son chapelet. Demandait aide et protection à Dieu. Son visage se ratatinait. Nous ne le reconnaissions plus. Il braillait, gesticulait, s'asseyait, se relevait, tenait des propos incohérents, trouait l'air de ses bras mous, nous giflait, ahanait, hennissait, crachait sur nous, nous culbutait, nous reprochait notre lâcheté. Nous étions terrifiés et n'avions plus d'âge, tellement nous étions éberlués par la danse du père autour de notre enfance saccagée. Il ne s'agissait même plus de se défendre ; et nous restions rivés à ses yeux de vieux serpent aveugle. Il parlait de Zoubida, s'adoucissait un instant, roucoulait même, mais vite il se reprenait. L'avalanche nous frappait à l'estomac. Nous en perdions le souffle. Il se répétait, reprenant toujours les mêmes arguments. Lorsqu'il nous avait assez battus, il s'en prenait à son coffre-fort, y donnait des coups de poing. La haine nous lancinait ; nous voulions le tuer, l'abattre sur-le-champ, avant même qu'il eût quitté sa berlue venimeuse ; mais nous n'y pouvions rien : il était trop gros pour nos corps chétifs.

« Petits morveux ! Vous voulez me ruiner... me tuer ; tuer Zoubida... tuer son enfant... vous vautrer sur nos corps... Ahhh ! La haine vous brûle jusqu'à la racine des cheveux... vous me volez... vous me pillez... vous voulez faire de ma vie un enfer... crapauds ! Petits crapauds ! Tout petits crapauds ! Fiente ! Paresseux ! Crétins ! Idiots ! Bâtards ! Je vous mettrai en prison ; je vous couperai les vivres ! Ah ! couic ! Plus rien ! » Il partait alors dans un grand rire sauvage, inhumain, calamiteux. Il ne pouvait plus s'arrêter. Son horrible ventre tressautait. Ses yeux giclaient une lumière coupante. Sa tête brinquebalait dans tous les sens. Nous voulions rire avec lui, pour lui faire plaisir et manifester ainsi notre soumission totale au chef incontesté du clan, mais nous hésitions de crainte de le vexer. En fait, nous ne pouvions pas, car la peur nous faisait bégayer. Nous perdions la voix, nous perdions la notion du temps. Nous vacillions. C'était le moment où notre recherche devenait cruciale : nous voulions en finir avec la coupure. Nous voulions retomber dans la paternité pleine, retrouver le père et le sublimer. Nous espérions, dans ce climat tendu, en finir avec les cauchemars hâves et les haltes épuisantes, la honte en face des autres. Il nous fallait, à tout prix, réintégrer la norme ; mais Si Zoubir ne voulait pas de cette lucidité beaucoup plus proche, selon lui, du viol que de la paix que nous cherchions. Il continuait à vitupérer. Le magasin branlait. Nous retrouvions vite, au sortir de la maladresse, notre haine, d'autant plus vive que l'échec était virulent. Il fallait alors jouer la comédie, se repentir pour pouvoir repartir loin du père, allégorique, somme toute, et insaisissable, malgré la terreur et les violences dont nous étions victimes dès qu'un contact quelconque s'établissait entre nous. Lui, persistait dans son fracas (tumulte et coups...). Nous partions en courant, sans avoir rien repris de notre légitimité. Nous n'avions plus d'âme. Zahir s'étranglait dans ses larmes et j'essayais de le faire rire en mimant le père odieux. En vain ! Nous rentrions complètement abattus. Tard la nuit, le fou rire nous prenait sans cause apparente. Nous avions le vertige et ne nous en souciions point. Nous nous roulions par terre et Ma arrivait à la rescousse, riait plus fort que nous, réveillait les sœurs hargneuses et ensommeillées, voulait savoir la raison de cette folie soudaine ; mais nous ne lui racontions pas l'événement, afin de ne pas l'effrayer. Zahir, pour nous en sortir, racontait quelque histoire scabreuse ; Ma s'en offusquait vite et réintégrait sa chambre. Sitôt la mère partie, nous racontions aux filles l'entrevue avec le père ; elles en sanglotaient de dépit et, pris au piège, nous les imitions. La pagaïe atteignait son comble et tout le monde gigotait, se trémoussait... Zahir, revenu à son courage, clamait cette fois-ci contre le fœtus des menaces terrifiantes ; nous imaginions de véritables simulacres ; brûlions les pattes d'un cri-cri et l'encensions à outrance, jusqu'à ce qu'il se renversât sur le dos, étouffé par la fumée qui se dégageait des bâtonnets d'ambre que nous laissions se consumer toute la nuit en son honneur. Le lendemain, nous tentions de ranimer la malheureuse bestiole, mais en vain ! Les funérailles étaient grandioses, et le cri-cri immolé allait féconder la terre du bananier stérile. Mon frère avait tout à coup les yeux hyalins. Allait-il devenir aveugle ? Allait-il mourir de chagrin pour le cri-cri nègre et obèse, voire antipathique ? Nous ne pouvions nous faire une idée exacte de l'ampleur de l'émotion chez notre frère aîné ; mais c'était lui le vrai responsable de ce sacrifice animal. Les filles participaient rarement à nos jeux ; elles ne servaient d'ailleurs qu'à faire des tas d'histoires et menaçaient d'avertir la mère. La mort de la petite bestiole ne nous avançait pas beaucoup : nous continuions à tout ignorer du fœtus, chose amorphe et sans consistance. Zahir, persécuté par nos questions pertinentes, prenait des airs sournois ; au fond il était dépassé par son propre mythe. Il ne savait rien du fœtus ni de sa constitution mais ne voulait pas le reconnaître. L'une des sœurs prétendait savoir ce qu'était l'énigmatique chose et qu'il ne fallait pas en parler. Elle était forte en sciences naturelles et avait, auprès de nous, une audience non négligeable ; mais elle s'obstinait à ne pas vouloir nous expliquer ce que c'était qu'un fœtus. Je cherchais : était-ce un gros mot ? Non ! hurlait Zahir. Était-ce une partie du sexe féminin ? Non ! Était-ce la partie la plus molle du sexe masculin ? Non plus ! disait Saïda. Elle rougissait et l'aîné disait qu'elle faisait exprès de se donner un genre et qu'elle était trop dévergondée pour être gênée (ne l'avait-il pas vue montrer son sexe à tous les cousins, chacun son tour, en échange d'un bonbon ?). Elle partait, nous laissait en paix pour une journée, car elle ne faisait que compliquer les choses. Personne ne savait donc ce que c'était qu'un fœtus ; le dictionnaire, comme dans la plupart des cas, restait vague, très vague. Nous en étions écœurés ; que voulait donc tuer Zahir ?

Les lendemains étaient pénibles : les côtes nous lancinaient encore. Les regrets nous envahissaient : bêtement, nous avions mis au supplice un petit animal qui savait faire de la belle musique avec ses ailes. Le père, malgré notre simulacre, n'avait pas mal aux pieds : nous n'avions pas pu les lui brûler. Mon père a deux femmes légitimes et une quantité de maîtresses. Il se lève à quatre heures du matin pour la prière de l'aube. Il est pour les harems et lorsqu'il parle des Sioux, il prend un air solennel et dit : « nos frères les

Indiens ! » Il savait alors nous fendre le cœur. Mais son endoctrinement ne durait pas longtemps ; vite, il revenait à son hystérie fondamentale. Il oubliait ses récits mielleux, ses Indiens massacrés et son Dieu miséricordieux. Il nous battait. Il mugissait autour de nous. Il reprenait ses distances. Entre chaque scène, une accalmie. Nous en profitions pour sacrifier un cri-cri, un grillon, un cloporte ; nous n'avions pas de préférence, cela dépendait des saisons, seul importait le choix des couleurs. Il nous fallait des bestioles noires. Nous n'aimions d'ailleurs pas verser de sang, et calquions pour les rites les gestes de la mère, devenue experte en sorcellerie. Le calvaire des animalcules durait peu, par rapport à ce que nous endurions dans le magasin de Si Zoubir. Les séances pouvaient durer une journée : il faisait le pitre, nous tirait la langue, répondait lui-même à ses questions. Il s'effondrait, tapait son crâne dégarni, rugissait. Nous ne savions plus s'il était un éléphant, un lion, un chat, un chameau ou un cri-cri. Nous en perdions la tête à force de supputations vaines. Il nous accusait de vol et c'était toujours vrai ! Nous n'avions pas de circonstances atténuantes. Il le savait et il en profitait ; mais il avait peur et n'osait pas nous jeter en prison : l'honneur du clan était en jeu. Puis il remettait ça. Il savait. Il était sûr : Ma manigançait quelque chose contre son bonheur. Elle en voulait à Zoubida ; elle voulait l'ensorceler. Il en pleurnichait d'amour et s'oubliait devant nous sans aucune retenue. Nous devenions ses complices. Ses yeux s'illuminaient ; il ressemblait à la grosse chatte de Ma : Nana. Il avait les mêmes yeux que la chatte lorsqu'elle venait de manger un rat ou de lécher le bas ventre de ma mère. Il devenait carrément lamentable ; perdait de sa fougue ; minaudait comme une vieille matrone ; dégoulinait d'extase ; il coulait ; il rêvait. Somnambule, les joies du foyer passaient à travers son visage bouffi et écarlate. Nous avions l'envie folle de nous esclaffer, tellement il bégayait, perdait ses mots, les reprenait, les avalait de travers. Prudents, nous restions sur la réserve, craignant quelque retour intempestif, une feinte, un nouveau départ en trombe. A la fin, il nous fatiguait et nous étions las de rester debout. Les jambes nous fourmillaient et nous avions envie de marcher, de hurler ; mais il ne comprenait jamais : nous étions son public et il adorait nous pressurer. Il était moche comme une souris morte qui aurait gonflé. Lorsqu'il avait fini d'évoquer Zoubida, la marâtre que, par la force des choses, nous finissions par adorer, il reprenait ses accusations, nous montrait les dossiers volumineux qu'il avait constitués contre nous. Merde ! Notre peur n'avait plus de bornes. Il était fou ! Nous nous voyions en prison ; Ma ne pourrait même pas venir nous voir : les oncles feraient tout pour l'en empêcher. Nous redoutions surtout les gardiens corses, d'autant plus que nous en avions un au lycée, qui nous faisait très peur. Le réel basculait. Nous rêvions. Nos oreilles nous jouaient des tours. Nous ne comprenions plus rien ! Fou, notre père. Nous voulions appeler au secours. En prison, il y aurait des tarentules dont j'avais une frousse terrible. Nous étions angoissés. Nous espérions que Mlle Roche viendrait nous délivrer, qu'elle arriverait vite pour la leçon de grammaire française. Caresses françaises. Suçons français. Le père plongerait alors dans les mamelles blanches, mordrait dans les cuisses bronzées. Nous nous défilerions, nous aurions la vie sauve. Pour l'instant nous voguions d'un œil du père à l'autre ; nous en attrapions de grossiers strabismes. Lui ne rêvait plus : il louchait et cela nous faisait des raisons de rire ; mais l'épervier remarque ma diversion muette. Vlan ! Avec le dos de la main. La prochaine fois, je la mordrai jusqu'au sang. Sale main !

Elle rince le pourtour de la paroi anale de Si Zoubir ; elle caresse les clitoris granuleux des vagins béants de ses maîtresses, elle me sature le visage d'ecchymoses arc-en-ciel. La prochaine fois je la mordrai, tout infecte qu'elle soit. Purulente. Visqueuse. Chyleuse. Glaireuse. Zahir, entre-temps, baguenaudait ; ses cils se mouillaient. Ce soir il se saoulera à mort. Il n'avait pas l'air content et prenait les mots comme il pouvait, sans aucun ordre. Il n'osait d'ailleurs plus me regarder : le fœtus n'était qu'une énigme, un conte de fée. Il nous avait tous bernés ; il avait entravé notre marche vers la rencontre avec le père. Retour au sang. La fleur de sang que perdaient toutes les femmes, c'était cela le fœtus ! Une chose dégoûtante ! Je n'avais plus confiance. Comble de malchance, le père nous sortait un Coran de son coffre-fort et nous en lisait des versets. Sa voix était grave ; il prononçait les voyelles à la façon des paysans : trop ouvertes. Il chaussait ses lunettes. Il détaillait. Il ajoutait, comme ça, des phrases entières.

Dehors les ouvriers se tapaient sur les cuisses. Certains se touchaient les parties. Ils jouissaient de nous voir souffrir et commentaient les coups ; ils étaient du côté du plus fort. Ils me dégoûtaient avec leurs mâchoires déformées par la chique : ils puaient des dents et s'aggloméraient autour des vitres du magasin. Les badauds s'en mêlaient et les petits cireurs nous trouvaient antipathiques. Un vrai cirque ! Dehors, c'était l'émeute, mais le père, imperturbable, continuait à lire malgré la cohue. Il racontait des balivernes, sautait des passages scabreux. Je pensais aux funérailles stupides des grillons innocents. A l'extérieur le chaos s'amplifiait. Aucune conscience de classe ! Rien ! La collusion. Le père finissait par se fatiguer et nous renvoyer chez nous d'une manière méprisante.

Cauchemars ou rêves ? Il y avait des fouets dans mes

nuits, des morsures. Le chef de la tribu n'était plus qu'un squelette, mais il gardait sa bedaine ; il se la flagellait, se la mordait ; ses os craquaient à cause de l'effort ; puis tout à coup, il nous appelait et nous le délestions de son ventre. Il devenait alors un mort tranquille et vaquait dans son magasin. Les gens lui parlaient, mais il ne pouvait répondre à cause de ses lèvres en parchemin, tannées par les milliers de femmes qui les suçaient jusqu'à l'épuisement. Au réveil, Zahir reprenait sa morgue et partait à la recherche de grillons obèses.

Mon père est un gros commerçant. Il dort dans son alacrité rassurante. Ma mère est une femme répudiée. Elle obtient l'orgasme solitairement, avec sa main ou bien avec l'aide de Nana. Dans notre ville les marabouts se multiplient. Les rapports qui régissent notre société sont féodaux ; les femmes n'ont qu'un seul droit : posséder et entretenir un organe sexuel. Je suis un enfant précoce ; c'est une danseuse, amante de Si Zoubir, qui me l'a dit. Je n'ai pas très bien compris ; pourtant je n'avais rien fait de mal ; je l'ai seulement regardée se déshabiller en pensant qu'elle était moins belle que Zoubida. Elle m'a laissé faire et elle a ajouté : « Tu as de qui tenir ! » Là non plus je n'ai pas compris à quoi elle faisait allusion. Zahir et moi, nous fréquentons le lycée et, à ce titre, sommes la fierté de la famille ; cependant nos oncles nous haïssent justement pour cette promotion, gage de rupture définitive d'avec la paysannerie riche et semi-féodale. Ma belle-mère est très belle mais je fais courir le bruit qu'elle est très laide, cela aide ma mère à vivre. Tous les matins, à quatre heures, je vais à l'école coranique apprendre ma « sourate » quotidienne. A huit heures, je me presse vers le lycée où je peux rêver un peu, malgré la méfiance à mon égard de « Midi-moins-le-quart », le

surveillant général corse. Je n'aime pas l'école coranique, et surtout je hais la rue où elle se situe ; elle sent le
linge bouilli et les saucisses grillées au feu de charbon,
celles que l'on fait, selon les tantes, avec des boyaux de
chats (gamin, j'en mangeais exprès, pour avoir l'âme
d'un chat et ne pas mourir, puisque ma mère répétait
tout le temps que les chats ont sept âmes). Il y a un
bain maure dans cette rue et, au-dessus du toit, un âne
aux yeux bandés qui tourne éternellement autour d'un
puits ; il a l'air de ne pas s'en faire et, comme les ânes
n'ont pas de religion, les gamins de l'école coranique
lui jettent des pierres ; je participe au jeu, dans le seul
but de plaire au maître qui me soupçonne d'être
hérétique à cause de l'influence de mon frère, acoquiné
depuis quelque temps avec un juif mystérieux. Dans
l'école, le souci commun consiste à somnoler ; c'est
tout un art de somnoler ! Il s'agit de ne jamais fermer
la bouche, de se balancer comme un cercopithèque.
Dès que l'on s'arrête de brailler, la longue baguette à
tête chercheuse du maître entre en action. C'est un jeu
de massacre où l'on gigue et gigote beaucoup : on ne
badine pas avec la religion ! En hiver, j'aime beaucoup
somnoler et le maître n'y peut rien car je lui fais du
chantage : l'année dernière il m'a fait des propositions
malhonnêtes et je les ai acceptées afin qu'il me laisse
en paix et me donne le loisir de rêver du corps
somptueux de ma marâtre. Tout le monde accepte les
propositions du maître coranique ! Il nous caresse
furtivement les cuisses et quelque chose de dur nous
brûle le coccyx. C'est tout ! Je sais que ce n'est pas
grave. Mon frère aîné veille au grain. Les parents,
généralement au courant de telles pratiques, ferment
les yeux pour ne pas mettre en accusation un homme
qui porte en son sein la parole de Dieu ; superstitieux,
ils préfèrent ne pas être en butte aux sortilèges du
maître. Ma sœur dit que c'est là une séquelle de l'âge

94

d'or arabe. Plus tard, j'ai compris que c'est la pauvreté qui incite le « taleb » à l'homosexualité, car dans notre ville il faut avoir beaucoup d'argent pour se marier. Les femmes se vendent sur la place publique, enchaînées aux vaches, et les bordels sont inaccessibles aux petites bourses !

Les portes de l'école sont peintes en vert ; à l'intérieur, les murs sont rouge vermeil comme les boucheries de « l'avenir ». Nous sommes toujours assis sur des nattes usées, nos tablettes entre les mains et, pour embêter le maître, nous braillons comme dix mille. Il se met en colère et frappe à l'aveuglette. Zvitt ! La maudite baguette cingle l'air et les visages ; et nous ne savons même pas pleurer ! Pour nous venger, nous organisons des silences brusques ; il ne sait plus que faire ; soudain nous partons à nous égosiller ; pris de court, il ne sait plus cacher sa joie de nous avoir matés. Il balance la tête de contentement ! En apprenant nos sourates, nous découvrons beaucoup de choses dont la signification claire nous échappe et reste confuse : il y a des choses amusantes, d'autres plus tristes (c'est de la légende, dit Zahir). En bas, dans la rue, les vieilles mendiantes arrivent déjà ; tout à l'heure elles mélangeront leur voix aux nôtres et nous ne saurons plus s'il faut demander l'aumône ou répéter des versets du Coran. Nous perdrons les pédales et les mendiantes éprouveront un malin plaisir à nous entendre bafouiller. Le maître ne fait rien pour chasser les mendiantes ; elles aussi le tiennent car il leur fait toujours des propositions malhonnêtes et elles les acceptent, à condition d'être payées.

Le taleb est un vieil homme aux yeux paludéens. Ses yeux sont rongés par le trachome et la conjonctivite. Il est presque noir et vient du Sud. Très pauvre, il porte de vieilles hardes sur le dos et n'a jamais de boutons à sa braguette, néanmoins on ne voit jamais sa verge.

Imberbe, il est engoncé dans un vieux burnous qui, certains jours néfastes, ressemble à son propriétaire. Le vieillard traîne au milieu du cercle que nous formons et en est très content (le milieu c'est le pouvoir!). Il devient féroce dès qu'il a sommeil, et finit par s'endormir. Nous nous arrêtons pile! Le maître dort. Illusion soudaine de fraîcheur. Mais le silence nous donne le vertige! Vibrations chaudes. Jeux dans la paix retrouvée. Mimiques. Dialogues aphones. Nous rions dans nos ventres comme des serpents glousseurs. La peur nous ronge et le danger si proche donne une saveur à notre divagation. Une chasse aux mouches s'organise et pendant des secondes infernales nous les suivons, les regardons se poser sur les paupières enflammées du vieillard, attendons anxieusement qu'elles soient à portée de nos mains : hop! clac! nous les happons avec un geste rapide et doux. Dextérité de cancres! Le maître risque de se réveiller et l'angoisse est douce à nos cœurs comme amertume de fruits verts. Au moment où la chasse devient le plus passionnant, nous prenons des risques, nions toute autorité qui nous séparerait des mouches (qu'il se réveille et nous le catapulterons, nous le découperons en morceaux...) mais s'il se réveille en sursaut, nous serons battus. Carnage terrible des mouches grasses que nous exhibons longuement ; nous faisons des comparaisons, donnons des noms splendides aux insectes (rien que des noms de rois et d'empereurs). Simulacres d'enterrement ; avant de les tuer, nous essayons de les dresser, de les faire siffler, zozoter, crisser... Peine perdue! Une fois lassés de notre jeu, nous les donnons à un enfant noir (racisme latent!) qui les gobe pour nous épater et nous soutirer de l'argent. Quête avec le fez du maître. Nous applaudissons en silence. Tout à coup le gobeur se rappelle son père emporté par le tréponème pâle attrapé dans un bouge vietnamien. Il pleure. Nous avons pitié. Zahir reste ferme : « Le père n'avait pas à faire une guerre coloniale aux côtés de la France en Indochine ! » Première leçon d'internationalisme. Mais le maître se réveille. La baguette siffle : véritable langue de vipère venimeuse ! Il n'y a pas de transition. L'épais déferlement des voix n'a rien d'insolite, les vieilles mendiantes en ont l'habitude ; elles comprennent ce qui se passe, roucoulent et interpellent vulgairement le taleb. Les mouches, au réveil du chef, deviennent insolentes, réapparaissent en grand nombre, s'obstinent à nous piquer les yeux et partent butiner dans les fleurs à merde, pour nous faire attraper quelque maladie douteuse. L'heure de la délivrance arrive enfin ! Il faut se presser d'aller au lycée. Sept heures du matin.

Onze heures du soir. L'infernale petite machine à broyer le temps se hâte dans sa diligence zélée et Ma ne sait pas lire l'heure.

— Quelle heure est-il?

— Dix heures.

Elle se méfie ; elle se méfie toujours quand il s'agit de l'heure. Elle a peur que je mente. Le temps pour elle n'existe pas. Comment peut-elle avoir de l'angoisse si elle n'a pas la notion du temps? Ma mère s'angoisse à la manière d'une vache ou d'un chien. Personne ne dort et le reste de la smala nous épie. Les oncles sont certainement mobilisés. Il se fait tard et Zahir n'est pas encore rentré. Nous l'attendons. Je prends un air décontracté, mais au fond de moi-même j'ai très peur. Mon frère peut se faire écraser par une voiture car il ne dessaoule pas depuis une semaine. Ma marmonne : elle prie et tremble. La lumière souligne le fin duvet qui lui couvre la lèvre supérieure ; on dirait qu'elle a une moustache. Elle ne pleure pas encore car elle est superstitieuse. La chaise prend un air tranquille, dans la tension qui se développe (elle nous a assez supportés comme cela!). Le lit est très vaste. Le lambris du plafond est compliqué et me donne des maux de tête. Dans la chambre tout devient énorme. Le stuc... J'essaie de me laisser couler et de ne penser à rien mais l'inquiétude m'envahit, grossit comme un ver blanc. La poignée de la porte est ronde, blanche et de surcroît froide. Je la détaille mais il n'y a rien à détailler!

— Quelle heure est-il?

— Toujours dix heures, Ma.

— Le réveil a dû s'arrêter...

— Tu entends bien le tic-tac!

L'argument est de force. J'ouvre un livre. Le chapelet crisse à nouveau et son bruit m'irrite. Je me dis que si je regardais mon nombril pendant une minute je pourrais oublier ma peur pendant une heure; il faudrait se déshabiller, mais la tentative échoue à cause de la présence de ma mère. Elle baragouine entre ses lèvres. Tout à coup je la trouve belle; elle a des petites rides à droite du menton et comme je ne peux voir la partie gauche, je décide qu'elle n'en a pas de ce côté-là. Elle compte furtivement sur ses doigts (sait-elle qu'en une minute il y a soixante secondes?), elle essaie de vérifier mes dires. Vite, il faut la devancer.

— Il est dix heures et demie.

Elle s'arrête brusquement de compter. Elle ne sait que dire et soupire longuement. En vérité il est minuit et je commence à m'inquiéter sérieusement. J'essaie de faire dire à ma mère un mot que je lui suggère; je tente de la mettre sur la voie mais cela rate. Je suis pris de panique et ce retour subit à la superstition m'exaspère. Je me lève, vais à la fenêtre. Rue vide. Froide. Sale. Immondices sur le trottoir et ailleurs. Je me rassois et Ma se lève à son tour. Elle quitte la chambre et à son allure je devine qu'elle va uriner. Je prête l'oreille : le liquide cingle la cuvette. Tss! J'ai comme un goût de sel dans la bouche. Je transpire abondamment (malaise?). Je devine tous ses gestes comme si j'y étais. Vocation de voyeur! Tss... Un drôle de bruit quand une femme fait ses petits besoins. Tumultueux. Elle revient et soupire à nouveau. La pièce est étroite. C'est l'hiver. Je trouve que Zahir exagère. Pourquoi se saoule-t-il? Il dit toujours que c'est pour croire en Dieu. Je ne vois pas du tout le rapport. Mon frère a dix-sept ans et fréquente les bars louches de la ville depuis la répudiation de ma mère. Il boit dans les bars espagnols, italiens et juifs de la ville. Ma, paniquée, se met à supplier le prophète (pour qui mon père observe une grande dévotion; il aime à raconter sa vie mais omet de dire que l'une de ses femmes n'avait que neuf ans quand il l'épousa; en se mariant avec Zoubida, le père n'a fait que suivre le chemin du prophète). Je lui casserai la gueule, à mon frère, dès qu'il sera rentré. Je profiterai de son état d'ivrogne précoce. Alcoolique! Il dira, dans son outrecuidance déchaînée, que le mot alcool est un des rares mots français d'origine arabe et qu'il n'y a pas à en être humilié. Il est très fort et je ne peux le suivre dans ce domaine-là. Zahir est un brillant élève; il fréquente un lycée franco-musulman où jamais ne rôde l'âme d'un Européen. Le seul est un séparatiste corse : « Midi-moins-le-quart ». Il a un pied bot. Il dit : « Napoléon, c'est de la merde! Les Arabes c'est des cons! Vive la Corse libre! Silence! »

Le tic-tac est assommant. Ma s'est assise en face du réveil et ne cesse de le regarder. Magie, encore. J'ai peur. Le loquet de la porte a l'air d'avoir changé de forme. Je me lève, le touche, il est froid. De loin il n'a pas la même forme que de près. Cela ne m'étonne pas outre mesure : c'est comme pour le menton de ma mère. Il y a toujours une différence. Ma se remet à compter les secondes, mais je n'ai plus à m'inquiéter, elle n'est plus dans le coup. L'alcôve ne sent plus rien, elle ne sent pas la femme non plus depuis que ma mère l'a désertée. Ma n'a d'ailleurs plus d'odeur du tout. Une femme pour avoir une odeur doit avoir la chair de poule; elle sent, alors, l'eau bleue. Ma mère n'est désirable que lorsqu'elle fait ses ablutions ; sa peau se granule et doit certainement attirer les mâles. Que faire ? Dois-je descendre et aller à la recherche de Zahir ? Mais où le trouver ? A Alger, on peut boire du vin dans les bars de toutes les nationalités et dans un grand nombre de bordels. Cela fait trop d'endroits à visiter !

— Quelle heure est-il ?

— Une heure du matin.

Je veux me reprendre, mais il est trop tard. Ma, tout à coup, prend conscience du temps et surgit à travers ses douleurs comme une possédée. Elle va chercher l'encensoir, ameute les morts, somme les ancêtres de sauver son fils. Je dégringole les escaliers, décidé à trouver l'ivrogne n'importe où. Mon frère est là, en bas, recroquevillé sur lui-même, la tête posée sur la première marche.

— Je n'ai pas pu monter...

Il pue. Il se tord. Ma devine. Descend. A deux, nous le portons jusque dans son lit. La mère s'en va, nous laisse dans le noir. Zahir parle d'une façon incohérente, mais il est tout à fait lucide :

« J'étais décidé à tuer le père... J'ai été à la villa, mais je n'ai pas pu accomplir mon acte car Zoubida dormait dans le grand lit avec Si Zoubir et le fœtus dormait dans Zoubida. Je n'ai pas pu... J'ai même été emprunter son couteau au vieil Amar. Dans son antre, les fleurs poussent dans des bouteilles de bière parmi le pavot et le kif. Voix pâteuses. Chemises délavées. Il n'était pas seul et ses compagnons riaient de ma gêne. Opacité tout autour de mon projet... Quintes dans la lumière fumeuse d'un quinquet. Taie verruqueuse sur l'œil gauche du vieux palefrenier. Le cheval était là, mais il ne faisait pas de bruit. Le local était rutilant et blanchi à la chaux. Je voulais demander le couteau à cran d'arrêt et m'en aller vers ma terrible nuit... vers la

102

villa de Zoubida, pour en finir avec le père et avec le fœtus. On m'a offert à boire ; j'ai cru avoir refusé, mais les amis du vieillard ont tellement insisté que j'ai fini par accepter. Je ne me souviens que de leurs chansons stupides (Colombe !...) et des piments que j'ai avalés. Pour m'écœurer, ils se sont mis à écraser des vers et à les renifler ; je les ai imités aussitôt... J'ai fini par arriver à la villa, mais là, la panique m'a pris. Je suis reparti vers les tavernes où j'ai bu jusqu'à ce qu'on me mette à la porte. »

Zahir était souvent malade. Lorsqu'il gardait le lit, il se trifouillait le fond de la gorge avec ses doigts pour essayer de vomir. Il disait qu'en réalité il cherchait son âme et essayait de s'en débarrasser. Il arrivait rarement à ses fins. Il restait immobile des journées entières (je pratique l'ataraxie grecque puisque je suis un mauvais Arabe, répétait-il). Je ne comprenais pas toujours et n'en avais pas le temps car je tentais au même moment de séduire ma belle-mère. Dans ce but, j'essayais d'amadouer le père et d'obtenir sa confiance. Zahir, lui, n'aimait pas les femmes. Il était amoureux de son professeur de physique, un juif aux yeux très bleus et très myopes qui venait souvent à la maison, malgré l'hostilité marquée de ma mère. Au début, je pensais qu'être homosexuel était quelque chose de distingué, car le juif était très beau, avait une voix douce et pleurait très facilement. Chaque fois que j'essayais de comprendre les rapports entre mon frère et son professeur, Zahir se mettait en colère : « Va renifler tes cousines ! » hurlait-il. Pour communiquer entre eux, en présence d'un tiers, ils avaient inventé un code très compliqué. Le Juif répétait souvent qu'il était un « heimatlos » et comme je ne comprenais pas, je m'énervais tellement que j'allais me masturber dans les toilettes. Heimatlos était très riche, car son père était un grand ophtalmologue de notre ville, si dévoué à sa profession qu'il en devint aveugle. Ma mère maudissait les juifs, et les avunculaires nous mettaient en quarantaine à cause des amitiés louches, à double titre, de Zahir. La mère, sitôt le professeur parti, aérait les chambres, lavait les verres dans lesquels le mécréant avait bu et récitait des formules incantatoires. Mon frère la laissait faire et restait impassible. Il ne voulait rien m'expliquer alors que je mourais d'envie d'en savoir plus sur cette histoire étrange. Parfois, il vomissait un bon coup, remontait ses draps jusqu'au menton et nous fixait des journées entières, sans piper mot.

(Carnet de Zahir découvert dans un tiroir, après sa mort.)
« A vomir, je retrouve toujours la même sensation putride, ressentie lorsque je vis pour la première fois du sang de femme ; il coulait sur la cuisse de ma mère. Je crus en mourir. Je n'aime pas vomir, mais dès que je pense au sang, mes intestins m'arrivent à la bouche. Je ne simule rien du tout, je suis véritablement malade. Ma était assise et du sang coulait le long de sa cuisse gauche, vite une rigole se forma par terre. C'était l'été ; il faisait très chaud. Personne ne disait rien ; un instant, je crus que ma mère allait trépasser mais elle se leva vite et partit en poussant des cris. Heimatlos est comme moi : il n'aime pas le sang des femmes, et c'est pour cette raison que nous nous aimons. Au fond, ce besoin de vomir n'est pas dû à la nausée mais à l'incompréhension ; lorsque je ne vois pas clair je vomis. Un déclic dans ma mémoire : je retrouve une origine plus lointaine à mon malaise, impression de couleur jaune orange. Huit ans. Découverte, derrière la porte de la cuisine, de chiffons imbibés de sang noirâtre. Odeur fétide. Entre chaque morceau, un tissu gélatineux. Le soleil tombait en plaques aveuglantes sur l'ignoble paquet. Une des tantes me surprit et me

gifla mais je ne pouvais partir car ma bille était coincée sous les chiffons sanguinolents. Ce jour-là, je compris que c'était du sang de femme. Je vomis pour la première fois. Dans mon enfance, je rêvais de monceaux stagnants de saleté qui attiraient un grand nombre de mouches et de bestioles avides de sang féminin. Je rêvais aussi que toutes les femmes étaient mortes et qu'elles étaient parties en ne laissant pour toute trace de leur existence que cette puanteur. Depuis cette rencontre avec l'intimité féminine, j'ai considéré les femmes comme des êtres à part, porteurs de plaies redoutables qui attirent les cafards, derrière les portes des cuisines; cependant, il m'arrivait d'éprouver une terrible attirance pour ces sillons sirupeux et malodorants que je regardais sourdre d'entre les cuisses des cousines, quand elles nous laissaient parvenir jusqu'à leur creux, qu'elles avaient l'habitude d'épiler, sur les terrasses, à l'heure chaude de la sieste. Les formes alors me rendaient fou et je battais en retraite, préférant regarder de loin la douceur de l'entrecuisse vague...

« Rachid s'affole à tort. Mes ébats avec Heimatlos ne dépassent pas le stade des caresses; c'est d'ailleurs lui qui refuse d'aller plus loin. Il est parfois étrange. Actuellement, nous sommes en froid, car ce juif athée prétend que la Bible est le plus beau poème que les hommes aient jamais écrit; j'ai freiné son enthousiasme en soutenant que le Coran était beaucoup plus beau. En ce moment, il abandonne la physique pour apprendre l'arabe et pouvoir comparer. Ma mère ne doit pas bien comprendre nos rapports. Inutile de la mettre au courant. Si un jour elle apprenait la vérité, son goitre grossirait et avalerait son beau visage. Elle pourrait aussi, par réaction, coucher avec un des marabouts qu'elle va consulter en compagnie de Rachid. (Ne la sollicitent-ils pas depuis des années ?) »

« Le magasin. Vaste. Vide. Midi bat son plein. Si Zoubir part pour une longue sieste. Je reste seul : aucun client. Hiver. Froid intense. La sieste fait du bien à mon père qui a de l'hypertension. Trop d'excitants disent les médecins. Attente. Espoir que quelque chose va se produire. Rien ! Vide blanc dans ma tête. Ma mère aussi fait la sieste en plein hiver : passer le temps. Tout est sale dans l'habitacle. Livres de comptes. Factures. Odeur d'encre et de bois. Dimanche : jour de repos des colons. J'attends une femme. Lubricité. Membres gourds. Les choses se font au ralenti. Femmes. Parfois, il en entre une. A l'intérieur du magasin, elles se sentent à l'abri et, en face d'un gamin imberbe, n'hésitent pas à se dévoiler. Derrière le bureau, je caresse mon sexe. La femme parle. Volupté. Demande un article. Érection. Je fais semblant de ne pas comprendre, prolonge l'entrevue. Présence précaire des femelles à l'orée des cauchemars brûlés et torsadés. Terre sèche : même pas une illusion de moiteur. Et l'envie de violer, même les plus laides et les plus vieilles, n'est qu'un prétexte à la fureur qui pend aux lobes des yeux ratatinés par le désir fallacieux. Exorbitante déchéance ! La masturbation dure tout l'après-midi. Épuisement ; l'orgasme à blanc rend l'image de la marâtre plus à portée de mon délire calamiteux. L'éjaculation chaque fois me laisse hagard. Début de mort lente. Attente fébrile ; mais rien n'arrive. La même angoisse que j'éprouve chaque fois que je regarde ma mère dormir : étrange respiration, à cause du gonflement œdématique. Le hiatus est là ; inutile de chercher plus loin. Un pan de mur blanc ; une sonnette, dans ma tête. Même solitude. Amnésie latente. Absurdité de la chose répétée. Confection à vide d'actes, de gestes et de mots entrevus déjà quelque part, cernés par tous mes sens. Absurde! Morne réveil matinal. Courses pour Zoubida. Tous les matins je plisse les yeux pour mieux loucher sur la cuisse satinée et charnue. Je rêve d'un pubis vert comme le gazon de la cour d'honneur du lycée. Pubis de Zoubida! Queue chez le marchand de beignets. C'est un Tunisien. J'en profite pour me réchauffer les mains au-dessus de la bassine d'huile bouillante dans laquelle il jette la pâte avec des gestes gracieux, malgré la teigne qui lui démange le cuir chevelu. Dès que le marchand m'adresse la parole, je me crispe. Homosexualité latente. Tout le monde sait qu'il a des rapports maléfiques avec mon frère. Le teigneux comprend, n'insiste pas. Beignets pour Zoubida; la regarder manger. Sensations que je n'éprouve qu'en hiver : huile chaude, sciure, thé à la menthe que boivent les apprentis. Consomption. Deux doigts dans la bouche... Baah! Vomir. Le nez me pique. Escalier en spirale. Villa. Munificence. Fleur de sang. Ventrelys. Accoudée au mur, elle se lisse le ventre. Garce! (Coliques? Menstrues?) Elle se tait. Silence entre nous (est-ce que le robinet ne coule pas? Toujours cette appréhension des robinets qui ferment mal). L'eau goutte dans l'évier embrasé par le soleil automnal. Impression de tranquillité, quand même. Mes mains sont pleines d'huile. Elle rit. Euphémisme (huile, vaseline, fornication). Elle fait danser ses mains fines devant ses yeux. Je ne tiens plus le coup. Balbutiements, juste au moment des décisions à prendre. Je rêve debout (la putain au maillot jaune... C'est un camarade de lycée bègue; il manque les cours d'arabe pour aller au bordel. Il raconte. Il nous énerve à bégayer au moment le plus crucial. Nous exigeons des détails. Pourquoi n'enlève-t-elle pas son maillot jaune? Il ne sait pas. A-t-elle de gros seins? Énormes! Il sait aussi la pommade onctueuse dans le gros machin. Il n'ose pas dire son nom. Il s'affale sur la table, jouit à nouveau devant nous. Plus envie de travailler. Aller en groupe reluquer la fille et vérifier les dires du bègue...). Magasin. Midi, toujours. Sieste. Repas, je mange sur une chaise un couscous épicé. Beaucoup de piments. Feu dans ma bouche. L'évacuation sera plus que dure ; menace d'hémorroïdes rouges, comme celles des oncles. J'ouvre ma bouche au-dessus du robinet : glouglou... J'espère une femme, dans l'après-midi morne d'hiver. Elle entre, sort. Masturbation. Va-et-vient. A travers la vitre polie, j'aperçois des contours de passants rapetissés. Un enfant colle son visage contre la vitre et me tire la langue ; j'ai très peur : deux trous à la place des yeux. Désenflure. L'idée de mort continue à croître dans ma tête. La lubricité, malgré la fatigue de l'organe, demeure intacte. Ennui fastueux : je bâille. Aucun client. Dormir un peu ou simuler une crise d'épilepsie ? Ameuter tout le quartier, faire sortir le père de son lit. Malade, j'aurais peut-être un père ; toux, dehors il fait un peu moins froid. Un homme vieux et bossu entre dans le magasin. Un sourire pauvre. Indigent. Le nez vogue vers l'oreille volumineuse. Il traîne un gamin qu'il aurait pu aussi bien tirer de sa poche, tellement il est maigre. Cela m'aurait amusé ! L'enfant n'arrête pas de renifler, mais n'arrive pas à exaspérer le père. Se mettre sous le bureau et l'ébranler : Cou-cou ! Mais le gosse risque de se mettre à japper, on n'en finirait plus. Non ! Il faudrait peut-être renverser le tram pour faire diversion... L'enfant est un arriéré mental, son père en l'engendrant a dû commettre un crime atroce sans quitter le vagin sacramental de la femme-bénédiction. Une moue qui se veut suave. Je connais sa femme : belle matrone qui le fait cavaler. Poitrine plantureuse, de quoi allaiter tous les chats du quartier. Les bretelles roses de son soutien-gorge s'enfoncent dans la chair blanche. Invitation à la salacité? Splendide, sa femme! Il faut le reconnaître. Je me l'imagine, l'ignoble, en train de lui couler au fond de la bouche une salive visqueuse et grumeleuse. Turban. La barbe jaillit comme une excroissance virile dans ce visage mou et flasque; le reste baigne dans l'anonymat; il l'entretient, sa barbe! Bourgeois raffiné. Ample djellaba grège. Il a des mains de croque-mort et vend des cierges. Le commerce marche bien car il y a beaucoup de saints dans la ville. La concurrence est grande parmi eux et ils vont se plaindre du marasme pour forcer la main aux autorités coloniales et exiger plus de subventions. L'homme a une boutique minuscule. Le capharnaüm me plaît beaucoup. Acoquiné aux Français, il freine l'évolution des femmes. Il entre dans le magasin. Doucereux... Dire quelque chose de gentil. Zut! Le gosse est capable de me lâcher une grossièreté. Son père se sentirait obligé de sortir son chapelet pour demander le pardon de Dieu; on n'en finirait plus... Se taire est une stratégie primitive! Mais il faut l'utiliser quand même. C'est un des plus grands supporters de Si Zoubir; il l'admire pour le grand nombre de ses maîtresses. Lui, se contente des vieilles femmes de ménage. Prendre un air affable. L'enfant est propret. Pauvre mère, elle doit l'astiquer, mais il porte quand même son idiotie comme un aveugle sa canne blanche : il fait pitié aux gens. Il faut avoir l'œil sur le gosse! C'est le téléphone qui le fascine. (Ne jamais oublier que ma mère est goitreuse et que j'aurais pu naître idiot.) Que lui dire? Mon père dort? Non! Mon père dorlote sa maîtresse? Non! Mon père endort ma mère qui a une rage de goitre? Non! surtout pas ça! Il ne doit pas connaître ce détail. Dégénérescence... Il a l'air de me regarder d'une drôle de façon. (Lit-il dans mes pensées?) Charlatan! Pouvoir des cierges et maléfices de croque-mort. Il a le même air inspiré que Sidi Amor, un marabout de Tunis, célèbre dans tout le Maghreb. Ma dit que des musulmans de l'Inde viennent le visiter. Nous avons fait le voyage une fois jusqu'à Tunis, ma mère et moi, pour lui demander de m'aider à obtenir mon certificat d'études. Pour une fois le père ne refusa pas, à cause certainement de la gravité de l'affaire. Le marabout n'est qu'un paralytique général, victime de la syphilis ; il est constamment enfermé dans un énorme parc à bébé, nu comme un ver ; son ventre est trois fois plus gros que celui de mon père ; c'est un vieillard qui somnole la plupart du temps ; il ne regarde personne et n'a pas l'air de s'amuser beaucoup ; il n'y a que des femmes autour de lui ; de temps à autre, il jette un petit cri de guerre et fait ses besoins en public ; il rit alors comme un véritable enfant. Ma lui parle, il ne l'écoute même pas. La famille du fou s'est enrichie en l'exhibant ainsi dans sa totale candeur naturelle, et l'administration coloniale encourage discrètement la chose. Les femmes sont les plus heureuses : elles l'adorent et le gavent de friandises turques dont il raffole. Avant de partir, il faut payer très cher. Nous nous éclipsons...

Il n'a pas lu dans mes idées. Ce serait le comble ! Il ne faut pas qu'il sache que ma mère a un goitre : parler du cou de la femme est d'un érotisme qui peut mener au pire (Ah ! Zoubida... Impacts). Réduit à n'être qu'un lèche-plaies longitudinales (toujours ce goût de sel lorsque je fais l'amour, lorsque j'entends ma mère uriner et lorsque mes cousines me laissent les regarder faire). Je suis épuisé (ne suis-je pas un adolescent amoureux ?). Droit à la paix ! Les femmes sont emmurées et consentent à l'affaire ; elles ne doivent donc pas allumer les convoitises des mâles innocents. Retour du bain maure. Rougeur du tréfonds. Sexe lavé, rasé et parfumé. Donc ne pas lui parler de ma mère. On me dit lunatique, mais c'est un coup de soleil que j'ai pris.

Doucereux, le vieux avance vers moi. Son fils prend tout à coup un air que je ne lui ai jamais vu, et pourtant je le connais bien, le gamin ! Que me veut-il ? J'ai encore un orgasme à tirer (penser à Zoubida en train d'enfiler un bas, mais c'était peut-être au cinéma, cette image ?). Il faut dire quelque chose, réciter machinalement quelque formule toute faite. Faire attention aux lapsus ! Il reste là, l'œil perdu. Il souffre, c'est net.

— Bonjour...

Un chapelet de bénédictions me tombe sur la tête. L'homme, en plus de sa femme et de son gosse, se targue de posséder toutes les sciences théosophiques. Il aime à trôner dans les réunions politico-religieuses organisées dans le bureau du père. Il n'aime pas Averroès : « C'est un athée ! » (Il crache par terre, indigné). Le père, après, se fait fort de nous coller sur la théologie musulmane. Nous ne savons rien, que dalle ! Cours de religion à coups de poing. Avec lui entre une odeur douce de camphre et d'ambre brûlé. Croque-mort il est, croque-mort il s'assoit. Demande mon père ; je flaire le piège et le laisse dire. Comme s'il ne le savait pas ! Tout le monde, en ville, est au courant. Lui dire que mon père repasse sa leçon de grammaire française ? Il serait capable d'hilarité et risquerait de suffoquer (il est si maigre !). Voudrait-il des détails ? Ses yeux s'allument, puis s'éteignent comme à regret ; réintègrent le monde alentour. Falots ! J'aimerais le voir rire ; il doit faire comme ses cierges. J'ai l'habitude d'aller dans sa boutique : prétexte pour traverser les souks. Souk du cuivre. Amertume des rues chaudes imprégnées d'eau de fleur d'oranger. Souk *El attarin* : c'est là. Il a l'air plus gros, pénétré de son importance, loin de la bretelle rose de sa femme et de la marmaille dégénérée. L'œil est plus clair. Silence. Je le laisse durer (chacun a le silence qu'il mérite). Il ne faut pas lui offrir du café, il pourrait se laisser aller à faire des confidences et je ne veux aucune familiarité avec ce salaud! Le fils bat l'air de ses pattes maigres à la manière des sauterelles. Il étouffe.

— Dieu! donnez-nous notre savoir quotidien.

Je ne réponds rien, pour ne pas l'exciter. Il entame une phrase et, devant mon air tout à coup sarcastique, il laisse tomber, se rebiffe et boude. Il a l'air gentil, mais c'est lui qui encourage le chef du clan à nous poser des questions perfides sur la civilisation musulmane. (« Sais-tu combien de bains maures il y avait pendant la domination arabe, dans la seule ville de Cordoue, Rachid? » Euh... Gagner du temps. Je prends un air inspiré pour bien réfléchir et opte pour la flatterie. Être large : un chiffre astronomique. Rire du père qui me glace d'effroi et sourire paternaliste du marchand de cierges...) Là, il a l'air de s'embêter et son chapelet ne lui est d'aucun secours. Le dégoûter!

— Les mouches...

— Ahh..., je réponds.

Je fais des gestes vagues avec la main. Je pense qu'une mouche gobe un chat quelque part sur la planète. Je pouffe et c'est à ce moment-là que je découvre mes propres mains. (Ça alors! Étonnantes!) L'autre se prépare à sortir de sa réserve; je vais l'intéresser. Je l'entends qui remue; il esquisse un mouvement; y renonce. Il m'observe et finit par sortir un Coran de sa poche.

— Est-ce que je pourrais lire à haute voix... l'habitude, vous comprenez...

La question est sournoise. Lui qui me soupçonne d'être un adepte de Staline! Il n'attend pas ma réponse d'ailleurs. Lit (belle voix).

— Mais non...

Je fais exprès de le couper. Il s'interrompt. S'interroge. Muet. Il se replonge. Il va vite se fatiguer. Tout à coup je m'alarme, c'est peut-être un coup monté par mon père. Que manigancent-ils contre moi ? Trouver la raison de cette visite. Enfin je comprends : il n'est venu que pour piquer une sieste, les yeux ouverts, la voix chevrotante. Je le regarde. Maintenant, il dort ! Le gamin est assis en face du téléphone et le contemple avec des yeux de chien. (Tu peux y compter !) J'ai compris : mis à la porte par sa femme. Scène de ménage dont je suis l'exutoire. Jubilation ! Je la vois remettre sa bretelle en place. Qu'il fasse sa sieste et qu'il s'en aille !

Tout à l'heure, mon père sera de retour. Resplendissant, malgré sa laideur naturelle. Djellaba en soie jaune. Babouches marocaines. Belle allure. Il faudrait aller lui chercher du thé à la menthe fraîche et de l'eau glacée dans un énorme pot en terre cuite. Rituel. L'odeur de la menthe qui infuse dans le breuvage brûlant coupera la parole mielleuse du croque-mort surpris dans son sommeil et resurgi de sa sieste moite et agitée, l'air lamentable face à la prestance de Si Zoubir. Rêve avalé de travers. Arrivée tonitruante des premiers marchands de jasmin. Pour le moment le bonhomme dort profondément, la bouche ouverte et le livre tombé à terre. L'enfant ne me cherche pas querelle ; il ne tardera pas à s'endormir, à son tour. Le téléphone, quelle fascination ! »

Je persistais dans mon amour pour Zoubida et elle me voyait venir. Je devenais une loque et ma mère ne comprenait pas mon revirement soudain, radical. Je jouais au somnambule, flottais. Les réprimandes du père me laissaient froid (ne pas envenimer les choses!). J'étais le seul mâle qui pût rôder autour de la marâtre et je devais garder la confiance du gros commerçant. Au lycée, j'avais l'air tellement éberlué que je devenais une cible facile pour « Midi-moins-le-quart ». Mon amour coïncidait avec mon éveil politique; j'endoctrinais mes camarades et leur lisais des chants du poète Omar. L'école de nationalisme de Si Zoubir avait donné ses fruits : j'étais intransigeant! Je quittais ma peau où j'avais été trop à l'étroit. Je devenais irréconciliable : les jérémiades des cousines m'importunaient et je donnais des coups de pied dans les chats, les tortues, les moineaux et les colombes... J'écrasais tout le monde du haut de ma superbe et les femmes n'en revenaient pas de me voir irascible; à la longue, elles finissaient par renoncer à pénétrer ma carapace. Zahir se saoulait de plus belle et gagnait beaucoup d'argent en faisant du commerce; je laissais ma mère le monter, tous les soirs, dans sa chambre. Je ne me regardais plus dans les glaces comme aux temps héroïques, car je me trouvais très laid et ne voulais pas perdre courage face à cette réalité. Dans mon désir d'épater la racaille, je blasphémais plus que tout le monde, sentais fort des aisselles et traînais. C'était opaque, tout autour de ma passion !

Zoubida, marâtre merveilleuse ! Chaque sein est une pleine lune. Les yeux sont une constante invitation à la salacité foisonnante et pragmatique. Ventre large. Cheveux lourds. Elle aimait pourrir les nuits blasphématoires des pères de famille qui la croisaient sur le chemin du bain maure mensuel. Féminité âcre ! Sauvage ? Elle l'était et qui aurait pu l'accoster sans de longues et patientes opérations d'approche ? Elle m'ignorait ou plutôt faisait semblant. J'étais son commissionnaire et rampais devant elle. Cécité mêlée de stupeur. Douleur ! Douleur ! Elle me taquinait, s'exhibait presque nue, au sortir du bain, avec cette odeur caractéristique de l'eau salie. La maternité l'avait embellie ; j'étais voué au martyre et oubliais le père. Parfois elle me prenait le visage entre ses mains et récitait Omar : « Grand Dieu ! a-t-on jamais vu chose plus étrange ? Je suis dévoré par la soif... » Je l'interrompais et partais, épouvanté par ce qui allait arriver. Entre le père inexpugnable et sa femme entrouverte, j'étais pris en tenailles (le contact épidermique m'était vital et je cherchais avec la même ferveur les coups du père et les caresses de la marâtre ; c'était, en fait, une façon comme une autre de me déculpabiliser). De la même manière, je laissais se mélanger dans ma tête l'odeur exécrable du chef de famille et le parfum subtil de son otage. Il arrivait même à Zoubida de me dénoncer pour des vétilles auprès du chef de la tribu — resurgie sur la terre par je ne sais quel miracle, après avoir été décimée au moment de la résistance de l'Emir ; nous étions tous étonnés par ce retour que personne n'escomptait plus,

116

et les plus vieux membres du clan reconnaissaient en mon père l'ultime sauveur de la smala éparpillée à travers pays et contrées.

Si Zoubir avait un tempérament de lutteur et de son origine paysanne avait gardé un entêtement effarant et une avidité consternante. Tout l'intéressait et le savoir le fascinait par-dessus tout ; il était arrivé à parler plusieurs langues, sans avoir mis les pieds dans une école ; il avait gagné, à nos yeux, une auréole de savant : toujours les poches pleines de livres et de revues qu'il lisait n'importe où. Parfois, il lui arrivait de commenter devant nous des livres d'histoire et, lorsque le cercle s'élargissait, il nous prenait à témoin (n'est-ce pas les enfants ?). Nous hochions énergiquement la tête en signe d'assentiment, heureux d'accéder pour une fois au rang de fils. (Retour précaire et transitoire à la paternité éreintante !) Zoubida m'angoissait par l'ombre envahissante que je voyais surgir à travers le tissu en soie légère, au niveau de l'aine. Au sortir du sommeil, elle avait des yeux tellement vagues que je me demandais si elle n'était pas aveuglée par son amour pour moi. Facilement, je tombais dans ma fatuité de mâle en herbe ; nos rapports devenaient très tendus ; je voulais la culbuter et elle fredonnait ·

... Grand Dieu ! a-t-on jamais vu chose plus étrange ?
Je suis dévoré par la soif et devant moi coule une eau fraîche et
  limpide...

Elle donnait le sein à sa fille en ma présence et la succion du bébé me donnait des envies folles. Mon sang se rappelait les massacres passés ; je retrouvais l'animalité mais le désir me rendait mou et tout se terminait d'une façon minable. Un seul sein dehors, elle avait l'air de tomber de travers, de trébucher sur des abstractions claires. L'obsession de Zahir allait-elle se réaliser un jour? Deviner sans comprendre rendait l'entreprise plus qu'aléatoire ; et je suppliais les émanations de m'expliciter le mystère du sang et de l'ombre ; mais les signes gardaient leur mutisme et ma mère ne m'était d'aucun secours. Je vivais donc en solitaire ; Zahir voyageait beaucoup et je fréquentais les bouges à la recherche d'une femme qui ressemblât à Zoubida. En vain! Les matrones avaient beau chercher, elles ne trouvaient jamais le sosie de celle dont je portais constamment sur moi la photographie. Elle, entre-temps, se morfondait et vivait cloîtrée dans sa villa : elle n'avait même pas le droit de descendre dans le jardin envahi par l'ortie et ceinturé de hautes palissades, alors que la pente douce du jardinet menait jusqu'à la mer.

Puis un beau jour, contre toute attente, Zoubida se décida à m'adorer. Je balbutiais de reconnaissance. Lit en fer forgé vert. Tapis blancs. Candélabre. Je ne pouvais détacher mes yeux du gros chat ; il semblait ébloui par le faste et par la poitrine liliale de l'amante couchée en travers du lit. Elle donnait l'impression illusoire de dormir et son corps n'en finissait plus ; sa chair s'amoncelait ; le miroir réfléchissait la partie inférieure du corps : le nombril comme un deuxième sexe, plus secret et plus infernal encore ; la touffe entre les jambes. Le coït réalisé, nous restions là à nous taire, douloureux, rompus. J'hésitais entre l'envie de somnoler et la crainte d'avoir froid ; en définitive, je restais entre les deux, sans jamais me décider. Sexe moite. Fastes. Les protubérances me rendaient aveugle. Dormir en la femme convoitée durant des années, aller rejoindre le fœtus énigmatique... La marâtre se fermait, les deux mains entre les cuisses. Tâtonner à la recherche de mots pour mes délires. Le bébé, dans l'autre chambre, pleurait et elle s'en allait toute nue lui donner un sein encore meurtri par mes caresses et humide de ma bave ; puis elle revenait dégoulinante du liquide lacté qu'elle essayait en vain d'arrêter. Je me rappelais les seins malingres de la petite cousine et mon odieuse peur du lait se réalisait. Nous nous taisions. Tout le coton qu'elle utilisait n'arrivait pas à faire cesser l'hémorragie blanche. Nous étions excédés car le lait remettait tout en cause (fallait-il tuer le bébé de Si Zoubir pour en finir avec la calamité ?). Après-midi visqueux de fin de l'été. Septembre pourrissait la ville. La mer était démontée et la chaleur poissait les mains et les visages. Malgré tout, j'avais froid. Père devait faire la sieste chez l'une de ses maîtresses. Plus aucune possibilité de s'en sortir ! Comment l'aimer quand la prophétie du sang et du lait devenait de plus en plus envahissante ? Mots blêmes et mous à la limite des réveils suspects. Je sombrais de temps en temps dans de très brefs sommeils. Quand je parlais, ma voix me parvenait morne et cafardeuse. Face à l'acte colossal, nous hésitions à coller à notre jouissance tonitruante et alcaline. Venait-elle à flancher ? Qui le savait ! Nous nous aimions comme deux aveugles parcourus de lumière. Elle soupirait et me mettait au comble de la fureur ; j'exigeais en effet plus de discrétion dans ma quête de la tragique engeance. Je la parcourais et, féconde sous mon épiderme, elle se donnait sans mesure. La chambre était belle, minuscule ; les murs blancs (encore l'idée de la clinique, mais quel rapport ? quel rapport ?). Elle endormie, je restais seul. Somnolence compliquée à l'ombre du sexe bizarre. Malodorant. Dessins sveltes : fresques du Tassili sur les murs. L'étrangeté, cependant, gâchait tout. Indignation profonde à l'idée de pouvoir aimer cette chose chaotique et fendue, par je ne sais quel ignoble miracle. Cette source de chaleur ! comme un galet chauffé au soleil des plages et trituré de symboles. Extase, quand même.

Je couchais donc avec la femme légitime de mon père ; était-ce le sang bafoué au long d'un siècle de violence et de feu ? L'atavisme mettait en branle ma frousse car je ne voulais pas me comporter de la même manière que le chef du clan. Il fallait tout liquider. La cassure était évidente. Si Zoubir restait catégorique dans son refus ; il n'oubliait jamais de nous remettre en place et, telles des punaises tenaces, nous lui collions à la peau : l'allusion au sang était évidente et l'inceste n'était qu'un moment de la lutte. Lui, nous laissait nous éparpiller du haut de son amertume dans des consonances louches ; il faisait fi de notre trépidation mais s'enorgueillissait de notre fringale. Nous n'avions plus d'autres recours que dans la rapine, l'inceste et le vin. Venait-il à se tromper quelquefois ? Nous en étions bouleversés et il en profitait pour lever sur nous les exigences de ses amantes qui effilaient leurs ongles à longueur de journée, pour mieux jouer de la cithare. Il les cloîtrait, elles aussi, et elles passaient leur temps à mettre en musique les poèmes d'un chantre appelé Omar et qu'elles seules connaissaient dans la ville : anciennes recrues de maisons closes, elles avaient appris de la bouche des chanteurs juifs de Constantine les plus beaux chants de l'Andalousie arabe. Au sortir du sommeil, je reprenais l'amante intacte et fouillais entre les replis les plus intimes à la recherche de quelque grain de beauté dont j'étais fier de découvrir le premier l'existence ; mais cela ne diminuait pas mon angoisse qui avait une tête de criquet vagissant. Le chat ! Il continuait à s'étonner de l'opulence des formes et, à son allure raide, je devinais qu'il avait envie de lever la patte et de pisser sur la culotte de la marâtre, imprudemment laissée à la garde du félin qui ne cessait de la renifler (couleur bonbon, quel mauvais goût !) ; mais il n'osait pas, le mécréant, car il était bien élevé et avait son pot dans le jardin. C'est dans cette position que, des heures durant, il regardait la mer : fascination de matou ! Elle le cajolait, le flattait et ses gestes me calmaient : je cessais d'avoir peur : c'était comme si j'avais été déjà mort et que ma pensée ait continué de faire le va-et-vient dans ma tête et mon cadavre fourbu. Ma n'aimait pas Zoubida. Le gros chat, voilà l'ennemi réel ! Il fallait le détourner de mon amante et pour cela j'utilisais Nana, la chatte de ma mère ; sinon : le châtrer ! Perversion animale. Zoubida dormait, fouillis palpitant. Senteur molle. Je voulais pourrir en elle un peu plus ; retrouver l'état de vacuité riche de puissance et de délires ; je farfouillais, dans ma transhumance, à la recherche de quelque brèche, de quelque hiatus vulnérable qui pût définitivement m'absoudre. Rarement, avec indolence, je trouvais une issue à ma malchance, plus surfaite que véritable ; je reprenais alors le chemin pénible pour aboutir à la même obsession : femmes piaillantes, hommes à cheval sur leur rogne, animaux toujours présents dans ces situations oniriques.

Riait-elle de ma déconfiture ?

Elle riait, amante prodigieuse, juste à la démarcation du rêve et du quotidien. Elle savait aussi la chanson de l'eau qu'elle faisait vibrer au contact de son corps : nous nous baignions ensemble dans la salle de bains vert turquoise du mari bafoué qui, à ces moments-là, perdait tous les liens qui me rattachaient à lui. Elle comprenait d'instinct comment j'avais été brutalisé dans ma conscience et calciné dans mon affectivité, écrasé comme une chenille trop clair-voyante. Nous restions pris dans notre hébétude devant un monde dont les hiéroglyphes nous lancinaient jusqu'à la défaite et, au-delà de la défaite, jusqu'au consentement. Elle riait. Avait-elle conscience de cet ahurissement dans lequel nous foisonnions ? J'exigeais qu'elle dominât la situation plutôt que de la deviner par intuition. Nous nous endormions, nous nous réveillions. Elle était arrivée à tenir la domesticité éloignée de notre passion. Les paroles, inutiles au silence, se disloquaient et perdaient toute consistance. Mutisme rédhibitoirement consommé. Dehors, les mollusques collaient-ils à la poussière des rues torrides ? Risquaient-ils d'attaquer les consommateurs des cafés maures qui buvaient leur thé à l'ombre fraîche des arceaux ? Elle ne savait que répondre.

— Regarde plutôt ici, disait-elle, j'aime sur le drap blanc fixer l'ombre de mon vagin hybride. Regarde ! un vrai crapaud chenu !

Je la laissais parler. Elle se lovait ; se pâmait ; se lavait ; revenait s'affaler sur le lit. Un crapaud chenu capable de toutes les baves et de toutes les moiteurs ! J'y passais et repassais la main. Le chat, alors, avait l'air de rigoler si fort que sa moustache en tremblait. (Il ressemblait au chat de la vieille institutrice française qui passait son temps à regarder la mer ; elle nous obligeait à apporter, pour la leçon de sciences naturelles, des poissons qu'elle donnait au matou-roi et on avait beau étudier d'autres animaux et d'autres flores, c'était toujours des poissons qu'elle nous réclamait ; pour arrêter la saignée que l'entretien du félin occasionnait dans le budget de nos familles, nous décidâmes de mettre le chat dans un sac et de le jeter à la mer : l'institutrice en mourut. Elle ne pouvait plus haïr les Arabes !) Odeur d'aisselles féminines. Navrance... Entrouverture... Mon plaisir parricide béait. Tuer le chat, tous les chats. Plutôt avaler la mer ! disait-elle. Je faisais, devant ce refus, piètre mine et elle s'en effrayait. Marche des fourmis dans nos deux têtes. Mon père est toujours un gros commerçant très respecté ; et lorsqu'il passe auprès de la mosquée, le muezzin s'interrompt pour s'enquérir de sa santé, du

haut du minaret. Une belle voix, ce muezzin ! Obsé-
quiosité. Faisait-elle souvent l'amour avec mon père ?
(Serais-tu jaloux ? s'étonnait-elle.) Elle savait triturer
son visage et surtout ramener sur son front les mèches
folles égarées jusque dans les commissures des lèvres.
Pour rendre son mari odieux à ses yeux, je racontais,
avec beaucoup de fiel, l'histoire de mes petits frères
qu'on élevait dans les patios arabes. Elle n'était pas
surprise mais s'étonnait seulement du génie prolifique
du chef de famille. « Forniquez avec autant de femmes
qu'il vous plaira... » ; du Coran, elle savait des bribes ;
elle aimait étaler le peu qu'elle connaissait. Sa mère,
par contre, était très versée dans la religion et la
poésie. Zoubida, achetée à quinze ans par mon père, se
découvrait une vocation amoureuse. Mentait-elle ? Je
le soupçonnais, à cause du chat dont elle exigeait la
présence pendant nos ébats. Ridicule ! Poses grotesques, et le miroir nous fascinait plus que nos corps. Je
l'adorais, peut-être parce qu'elle était la première
femme que je possédais véritablement... Avant elle, il y
avait eu les cousines mais ce n'était que des attouchements perfides aux abords des zones érogènes. Éner-
vant ! J'en avais mal aux testicules. Parfois nous
assistions à l'épilation communautaire des sexes
malingres de nubiles qui exhibaient tristement des
pubis à moitié tondus ; nous les regardions faire, juste
au sortir de la prime enfance. Il y avait eu aussi ces
femmes inconnues que je rencontrais dans les noces et
qui s'enfermaient avec moi dans les toilettes des
maisons arabes ; mais elles avaient souvent un enfant à
allaiter (toujours la prophétie du lait !) et faisaient trop
vite. Maladresses.
    Aimait-elle m'écouter délirer ?
    Oui, elle aimait ; c'était d'ailleurs ma seule façon de
l'émerveiller. Je la sentais rentrer en moi, se confondre
avec mes sonorités coupantes ; l'espace était brouillé ;

le temps taraudé à vif ; nous partions à la dérive. Plus le délire s'organisait et plus elle soignait son art amoureux. Elle ne se servait pas seulement de son corps, mais d'autres subterfuges prolixes ou laconiques : avec des petits bouts d'image, des petits bouts de vers, elle arrivait à poétiser l'univers environnant et, malgré sa vie de femme cloîtrée, elle savait embrasser comme un papillon, en battant des cils au-dessus de mes lèvres. En somme, elle se livrait à fond à son art de femme faite pour aduler l'amant et perdait de vue la réalité. Jouait-elle de la cithare comme les autres femmes de Si Zoubir ? Elle baragouinait plutôt et ses ongles ne résistaient pas à une « nouba » andalouse qu'elle ne parvenait jamais à transcrire sur l'instrument, devenu un objet décoratif. Je préférais les disques que j'allais chercher chez quelque brigand de la taverne que fréquentait mon frère ; ils ne m'aimaient pas mais Zahir, qui passait à leurs yeux pour un savant accompli, les dominait tellement qu'ils n'osaient pas refuser de me rendre service ; je ne les aimais pas non plus parce que, ne buvant pas de vin et ne fumant pas de kif, je me sentais considéré par eux à chaque visite comme un véritable protozoaire, en perdition dans leur antre.

Elle racontait que son mariage avec le père n'avait été que la conclusion d'une affaire financière ; sa mère, malgré sa grande connaissance des « noubas » et des chants d'amour, était tombée entre les mains de Si Zoubir et leurs rapports étaient mystérieux, sinon louches, car le mariage avait donné lieu à des tractations extraordinaires : la mère de Zoubida avait besoin d'argent. J'appris alors qu'elle était au courant de nos relations et qu'elle les encourageait, pensant que Si Zoubir, après tout, n'était qu'un vieillard affaibli par la prostate et par ses maîtresses. Il faisait chaud. Le matou n'osait toujours pas uriner; il refoulait tellement son envie qu'il en boitait; cependant, de temps en temps, il piquait une somnolence. Lucre? Envie de détruire les habitudes manichéennes de mes ancêtres, de réintégrer la paternité aliénée. Zoubida, inceste grouillant, là, à portée de ma main; le désir me reprenait. A nouveau, enfant-roi, je la pénétrais.

Dehors, la canicule. Les hommes devaient être gros de leur sieste humide et les vieux jouaient aux dominos dans les cafés rances. Inceste. J'avais alors, pour ne pas faiblir, des attitudes d'enfant recroquevillé sur le sein de l'amante généreuse dont je rêvais qu'elle était naine. Retour au fœtus imprécis et dégoulinant mais solidement amarré aux entrailles de la mère-goitre; je confondais, dans l'abstraction démentielle de l'orgasme, ma marâtre avec ma mère. Ma! antipode de l'inceste, prosternation permanente de femme œdémateuse. Le délire ne faisait que s'amplifier et s'ouvrir, telle une immense plaie purulente, à même l'inconscient mis à nu, violé; après le flux, il ne restait qu'une sensation aveuglante de couleur rouge qui avait des résonances jusque dans mes oreilles, éblouies par la perfection de l'ellipse bruyante et chaude. Sensation grossie par la folie à l'affût; saccades et convulsions; estomac noué. La peur m'envahissait à ras du pot de nuit de Zoubida, bariolé en ocre. Hôpital. Les malades rangés sur les chaises avaient des chats dans les mains; ils donnaient l'impression d'attendre le train. Était-ce une clinique? Était-ce une gare? Je bousculais l'amante pour qu'elle m'expliquât. Elle me calmait.

— Mais oui, c'est une clinique où l'on soigne les cas d'alcoolisme.

— Y ai-je accompagné Zahir?

Elle ne savait pas. Je ne comprenais plus rien; au

début je ne voulais pas y entrer ; après, je ne voulais pas en sortir. Zoubida résumait tout :

— C'est l'adoration qui te consume !

Je partais vite. L'après-midi tirait à sa fin. Il faisait très chaud encore. Elle me regardait m'habiller et donner, avant de m'en aller, des coups de pied au chat. M'acceptait-elle par commodité ? Certainement, car elle ne cachait pas son admiration pour Zahir qui lui vouait une haine meurtrière. Dehors, une chaleur étouffante et surtout vibratoire. Des soleils arachnéens donnaient l'impression de ramper à travers les nuages monochromes. Les rues étaient lourdes et juste à point pour une averse qui tardait à les laver de leur poussière et de leur tension. Il fallait même espérer un déluge, tant la sécheresse était déprimante. La chape hostile du ciel écœurait les rares passants. Chaleur suffocante... Je m'y engouffrais et me réchauffais au contact de cette atmosphère gélatineuse et fraternelle. Je retrouvais les hommes avec une avidité inouïe : je quittais le cauchemar.

Les femmes étaient rares : elles rasaient les murs comme des sauterelles blanchies à la chaux et avaient une démarche hésitante comme si elles cherchaient constamment leur équilibre, somme toute, bien précaire. Les magasins paraissaient effondrés et leurs portes, à demi fermées, semblaient des visages d'hommes récalcitrants et bifides. Les chiens avaient des halètements méticuleux qu'il était difficile de ne pas imiter. Fontaines taries que les enfants s'ingéniaient à traire. Bientôt les prémices de fraîcheur. La ville s'effilochait en geignements vains que l'intrépidité des badauds désœuvrés n'arrivait plus à contenir. Les femmes-sauterelles resurgissaient de leur prohibition, oubliaient leurs aménorrhées et s'impatientaient à guetter les vendeurs d'eau fraîche à goût de goudron

126

(précieuse amertume) et de fleur d'oranger. L'on invoquait quelque Dieu criblé de fraîcheur. Les mouches hilares s'ébattaient dans d'énormes pastèques ouvertes en deux pour attiser la convoitise du peuple qui en avait l'eau à la bouche, malgré les chiasses déposées au fond du fruit rouge. Les Algérois ne font l'aumône qu'une fois par semaine : le vendredi ; entre-temps, personne ne se préoccupe des mendiants qui blasphèment tous les autres jours et provoquent les chefs religieux insensibles à leur détresse ; mais pris de peur devant les menaces des prélats, ils se transforment en incubes malodorants et sillonnent la ville avec hargne ; tout le monde les craignait et les évitait ; eux riaient dans leur barbe de cette autorité inutile mais incontestée. Ils respectaient l'ordre établi et ne prenaient d'assaut les mosquées que le vendredi, après la prière du « dhor ». On les bernait et ils se laissaient faire car ils aimaient par leurs bénédictions faire fructifier l'argent des riches.

Senteur de laine brûlée... A l'approche des souks, la chaleur s'atténue pour laisser la place à une pénombre antique, lovée au fond des ruelles enfilées les unes dans les autres et qui donnent toutes sur la mer. Aller rendre visite au « croque-mort » dans son capharnaüm est une tentation dangereuse qu'il faut vite refouler : je risquais de le surprendre dans quelque situation compromettante ; ses explications seraient, alors, longues et compliquées. Devant les cafés maures, je humais l'odeur du thé à la menthe qui s'incrustait jusque dans mes narines et me donnait des papillotements, juste supportables. L'espace devant moi n'était plus qu'une intermittence de cécités et d'éblouissements qui alternaient suivant la disposition des lieux. La fraîcheur commençait à ranimer les hommes et les bêtes qui s'apprêtaient à sortir d'une léthargie, somme toute agréable ; elle accroissait vite le nombre des promeneurs acharnés à en profiter le plus longtemps possible. Je rêvais quand même d'une douche froide et tumultuaire pour changer de peau et effacer les empreintes (indélébiles ?) de Zoubida. Titubation à l'évocation de l'orgie passée. Impact des seins. Alacrité des aisselles charbonneuses. Salacité du mouvement de foule fécond qui endigue les architectures arrondies des étalages saugrenus. Bric-à-brac rugueux pénétré d'angles et ramolli de cercles bicolores (ocre et rouge sang). Les maisons n'étaient que des cratères ouverts en plein ciel. Bonheur à traverser ce tohu-bohu exigu et infernal où j'avais l'impression d'être un homme à part, saccageur de la communauté calcinée par la faute de cet amour incestueux que je traînais. Dans ma rage d'éviter à tout prix la solitude, j'empêchais le cercle de me rejeter ; je faisais des efforts pour rester au contact de la masse dont, excédé, je bousculais parfois la léthargie contagieuse (soupçonnait-elle seulement, sur ma peau, l'odeur de mon amante ?) et extraordinaire. Je me taisais, quand même, pour ne pas faire de ces passants nonchalants un aggloméré de lyncheurs. Solitude.

— Vouloir m'emmener à l'hôpital est inutile; je m'en évaderai et j'irai contempler les atrocités que commet le mari de Saïda (ne s'amuse-t-il pas à brûler le ventre de ses enfants, avec le bout incandescent de sa cigarette?). Ton projet est voué à l'échec! Je n'irai pas dans cette clinique dont tu vantes le confort et la thérapeutique révolutionnaire. Pourquoi y aller? Laisse-moi plutôt te raconter; peut-être qu'à deux nous saurions localiser le mal et l'extirper. Je vais fermer les yeux et faire comme si tu n'étais pas là, n'avais jamais mis les pieds dans cette chambre minable. Est-ce que tu as peur?

— Oui, bien sûr.

— Tu ne veux pas me parler comme on parle à un malade; tu te méfies de ma susceptibilité; l'hôpital n'y fera rien, je suis décidé à m'en évader.

— Ce ne sera pas la première fois...

— Je ne sais pas, peut-être me suis-je évadé d'une prison?

— Une prison... Un camp...

— Oui...

Saïda m'en a beaucoup voulu.
Je sais.

Enfant-flic, j'empêchais les mâles de venir renifler autour d'elles.

L'odeur intime de l'honneur familial.

Investi de la confiance du clan,

Je dérapais sur mon importance de garde-chiourme.

J'étais le chef du caravansérail,

L'eunuque rempli de sa superbe, à la porte du harem jacassant,

Le garde de ma mère guettée par l'adultère et les vieilles sorcières, voleuses de bébés qu'elles vendaient aux femmes stériles, et en quête de veuves pour d'éventuelles orgies.

(Parfois, j'avais des tendresses qu'il aurait fallu pressentir. Tant pis ! elles étaient prêtes à se libérer de notre tutelle et de celle des avunculaires, pour aller n'importe où, fût-ce chez un idiot qui à quarante ans urinait dans son lit et restait attaché à une mère dominatrice qui le gâtait de pâtisseries turques. Saïda nous haïssait ; mais l'habitude avait vite anéanti toute révolte en elle ; et son refus de lutter n'était qu'une prétérition : elle était déjà entrée dans le malheur. Elle changeait tous les jours les draps du lit conjugal ; combien d'enfants, échappés de justesse à l'aliénation, avait-elle mis au monde ? Elle n'en était plus à dénuder sa poitrine derrière les fenêtres qui donnaient sur un certain salon de coiffure blafard où les amis de Zahir venaient entre deux pipes reprendre contact avec le réel. (Mais pourquoi parler de Zahir ? n'était-il pas mort ?) Une longue vie de femme algérienne, en somme ! L'honneur, l'encens, les circoncisions, les provisions de couscous, de tomates séchées et de viande salée, les prières du soir, les carêmes interminables, les sacrifices de moutons... Elle aussi, en était au chapelet d'ambre — ramené par son beau-père de la Mecque où il accomplirait bientôt son septième pèlerinage — qu'elle triturait plutôt qu'elle n'égrenait patiemment à la façon des vieilles dévotes. Elle avait encore le temps de tisser un sperme de fou dans son ventre ; l'accouchement se faisait tous les neuf mois, dans une ambiance de kermesse : tout le monde hurlait et Saïda suppliait tous les sains de hâter sa délivrance. Louange à Dieu, elle ne suffoquait pas à respirer cette odeur âcre et lourde ; les négresses se mettaient à pousser des « you-you » stridents pour annoncer l'arrivée d'un nouveau monstre.)

En y pensant, j'avais des insomnies ; mélanges grouillants qui me laissaient à demi étourdi, rutilant de ma veillée ; agonisant.

Cigarettes innombrables.

La ville est verte comme un gros bourdon crissant.

Stridence aussi des criquets rendus fous par la dure clarté de la lune.

Mettre un sommeil en travers de ta peau.

Et le ba-la-der,

Jusque vers un éveil-bidonville.

Ma folie pointe à ras d'un pot de nuit écarlate-garance-couleur-fouet. Etait-ce un pot de nuit entrevu dans la chambre de ma mère ? était-ce un pot qui appartenait à Zoubida ? (paresseuse, elle ne voulait pas quitter sa chambre et avait essayé de faire comme les hommes dans le lavabo, ce fut un échec et elle m'en voulut de cette suprématie.) Etait-ce tout simplement le pot du chat qui traînait dans le jardin envahi par les mauvaises herbes ?

Vouloir m'emmener à l'hôpital est une bévue.

Pipes brisées ; je n'ai plus de cigarettes.

Latence d'un pubis-triangle.

Pénétrée à nouveau, tu invoquais la salacité aigre fine d'un marchand de taupes.

Ton rimmel coulait sur la moitié d'un disque que je

m'évertuais à remettre sur l'électrophone emprunté
à une de tes amies.

Où l'avais-je rencontrée, cette fille européenne?
Je n'en savais rien.

Dans notre mansarde, je lui racontais ma vie comme
on moud du café (au fond, elle s'ennuyait).

Mes tripes collent à la paroi
d'un anus mal torché (pour éviter de lui faire un
enfant, j'empruntais la voie rectale).

Nécessité de te communiquer la réversibilité d'un
mouvant, somme toute fastidieux, et te tenir ainsi
toute la nuit, sans désemparer. Il ne fallait pas
tricher : je me devais, puisque tu me voulais,
d'introduire en toi le venin de la fiole de folie qu'on
vend sur les places publiques, dans les douars, du
côté d'Aïn-Beïda et de Sédrata.

Ainsi, je te refilais à toi, Européenne chue de je ne
sais quelle planète, un monde outrancier à tes yeux.

La ville resurgira.

Nyctalope, à cause des zébrures

Qui font des cratères dans la lune

Et tu auras des halos plein la bouche.

Fulgurer ma tenace joie tenaillée

Par la mandibule d'un tram qui amenait le laitier
jusqu'à notre mansarde où je te cloîtrais pour te
raconter comment mes sœurs l'avaient été.

Yasmina (aux confins de la surprise, elle m'avait
cousu un pantalon ridicule le jour de son départ
pour l'autre prison, nantie d'un ingénieur agronome
geôlier).

Toux tatouée

d'un docker qui s'en va chercher de l'embauche,
plein de kif colmateur de brèches hissées à même le
vide d'un rêve, sans aucune déflagration.

Engelures (les femmes-corbeaux des cimetières de
Constantine se transforment en mouettes blanches

et préparent du couscous dans les maisons bourgeoises et chez les promus sociaux de la Coopération technique).

Dérision.

— Une cigarette?

— Dors maintenant.

— Je n'ai pas sommeil...

Demain je te raconterai, une somnolence à refriser; Tu mentiras, bien sûr, à vouloir faire du pubis-triangle-vert

une source de nonchalance.

Et je n'aimais pas les équations, car l'antique incantation de ma mère-sœur-amante-goitreuse (quel rapport avec toi?) reste un dilemme diamanté, coupeur de gorges rêches.

Folles, ces testicules moites, lorsque la ville est froide

Comme un souper de morgue

Taraudé par les tarots sublimes

D'un nègre que nous allions consulter ma mère et moi, en cachette du père, et qui entrait en transe en se serrant la tête avec un fichu multicolore; ventriloque et éboueur de son état, il utilisait ses siestes à délester les femmes de leur argent, en promettant le retour du mari perdu, Que foutais-tu?

Envie de dormir; tu disais (mais tu ne faisais rien), Tu essayais dans la nuit totale, où n'émergeait qu'une lueur rouge autour du point incandescent de ta cigarette, de démêler les fils de cette sombre histoire dont tu as hérité depuis que tu avais fait ma connaissance, et dont tu commences à discerner la pesanteur et l'irréalité.

Les étoiles (il en restait peu dans le ciel, car l'aube allait bientôt toucher ton épaule française) avaient l'air plus vivaces.

Essayer seulement d'empêcher les tortues d'aller si

lentement, et chasser toutes les libellules aux ailes trouées par les mites de notre misérable garde-robe. Quelques mots auraient peut-être suffi pour me sortir de cette camisole de force.

Mais qui est cinglé, à la fin?

Je te laissais alors et allais faire la queue,

Un jeton de téléphone à la main,

Aux portes des bordels-punaises (glabre était la chambre; il y avait un brasero rougeoyant sur lequel chauffait de l'eau qui servait à laver les clients et à réchauffer la pièce glaciale; sur les murs, des photos de femmes nues découpées dans des revues de nudisme. Un évier. Un lit. Une chaise sur laquelle on mettait les vêtements, faute de porte-manteau. Je suais à grosses gouttes malgré le froid intense. Sur le lit une serviette crasseuse était étalée dans le sens de la largeur. Ne pas regarder le bidet! mais c'était le seul objet de la pièce à étinceler : instrument de travail bien entretenu qui me fasci-nait autant qu'une guillotine. La putain se mettait dessus à califourchon et je percevais clairement, au moment où elle se lavait, le clapotement de l'eau entre la main et le sexe. Elle s'étendait ensuite sur le lit, les fesses bien au-dessus de la serviette tendue, levait les jambes et tout à coup, sans aucune transition, le sexe énorme apparaissait, sanglé dans ses chairs molles et fuyantes, craquelé de poils et de plis. Elle sortait un sein fatigué. Je me déshabillais toujours... regardais entre les jambes que la fille tenait obstinément en l'air : en haut des cuisses et à proximité de l'organe, deux plaques de chair noires juraient avec la blancheur des jambes très grasses. Je ne voulais plus, renonçais; et le lacet de ma chaussure que je n'arrivais pas à dénouer! je m'y escrimais en vain; les ongles me faisaient mal; la grosse femme s'impatientait par-dessous ses jambes

qu'elle tenait toujours levées ; je n'osais pas lui dire
de les baisser, ni que cette position me donnait le
vertige ; j'avais peur de la vexer. Impossible d'enlever le soulier gauche ; j'avais honte de ma nudité et
de ma sueur. La fille rouspétait carrément et,
dehors, les clients s'impatientaient. « Merde mon
coco, disait-elle, merde ! » Elle venait à ma rescousse, décidait d'aller chercher des ciseaux et, la
mamelle pendouillante, farfouillait dans les tiroirs ;
j'en profitais pour me rhabiller vite, m'excusais,
payais et partais. Elle ne comprenait pas !)
De tes brûlantes mains
tu animais cette puissance à défoncer les portes.
Que faire ?
Pour éviter l'inceste, je m'esclaffais dans les redon-
dances d'euphémismes matinaux qui coïncidaient
avec les délires-prières, lorsque les hommes font
semblant d'être frileux pour cacher leur peine. Tout
à l'heure, dès que le matin sera levé, tu m'accompa-
gneras à l'hôpital (il faut lever cette ambiguïté).
Combien étions-nous ? Une gigantesque tribu éparpillée depuis et que personne n'arrive à reconstituer ! Zahir est mort depuis une éternité déjà.
Yasmina agonise dans un autre hôpital. La grande
maison appartient toujours à Si Zoubir et doit
abriter quelque oncle rescapé de la guerre.

Au fond, tu as peur de moi ; le reconnaître ne
résoudra pas le problème et n'atténuera pas ta
méfiance vis-à-vis de moi. Ce que tu veux c'est
m'enfermer dans cette maladie mythique créée de
toutes pièces pour te débarrasser de moi et de mon
insolence. Tu avais caché toutes les lames de rasoir et
l'unique couteau de cuisine, tu ne portais plus de bas
en nylon mais c'est en regardant tes jambes nues que
j'ai pensé à la strangulation pour la première fois (que

voulais-tu me suggérer au juste?). Comme tu es ridicule de faire une telle mise en scène pour me pousser au suicide!

— Une hantise d'incestueux, en somme?

— Même pas! ce n'était pas vraiment une obsession, mais ma tête rapetissait jusqu'à devenir une sorte de point lumineux, consistant et rêche.

Eau troublée (je n'osais plus me laver, de peur de tout éteindre). Douleur drue qui sourd d'un jet malodorant. Trompe d'éléphant, et je contournais les zoos et les jardins publics, pour ne pas tomber sur un singe mal rasé (difficile, alors, d'éviter les analogies et par voie de conséquences les embrassades!). Continuer notre dialogue est inutile puisque tu diras que, dans ma berlue agaçante, je ne fais que soliloquer contre le pan d'une couverture tchèque dont on aperçoit déjà la trame (très courte, cette couverture de couleur grège ramenée du camp); nous avons constamment froid aux pieds. Tu n'aimes pas cette image de pieds coupés; après tout, c'est la chambre qui est glaciale : le carreau droit de la fenêtre est cassé et tu l'as réparé en collant un carton avec du scotch; le bout tient très mal à cause de l'humidité; tu attends toujours l'été et tu ne veux pas croire à la dureté des hivers algérois. Encore une idée toute faite! J'ai des crampes à la langue à cause de ces vociférations à travers lesquelles j'essaye de te raconter les péripéties ridicules de la vie d'une famille bourgeoise restée clouée aux mots coraniques d'une enfance chavirée; nous nous levions à quatre heures du matin pour aller somnoler dans une petite pièce, antre d'un maître paludéen, et pisser sur des nattes qui nous meurtrissaient les cuisses, pour ne pas avoir à demander une autorisation aléatoire; il ne nous restait plus qu'à nous étendre sur l'aile bleue de l'oiseau mort de la légende; et nous jacassions alors jusqu'à la rougeur d'un point horizontal nous annonçant l'heure de la délivrance. Avec mes répétitions, je t'empêche de coller à la paroi flasque du sommeil et de t'en aller, suavement bercée par les insanités et les dilemmes que recèle ma voix rendue chevrotante par l'insomnie (cigarettes encore...). Je t'ai montré, un jour, des photos de Yasmina ; assise auprès du lit, tu croisas les jambes et les regardas pendant des heures. Fascinante, ma sœur ! Elle était partie dans une voiture klaxonnante et enrubannée ; toute la ville était au courant. Stupides, ces mariages bourgeois ; les avertisseurs d'automobile annonçaient la défloration sanglante ! Dans les cafés, les hommes se levaient pour mieux voir le cortège s'en aller vers une nuit véridique durant laquelle ma petite sœur allait chialer, perdre son sang. Cependant, dans mon éblouissement d'enfant, je souhaitais une surveillance renforcée : Yasmina était très belle et je craignais pour le clan. (Magnifiques, ses yeux ! t'exclamais-tu.) Ce ne fut pas son mari qui prit notre relève mais sa belle-mère ; surveillante dans un asile d'aliénés, elle décela tout de suite chez Yasmina une tendance à la sorcellerie et à la simulation, la considéra comme une malade et ne lui parla que vêtue d'une blouse blanche et coiffée d'un bonnet d'infirmière.

— Que disait le mari ?

— Au juste, je n'en savais rien ; mais je le soupçonnais d'être de connivence avec sa mère, car la défloration de ma sœur lui donna beaucoup de mal et, pendant deux mois de tentatives vouées à l'échec, elle l'aida, le conseilla et le protégea. Les amis de la famille étaient catastrophés ; les ennemis parlaient en chuchotant d'impuissance ; Ma, se méfiant de quelque maléfice, alla consulter une bonne dizaine d'épileptiques ; en vain. Les deux belles-mères décidèrent de battre de l'eau dans un pilon sur lequel on avait écrit une sourate du Coran, mais il fallait la pleine lune et comme le mauvais temps persistait, on abandonna la recette au profit d'une autre : faire uriner le nouveau marié sur un sabre rougi au feu appartenant à un marabout. Au bout du troisième mois, le miracle se fit ; on organisa de nouvelles noces et on exhiba une chemise pleine de sang humain. Yasmina devenait livide. Réchauffer le reste de café. Ah! cette couverture. Pieds gelés. Elle s'était mise à maigrir : rêves épais. Elle avait peur ; Lella Aïcha, sa belle-mère, lui jeta un sort qui la rendit folle ; on l'enferma dans le pavillon de la belle-mère dont elle exécrait la férule. Elle m'écrivit :

« Fontaine de sang ; frelon pavoisé de la couleur du feu ; je déambule dans des extases jamais soupçonnées. Violée sur le fauteuil dans lequel je subissais l'électrochoc, ma rage tomba. Pépites d'or. Un enfer en travers des cuisses. Au lieu de mourir de honte, je choisis de dormir dans un vague paquet de chair molle appartenant à mon horrible infirmier bedonnant, qui, originaire de Tunis, savait merveilleusement jouer du luth. Je le revis en cachette. Un soir. Deux seins intacts et qu'il adorait malaxer, et des nuits de remords atroces. Que faire, Rachid ? Devenue amoureuse, je béais de tous les côtés et m'évanouissais d'amour au seul bruit du pas de mon infirmier. »

Métamorphose d'une sœur. Je ne voulais pas y croire, car elle avait toujours été très pudique. Un beau jour, elle quitta l'hôpital et revint à la maison de Ma car son mari ne voulait plus d'une folle sorcière. Convalescente, elle était devenue très sensible mais avait oublié tous les noms des instruments de musique. L'histoire de l'infirmier n'était que pure imagination.

— Eut-elle d'autres amants mythiques ?

— Non. Elle rechuta et changea de partenaire. (Des millions de gouines veulent entrer dans mon ventre. J'ai peur. Il faudrait réintroduire la mer dans mon sexe afin qu'il puisse clapoter à nouveau.) Elle guérit une nouvelle fois et rentra définitivement chez nous où elle mourut de la couture (qu'elle haïssait) et de la fièvre intestinale. Elle n'avait que vingt et un ans.

Hôpital. Bégonias dans le jardin. Fenêtres ouvertes. Les infirmières à varices déambulent, se méfient des malades qui gloussent et des scorpions qui grouillent sous les lits. Elles ont peur, mais elles auraient mieux fait d'être apodes plutôt que d'énerver les patients avec le glissement furtif de leurs pas. A quoi rime ce va-et-vient doucereux ? L'agitation est d'autant plus vaine qu'elles ne craignent rien : au moindre incident, des hommes dissimulés derrière les portes interviendront et juguleront toute tentative de sédition. Tibubation : un malade entre, il a l'air d'un anachorète qui a perdu sa transe ; une fois couché, le nouveau venu perd de son intérêt et il ne nous reste plus qu'à chercher un nouveau pôle d'attraction. Les bégonias ? Ils ont l'air passif. Les scorpions ? Ils ne cessent de tourner en rond et le bruit qu'ils font en s'entrechoquant ne peut parvenir qu'à une oreille initiée. Un plateau plein de fruits trône sur la petite table vissée à mon lit ; elle est donc venue. Préciser l'heure de son arrivée ou de son départ est au-dessus de mes forces ; me souvenir de ce qu'elle m'a dit exige un effort qui me laissera fourbu toute la semaine, la peau moite ; impression d'avoir mué en utilisant un émollient que le médecin m'aurait donné en cachette car le règlement interdit de telles pratiques : changer de peau. Inutile de me rappeler l'heure de son arrivée, ni la couleur de sa robe; je connais seulement son prénom : Céline, et le numéro très spécial de sa voiture. Elle vient me voir souvent et le médecin m'autorise à partir avec elle pendant le week-end; nous retrouvons alors la chambre hideuse et la couverture effilochée et j'ai hâte de revenir à l'asile, bien que j'aie passé toute la nuit à répéter que je ne voulais pas y retourner. Dans le service où je suis, il n'y a pas de camisole de force et personne ne hurle; seules les infirmières nous gâchent notre plaisir et notre bien-être; elles sont laides et ont la manie de faire sécher leurs mouchoirs sur les rebords des fenêtres de la grande salle commune; elles arborent aussi une nodosité qui donne à leurs visages un caractère inexpugnable et définitif. Effrayantes, bigles, simiesques haridelles; elles se prennent pour des martyres parce qu'elles soignent des fous. L'une d'entre elles ressemble étrangement à Lella Aïcha, la belle-mère de ma défunte sœur; elle évite de me regarder et j'en fais autant; son fils s'est remarié depuis quelque temps (comment l'ai-je appris? Je n'en sais rien!). Tremblements. Vibrations... Sueur, ma mère! La ville nous parvenait comme une rumeur impalpable et démesurée; l'été s'éternisait et venait de la mer; nous ne savions plus que faire. Dis-moi, Céline, lentement, le nom de la ville où je suis et le nom de la mer qui la baigne... Les médecins refusent de me le dire, sous prétexte que je simule.

Aujourd'hui, c'est le « jour des chaises », on en voit qui apparaissent comme surgies du sol. Ingrates et bien alignées tout contre le mur rétif qui servira tantôt aux malades pour se gratter le dos et prendre le fou rire; cela m'exaspère autant que le médecin dont les yeux ne sont pas comme ceux de tout le monde (en a-t-il seulement, je me le demande!); il les cache derrière ses lunettes aux verres éblouissants qui reflètent tout (bureau, table, fauteuils, murs, couleurs, plantes, tableaux, etc.) dans la pièce où nous nous trouvons; parmi ce bric-à-brac ordonné et froid, mon image transparente me lancine (il s'agissait alors de partir à la recherche d'une cohorte cisaillée par les ballets et les boulets, dissimulée derrière la faille prodigieuse d'une gorge désertique où le seul point de repère était un tunnel noir de fumée, interdit aux trains, et où se perd ma mémoire. Tapis, camouflés, puis vite surgis et dressés, nous haletions, dans un délire d'aubépine et de rocaille. Les fusils parsemaient ma trajectoire, ainsi que la senteur du sang dense et torrentiel à l'oblique d'une gorge qui appartenait peut-être à un garde forestier corse. Le viatique aspergé, nous ne pouvions manger pendant des jours, non que la nourriture vînt à manquer, mais par la faute du défunt corse moustachu dont la bedaine floche ne cessait de harceler nos cauchemars et de pourrir jusqu'à l'atmosphère des grottes dans lesquelles nous étions cachés; et nous n'aurions de cesse que nous ne l'ayons dix, vingt fois tué; mais dix, vingt fois resurgi du fond d'une ténacité ancestrale, il lançait à notre poursuite un bataillon d'aspics et de lombrics, malmenant notre gibbosité devenue insupportable, à flanc de colline où les hommes roses s'esclaffaient de notre insouciance simulée; à notre tour, nous ruisselions de sang et n'arrêtions pas de provoquer les chacals, au point que les malentendus nous donnaient des prurits; du soleil tombaient des pointes effilées qui, malgré leur acuité, amenaient avec elles le vague nécessaire à notre survie; les collines s'enrobaient de nuit et les galets devenaient frais, malgré les cérastes qui s'éternisaient à des jeux amoureux et pervers dont nous appréciions quand même le répit; à ce moment, nul ressac du rien fugace et bleuté ne nous parvenait; mais nous avions la certitude de la proximité de la mer, au bord de laquelle nous allions bientôt reposer nos pieds ensanglantés par les marches harassantes).

Tremblements... Souffrance. Le jour maudit. Les chaises! Pourquoi tant de chaises? nous étions quand même flattés, au fond de nous-mêmes, par cette publicité dont nous étions l'objet. Etudiants? Journalistes? notre fierté n'avait plus de bornes; mais la sueur nous inondait les paumes et augmentait notre angoisse, car il s'agissait de violer nos consciences demeurées à l'état léthargique, ancrées dans notre primitivité hallucinante. Ce jour-là, chacun devait faire sa toilette à grande eau et nous ricanions en nous bichonnant; les infirmières, elles, zigzaguaient entre les ruelles pour éviter les coups de foudre qui n'apporteraient strictement rien à leurs sexes, vieillis et impatients à l'idée de la mort toute proche et violente : nous étions impuissants et elles le savaient bien, elles qui nous saturaient de bromure. La cérémonie se déroulait d'une façon parfaite; les chaises ne suffisaient pas et il fallait partir en chercher d'autres; nous en profitions pour nous perdre dans les dédales de corridors et aller nous regarder, une dernière fois, dans les glaces, puisque nous avions remarqué la présence de jeunes filles dodues dont nous entrevoyions les replis des cuisses grasses et nylonisées. Le jeu commençait alors : il s'agissait d'amuser une galerie passionnée; nous partions, fouettés par cet intérêt, dans des délires oniriques insoupçonnés; le médecin avait beau prévenir ses élèves que nous en rajoutions, cela ne nous gênait pas outre mesure; au contraire nous éprouvions une joie tenace à introduire, dans l'esprit des occupants des chaises, des doutes pernicieux sur la valeur réelle du patron et à leur passer nos malaises qui allaient, leur vie durant, leur coller à la peau. Dans la salle, l'atmosphère était à la kermesse et atteignait son paroxysme lorsque l'assistance se mettait à nous poser des questions ; de longues discussions s'ouvraient à même la nudité totale de notre pensée que nous aurions voulu, cependant, complexe et absurde ; nos interlocuteurs s'exténuaient ; nous, nous étions au niveau de la fringale qui commençait à nous tarauder la tête : il fallait réintroduire en chacun d'eux, parcimonieusement, quelques gouttes de folie. Le vacarme, la fumée de cigarettes, le visage atone du psychiatre, la fébrilité des infirmiers exaspérés de nous voir nous donner en spectacle, les faces stupides des étudiants, la sexualité latente qui parsemait les rapports entre certains beaux spécimens de malades et certaines jeunes filles compatissantes, tout nous donnait des ailes et nous n'en finissions plus de toiser du haut de notre aberration, infiniment plus riche, ces scarabées baveux venus s'enrichir à nos dépens de quelques rêves coincés entre le réel et le vague, pour obtenir des diplômes farfelus. Le médecin ne s'y trompait pas, qui limitait les séances à deux heures par semaine !

Corridors vides. Espaces arc-boutés violemment aux dalles. Visages fervents ; et les ponts étaient rompus définitivement. Dis-moi lentement le nom de la ville où je suis. Les lendemains étaient pénibles : certains ne se levaient pas de la journée ; les mélancoliques se suicidaient en chaîne ; les infirmières se faisaient étrangler sans opposer aucune résistance ; moi, j'attendais la venue de la jeune Française qui m'apportait chaque fois des fleurs, au vu et au su des paysans qui ne cessaient de ricaner de toute la semaine. J'attendais pour savoir le nom de la ville et celui de la rue où était située la misérable bicoque gorgée de livres et ornée d'une photo qui me représentait, habillé d'un battle-dress vert olive ; il fallait que je sache, car je sentais poindre en moi un lien, difficile à soutenir, entre mon hospitalisation et les marches harassantes que j'avais jadis faites, à la recherche d'une cache, d'un point d'eau ou d'un gourbi où on me donnerait à manger, avec beaucoup de réticence.

Elle était venue ; elle était repartie, sans pouvoir me donner le moindre fil conducteur. Je la soupçonnais de tout savoir et d'être de connivence avec le médecin qui ne croyait pas à ma sincérité ; je commençais aussi à me demander si je n'avais pas tué quelque homme rose vaquant à composer des poèmes, de façon délibérée. Ridicule, cette photo de moi, coincée par tes soins dans la rainure d'une glace suspendue au-dessus de la cheminée ! Ridicule, ton chapeau de brousse ! répondait-elle. (Elle avait la manie de sauter sur les détails.) Les citrons qu'elle m'avait apportés gonflaient sous l'effet de la chaleur et nous striaient les yeux et les paupières ; j'avais remarqué sur sa peau le hâle de la mer ; elle répondait qu'elle allait tous les jours dans les petites criques que je lui avais fait connaître et où elle pouvait laisser bronzer la totalité de son corps sans être dérangée par quelque voyeur ; je murmurais l'envie que j'avais d'y aller à nouveau pour lui dévorer le corps ; elle en gloussait, et tout à coup je la trouvais à la fois vulgaire et pas assez charnelle. Pourquoi ricanait-elle ? (elle était exaspérante.) Riait-elle parce qu'elle me voyait mal dans une crique, au sortir de l'ablution suprême ? Hôpital. Va-et-vient. Nuit maussade. Raclement de gorge. Chasses d'eau. Voix latentes d'infirmiers que la douceur du soir ramenait à une vision plus sereine des choses. Bégonias. Vent dans le parc. Chien dans la villa voisine. Les lumières sont bleues au plafond. Soupirs de pauvres malades : impossible de me concentrer !

Elle avait dit le nom d'une ville, subrepticement, presque avec une once de pudeur dans la voix ; était-ce à cause de l'idée de jasmin qu'elle évoquait ? ou bien à cause d'un tremblement de terre qui l'aurait détruite il y a quelques années ? Elle n'avait su répondre, et pour cacher son embarras s'était mise à rire comme une couleuvre ; un de mes compagnons explosa, la tança de haut et lui ordonna de se taire ; elle dit en farfouillant dans ses cheveux, comme à la recherche de quelque épingle ouverte : « Comme vous êtes maniaques ! » La plupart des malades ignoraient la langue française, mais tous riaient devant l'énervement de mon amante européenne, qui venait me voir en m'apportant des fleurs et des fruits, ainsi que des citations de Gide sur Biskra, griffonnées sur une page d'écolier débutant. Elle me parlait de la photo ; il n'y avait pas de date au verso ; (c'est simple, disait-elle, tu as fait la guerre quelque part, à une certaine époque ; mais la guerre est finie !) Et la prison, alors ? et le camp ? Tu embrouilles tout, répétait-elle sans cesse. J'étais hors de moi, la chassais ; elle se calmait soudainement, me laissait dans l'amertume de ma colère, et me souriait, comme elle l'avait fait la première fois, dans un café où l'on ne servait pas d'alcool. Où était-ce ? Elle disait que je savais très bien. Tunis ? Rabat ? Constantine ? Tu vois, s'exclamait-elle, tu le sais mieux que moi. C'était à Tunis ! J'en avais des sueurs froides. Pouvait-elle expliquer le camp, puis la prison, bien après l'indépendance ? Elle ne savait pas.

Elle était venue et repartie sans m'apporter les certitudes exigées par mon état mental. Calme, cependant. Je comptais les pulsations d'un vieillard qui agonisait à côté de mon lit ; il faudrait peut-être appeler le médecin... Pourquoi n'avais-je jamais pipé mot au sujet de Leïla, ma demi-sœur juive ? Impossible de dormir. Comment dormir lorsque la tribu faisait tout à coup irruption dans cette sordide chambre d'hôpital, dans l'odeur des mouchoirs qui séchaient

sur le rebord des fenêtres ouvertes sur la nuit de la ville
scintillante, en bas du ravin de la femme sauvage ? Où
avait-elle transhumé, cette tribu, pour attendre l'ultime seconde de ma libération et venir me demander
des comptes ? Quelle lune fastidieuse ! Les corps frêles
de mes compagnons luisaient dans l'ombre assoupie de
tant d'angoisses, provisoirement suspendues.

Leïla était arrivée chez nous quelque temps après les
obsèques de Yasmina ; elle était la fille illégitime de Si
Zoubir et d'une couturière juive ; personne n'était au
courant de son existence. « C'est ta sœur », avait dit
mon père, sans autre explication ; je devais m'occuper
de la transfuge et l'initier aux mathématiques. Ma
mère refusa net de la recevoir ; Zahir, à cause de son
ascendance, et moi, pour sa beauté extraordinaire,
insistâmes auprès de Ma pour la garder et elle finit par
nous céder. Les leçons avaient lieu le matin ; l'après-
midi, nous le passions à nous interroger au sujet du
père que Leïla connaissait à peine ; elle riait tout le
temps et ameutait les femmes de la maison qui
accouraient pour voir de plus près cette jeune fille
sauvage, transplantée du jour au lendemain du quartier juif dans une maison où l'Islam était l'alibi
permanent ; mais je savais les mettre dehors car mon
autorité sur les tantes et les cousines devenait de plus
en plus grande ; au besoin, je savais leur coincer les
doigts par inadvertance, en claquant brusquement la
porte. Quelle magie, quel sortilège me possédaient tout
à coup ? Il ne suffisait pas de la défendre, il fallait
encore invoquer nos deux sangs abasourdis par le
paradoxe que les muphtis et les rabbins s'entêtaient à
souligner. Attouchements... Je la chassais de ma
chambre lorsque le bourdonnement des sens m'aver-
tissait de l'inéluctable gaspillage dérivé du père génésique, car Leïla faisait tout pour m'exciter et devenir ma

complice. Il fallait en parler au praticien : avais-je violé ma demi-sœur ? Cela expliquerait l'intrusion, dans mes délires, de la tribu démoniaque affalée sur sa trépidante envie de se retrouver, de se recoudre entièrement, puisque la libération du pays était venue et avec elle les règlements de comptes, les festivités et l'enrichissement sans vergogne.

Le réveil à l'hôpital ne se faisait pas sans altercations entre les infirmières et les malades mal accrochés à une bribe de cauchemar dont ils s'évertuaient à comprendre la signification. Branle-bas. Electrochoc. Bégonias. Fenêtres ouvertes. Infirmières apodes. Mouchoirs. Varices. Quels rires, quel bonheur accrocher à leurs visages cireux et égarés ? Je finissais par m'assoupir avec l'aube glaciale.

Après le tâtonnement vint l'amertume. Rien ne me disposait à assumer une mort, fût-ce celle de Zahir ; il fallait donc quitter les errements autour de ma mère, de la marâtre, des cousines, des chats, des oncles, du père et enfin de Leïla, pour s'installer définitivement dans la rancœur. Tout sombrait dans un monde où le rôle du père allait être un mystère total ; il n'y avait plus rien à chercher puisque Zahir était mort sans être parvenu à éclaircir l'énigme du fœtus, ni l'attitude amoureuse de la marâtre, échappée du sérail et cultivant l'art d'enlever son pantalon turc dans la petite pièce où les chats venaient, en ma présence, lui laper son lait qu'elle offrait en pressant l'un contre l'autre ses seins merveilleux et légendaires. Il ne me restait plus qu'un recours : trébucher sur mes contra-dictions et les malmener jusqu'à l'évocation d'un monde dont j'avais l'impression tenace que je l'avais déjà perçu, ou d'un mot coupé par une sonnette de tram que je croyais avoir déjà entendu dans les mêmes circonstances. Ainsi tout culbutait ; une fois de plus les gros commerçants avaient raison et leurs chapelets, égrenés à une allure vertigineuse inhabituelle, m'en-fonçaient dans la conviction qu'ils étaient dans le vrai. Ils haussaient un sourcil et laissaient tomber une lèvre molle et humide pour exprimer que la mort de Zahir n'avait rien d'accidentel car eux, savaient depuis longtemps ; ils arboraient des mines compatissantes et des mouchoirs tout neufs pour essuyer quelque larme furtive arrivée au bord de l'œil par inadvertance. Mais toute l'affliction véritable tombait sur les femmes car elles seules savaient aimer ; elles n'arrêtaient pas, pendant des semaines, de lancer des hurlements crispants, ameutaient les autres femmes des quartiers voisins qui arrivaient à la rescousse, se déchiraient les vêtements, se lacéraient le visage jusqu'au sang, sitôt franchi le seuil ; écumaient de douleur et se roulaient par terre. Le père, transfiguré de joie, dansait autour de l'éternel coffre-fort ; il haïssait son fils aîné depuis la répudiation dont personne ne s'était jamais remis : Ma, complètement dominée par ses charlatans-sorciers dont elle n'obtenait rien ; le père, trompé par sa femme à cause d'un chat séquestré dans le jardin mal entretenu de la villa d'El Biar et fasciné par la mer jusqu'à en avoir la démarche cahotante ; la marâtre, rivée à un rêve gigantesque réalisé autour des insanités d'un ivrogne, jamais satisfaite, par la faute d'un homosexuel invétéré, adorateur de juifs et fumeur de kif, mort dans une ville étrangère, loin de la terre ravagée et de la tribu peu encline à des tractations aussi louches ; moi, enfin, accumulant les incestes, à cause de deux mains frileuses que j'essayais en vain de réchauffer à l'incandescence d'une chair rêche et couverte de poils, source d'émanations insoutenables et de blasphèmes rageurs où le mâle finit toujours par laisser son âme maudite. La mort de mon frère n'était que la conséquence normale des actes du clan qui se préparait déjà à une vengeance longtemps attendue ; Zahir n'était que la victime expiatoire d'une violence obligatoire qui allait se déverser sur la contrée et n'épargner personne ; l'alcool, comme le sang, était nécessaire à la terre exondée et bouleversée pendant un long répit insupportable.

Zahir n'avait jamais eu de père et ce n'était pas en se travestissant en cadavre nauséabond à la décomposition avancée qu'il allait en avoir un ; le gros commerçant exultait bruyamment et ne cachait pas sa joie d'être venu à bout du fils lapidaire qu'il avait toujours craint plus que n'importe qui. En effet, notre savoir du père était très grand et faisait fulminer le patriarche méfiant qui se vengeait sur nous en nous ridiculisant aux yeux des anciens fœtus parvenus, grâce à quelque prodigieux miracle, jusqu'à l'enfance, malgré le lait empoisonné par l'haleine du matou boiteux, malgré tous les grillons sacrifiés, mutilés, entrés en transe, malgré l'inceste qui, ne se contentant pas du lit du père, se transportait dans la baignoire où l'eau était encore tiède de l'ablution matinale du mari parti tôt pour quelque prière urgente. Si Zoubir n'était pas le seul à se réjouir de la mort de mon frère ; la plupart des oncles étaient heureux d'une telle aubaine car Zahir les avait toujours terrorisés ; les cousines, elles, ne lui pardonnaient pas le mépris qu'il avait eu pour elles ; seule Zoubida avait été à la hauteur de notre douleur ; tout le monde était surpris par l'acharnement qu'elle mettait à se lacérer les joues et à se mordre les lèvres ; je la reconnaissais, moi, cette ferveur à hurler, car elle avait la même attitude lorsqu'elle se sentait prise par le désir et qu'elle roulait avec moi au fond du lit, mauvaise à l'idée qu'elle allait attraper l'éternité à travers son bas-ventre éclaté de mille violences, retenues en présence du mari adipeux et sénile. L'attente de l'arrivée du corps rendait l'atmosphère plus lourde encore ; les femmes, de temps à autre, tombaient dans un mutisme effrayant qui faisait craindre pour leur équilibre mental ; les pleureuses professionnelles venues de Constantine régentaient savamment le deuil; elles chantaient des litanies que le chœur des femmes reprenait et, s'il leur arrivait de se griffer le visage, elles n'y mettaient pas autant de conviction que ma mère ou ma belle-mère; que serait-ce lorsque le mort allait être ramené dans la grande maison! Il ne s'agissait pour le moment que de prémices de deuil. La demeure était envahie; les pleureuses faisaient la loi et clignaient de l'œil en direction des lecteurs du Coran qui jouaient aux cartes en attendant d'entrer en action. Odeur d'encens, encore! L'on mangeait du couscous dont les chambres regorgeaient et qu'on finissait par donner aux mendiants, vite ameutés en de pareilles circonstances; l'attente s'éternisait et la famille, à bout de nerfs, passait de l'hébétude à un réveil qui la ramenait soudainement à un mode de cris, de violence et de douleur.

A la longue, le chant des pleureuses ne fut plus qu'un fond sonore pour les femmes piailleuses qui bavardaient entre elles sans aucune retenue; elles estimaient qu'elles en avaient assez fait pour l'instant et se reposaient afin d'être à la hauteur de l'événement, le jour des funérailles. Le père était parti depuis une semaine pour la France afin de ramener le mort dont il disait, au téléphone, qu'il était resté intact grâce aux moyens techniques perfectionnés de la morgue modèle où il avait eu la chance d'être transporté. Juin. La chaleur était étouffante et je n'osais pas me raser de peur de donner aux ragots l'occasion de proliférer; j'étais d'autant plus agacé qu'Heimatlos, revenu depuis peu d'Israël, ne quittait plus ma chambre, de peur d'être découvert par ma mère qui ne pourrait accepter la présence du Juif dans la maison mortuaire; nous ne parlions presque pas; le professeur passait son temps à résoudre des problèmes de physique et à lire des poèmes à haute voix; de temps en temps, il s'interrompait, toussotait et me demandait s'il ne me gênait pas trop ; parfois, il se plongeait avidement dans la lecture de la Bible : « Ça me calme... », bafouillait-il ; il finissait par me mettre hors de moi et je n'avais de cesse qu'il n'ait accepté de m'amener, dans sa voiture, à l'une des criques de Tipaza. Là, nous nous baignions et la mort de mon frère prenait des dimensions prodigieuses que le Chénoua, dans sa métamorphose continuelle, accentuait jusqu'à l'exultation ; le Juif l'entretenait sciemment en scandant des poèmes lettristes ; nous courions sur les galets et les rochers, dans l'attente du coucher où les formes se dépouillent d'une façon étrange, presque aveuglante. Exaspéré par l'ampleur de mes mirages, je n'arrêtais plus de vider ma haine contre le professeur que j'accusais d'être un faux pédéraste ; il n'avait alors d'autre recours que de me frapper et de me faire taire par la force ; je voulais, dans ma défaite, des aspérités tranchantes pour lui couper la tête, mais dans ma fureur de tout éclabousser, je perdais haleine et m'affalais sur le sable brûlant, calmant ainsi mes démangeaisons de meurtre ; l'eau glaciale et bleue me propulsait dans un vertige fait de scansions et de bribes de salicornes dont j'entrevoyais la blancheur démente à portée de ma main, comme une réminiscence, non pas surgie du fond d'une lugubre malveillance, mais lapée chaudement par une langue qui se couvrait aussitôt d'aphtes tavelant l'intérieur de la bouche et recouvrant son amertume initiale, et un début de mort commençait à m'envahir ; l'ignoble, piteux professeur ne me quittait pas des yeux et ruminait quelque projet global dont l'insanité ne pouvait échapper à ma sagacité ; et la mer s'emplissait tout à coup d'oursins qui la coloraient de rouge et empêchaient les baigneurs d'y entrer. L'on n'avait plus droit qu'à une aspersion qui hérissait la peau d'une chair de poule exquise et frileuse dont les picotements, à l'air chaud, nous donnaient des jouis-

sances inouïes. Abandonnés à la déhiscence des oursins et au ravage des terres rouges qui dominaient les
ruines romaines, nous ne pouvions à la fin que nous
réconcilier, Heimatlos et moi, en attendant le retour
du cadavre (cependant, il ne fallait surtout pas qu'il
touchât au corps ramolli de mon frère sur lequel le chef
du clan déverserait des flots de versets coraniques
hargneux). Nous restions des journées entières au bord
de l'eau, souvent dans un mutisme tel que nous
entendions bruire l'atmosphère que rien n'entrecou-
pait, dans le midi étouffant, sauf, de loin en loin,
l'arrivée furtive de quelque petite vendeuse de poterie,
venue se rafraîchir de la poussière de la route ; elle
entrait dans l'eau, sans quitter sa longue robe qui la
galbait au sortir du bain ; et le désir revenait à nous,
malgré l'attente fastidieuse qui nous clouait sur cette
crique où Heimatlos essayait en vain de nouer les
cheveux mouillés des fillettes ; l'érotisme nous transperçait de part en part et nous rendait, à la fois,
vivaces et fébriles ; entre les disputes et l'évocation des
gamines, nous avions toujours le temps pour une
somnolence exaspérante à cause de nos corps brûlés et
de nos barbes ruisselantes d'un sable fin que nous ne
parvenions jamais à enlever. Arrivait parfois dans la
crique quelque onagre en rupture de ban, à la
recherche de salicornes épaisses, ébloui par les vibrations de l'air et que nous pourchassions pour l'empêcher de souiller le lieu majestueux ; mais sitôt l'animal
parti, nous replongions dans nos lectures qui nous
servaient de point de repère à une méditation sur la
hantise de la mort, imaginée à travers un cercueil
cocasse venu d'outre-mer. La mort de Zahir n'avait
rien d'emphatique, d'autant plus qu'il dépendait
d'une grue qui le déposerait à l'accostage du bateau,
comme elle aurait déposé quelque machine compliquée ou un banal sac de fèves ; son ami répétait qu'il

était trahi et que, pour éviter le cérémonial de la lamentation funèbre, il ferait mieux de se laisser dévorer par les vers, évitant du même coup à sa mère une fausse attitude dont la nonchalance ou la provocation l'atterrerait. En effet l'humiliation était l'unique issue pour un retour au sein de la divinité, courroucée par tant de maladresses accumulées en vingt-cinq ans de vie aventureuse. Lorsque l'attente nous vidait, nous en arrivions à ne plus supporter le faste de la petite plage qui eût convenu peut-être au chat de Zoubida : il viendrait y contempler les oursins qui miroitent dans l'eau verte d'algues, et boiter tout son soûl pour se débarrasser enfin du désir qui le tenaillait. Il fallait partir vite, avant que l'évocation ne parvînt au niveau d'une hallucination mirobolante que je traînerais des jours entiers, me vidant ainsi de mon deuil ; deuil d'autant plus tenace qu'il restait lié à une transhumance sans fin à laquelle nous étions tous astreints, à une pérégrination hors la terre des ancêtres dévastée, déflorée et griffée, incapable de nous offrir la moindre sépulture, même minable, élevée en cachette, à la lumière des bougies, dans quelque morceau de terre ingrate à la lisière du désert, là où la roche cesse d'être poreuse pour se transformer en une masse pierreuse et longiligne dont j'évoquais l'aspérité avec le Juif. La trahison était d'autant plus grande que la terre desséchée avait besoin de cadavres frais pour assurer la survivance de la tribu. Que faire d'un mort qui a perdu toute sa sève et sa saveur dans le caveau climatisé d'une ville française, et qui ne donne pas l'occasion aux chenilles de s'engraisser ? elles qui sont recroquevillées de faim et de soif, vertigineuses dans l'attente du festin depuis longtemps promis et qui tarde à venir. Nous étions donc de connivence avec les vers et les chenilles, et tout le monde, dans la maison de Ma, nous trouvait des mines sataniques, surtout à cause de nos barbes qui nous déguisaient presque. Nous finissions par quitter la crique et partions dans la nuit, espérant avec une lâcheté évidente que nous ne saurions échapper à quelque platane plus lumineux que les autres contre lequel nous nous fracasserions, sacrifiant ainsi à un tropisme vindicatif ; et nous avions les mêmes angoisses lorsque nous plongions dans les eaux profondes de Tipaza pour apprendre à mourir et sentir nos oreilles vibrer dans la consomption elliptique du soleil arrivé au summum de sa gloire.

Lorsque j'arrivais à me débarrasser du Juif, je rentrais à la maison où les pleureuses, au bout de quinze jours d'attente, somnolaient carrément dans les bras des lecteurs, avachis par tant de veilles et d'éjaculations. La situation se dégradait de plus en plus ; les chambres sentaient l'odeur rance des sexes femelles marinant à la chaleur de juillet et des fèces d'animaux constipés qui souillaient à intervalles réguliers les vêtements du coryphée aveugle, entêté à provoquer une lamentation grandiloquente qui userait son corps et celui d'une jeune femme dont je ne connaissais ni le nom, ni l'origine ; criblée d'ambre et de grains de beauté aux abords de l'aine qu'elle avait large et généreuse (au dire des cousines qui l'avaient vue se déshabiller), elle donnait l'impression d'arriver d'Europe centrale car elle laissait entendre que la chaleur l'indisposait plus que les autres femmes ; avait-elle été l'amante de Zahir ? Nul ne pouvait répondre à cette question, pas même ma mère, atteinte dans sa plus tendre désespérance. Les oncles rôdaient et, profitant de l'accalmie, emplissaient la maison de leur présence fétide et traînante ; ils avaient recouvré pour quelques jours encore, en l'absence du père, une autorité gaspillée à vouloir séparer les pleureuses des lecteurs et à surveiller la bonne marche de la cuisine pour en tirer quelques bénéfices pécuniaires discutables. Quelques femmes partaient chez elles contenter leurs maris excités et revenaient en hâte se faire caresser les seins par la cohorte des cousins insatiables, à l'affût d'un désennui lamentable qui les comblerait quand même d'aise. L'habitacle se couvrait de pruine comme un fruit agacé par l'approche de l'éclosion ; le désordre s'amplifiait ; Ma, dès qu'elle sortait de sa léthargie, me réclamait et exigeait de moi une conduite exemplaire, et malgré toutes les promesses, elle finissait par m'agripper et hurler ; le chœur surpris dans sa défaillance mesquine se remettait d'une façon peu ordonnée à se lamenter et à gémir, aiguillonné par la voix merveilleuse de la marâtre, infatigable et jamais à bout de ressources, jetant dans la mêlée des cris stridents qui retombaient sur l'assistance en lamelles et en éclairs et ramenaient la meute endormie, d'une jouissance précaire à une transe fondamentale ; l'écume arrivait alors aux commissures des lèvres de l'amante et me réconciliait avec elle, malgré tous les chats qui nous séparaient. Au bout du seizième jour, Si Zoubir envoya un câble pour annoncer l'arrivée du cercueil ; à cette nouvelle un vent de propreté souffla sur la maison ; les femmes furent comme aspergées d'eau froide ; les rites de l'eau reprirent, et, en un jour, la demeure exondée fut prise sous une avalanche liquide comme jamais elle ne l'avait été ; les tantes organisèrent les ripailles et on se serait cru revenu aux beaux jours de la noce du chef de famille ; seule Ma, imitée en cela par Zoubida, restait inerte ; l'on craignait pour sa mémoire, car elle s'était mise depuis quelque temps à affubler les choses et les êtres de noms, talentueux peut-être, mais complètement faux ; dès qu'elle s'embrouillait dans une phrase, elle la laissait tomber et s'organisait une sieste abondante d'où elle ne sortait que pour partir à ma recherche dans toute la maison. Pour éviter qu'elle ne surprît Heimatlos, je m'enfermais avec lui à double tour, ce qui avait le don de l'exaspérer ; mais tout le monde était épuisé ; juillet taraudait la ville qui ondoyait, à la recherche de quelque fraîcheur problématique, autour d'un marchand de thé nègre qui connaissait son affaire et servait un breuvage brûlant et aromatisé, auquel la menthe en infusant donnait plus d'amertume encore.

Mercredi, dix heures. Le port agressé par tant de câbles et d'échafaudages, mythiques à cause de la proximité du large, prenait des contours si aigus que nous étions obligés de porter des lunettes noires, aussi avions-nous l'air d'assassins camouflés. Beaucoup de monde sur le quai : les avunculaires en costumes ridicules et en cravate malgré la chaleur, les ouvriers de Si Zoubir, les notables et les cadis acoquinés avec le père. Heimatlos se dissimulait derrière un déguisement peu discret, pour ne pas être reconnu par les psalmistes qui récitaient d'une belle voix des chants apocalyptiques où il n'était question que de soufre et d'instruments effilés transperçant les hérétiques et les mauvais croyants ; j'en éprouvais une angoisse pour le mort, seul devant l'éternité de la mer franchie dans un mouvement titubé ; ébloui comme un coureur happé par la violence de ses gestes. Et ce fut de la mer inépuisée et glauque que vint à nous l'annonciation dramatique ramassée dans un coup de sirène hululante. Je ne pouvais pas quitter le Juif parce que je risquais d'un moment à l'autre de tomber dans le traquenard des récitants, amalgamés autour de moi pour mieux me faire participer à la condamnation d'un corps mou dont on allait voir apparaître tout à l'heure le cercueil accroché à une grue fantastique.

Dès que le bateau eut accosté, le chef du clan fit une sortie remarquée : habillé d'un des costumes de Zahir réajusté par quelque tailleur virtuose, il avait l'air moins gros et plus tonitruant en recevant, avec des mines affligées, les condoléances des assistants. Quelques fumeurs de kif étaient parvenus à passer le contrôle du port sans encombre et assiégeaient Heimatlos qu'ils avaient flairé sous son déguisement d'un autre âge ; il n'en menait pas large ; ayant peur d'être découvert à cause de son accent, au lieu de parler il préférait répondre par monosyllabes inaudibles, excitant la curiosité des fumeurs qui arboraient des tatouages splendides et devenaient agressifs face à ce fatras d'humanité rivé au monde et incapable de s'en détacher ; ils examinaient l'assistance d'un œil à la fois critique et désabusé, riaient grossièrement dès qu'un notable s'offusquait de leur sans-gêne. Ils n'étaient là que pour porter le cercueil de leur ami et s'impatientaient de tant de rites absurdes, alors que l'heure était douloureuse, insupportable ; Heimatlos essayait de les calmer et de leur inculquer quelques éléments de bienséance mais eux, s'insurgeaient ouvertement, rejetaient toute recommandation, malgré l'estime qu'ils avaient pour l'ami de Zahir. L'on se démenait pour accomplir les formalités douanières et sanitaires : un médecin était monté à bord pour vérifier l'état du cadavre et mettre les scellés sur le cercueil. Chaleur encore... L'odeur de cambouis et d'eau stagnante nous amollissait les narines. Bateaux superposés comme des stratifications successives. Ciel bloqué par un embrasement gigantesque. Eventails remués à la recherche d'une problématique fraîcheur. Branle-bas. Cordages. Quais foisonnants. Sueurs entremêlées des corps moites. Longues litanies. Prière des morts face aux énormes cargos, à la mer qu'absorbait la digue et aux rails qui avançaient jusqu'au tréfonds marin, là-bas, au large. Litiges de portefaix indifférents à ce qu'ils allaient porter. Attente lacérante, prurit sur la chair

irritable. La mer... La mer, encore! décimant ses
méduses accablées de tant de roulis imaginaires. Voix
pure du muezzin, gorgée de sel et d'iode fétide.
Blasphèmes des fumeurs de kif, retranchés derrière de
beaux tumultes. Liens... Cris rauques de marins
coupant la parole fragile comme dans une vente aux
enchères. Peur, à l'idée de ma mère et des autres
femmes accrochées aux croisées des fenêtres, envoyant
les enfants loin de la maison, en éclaireurs, dans
l'attente de l'arrivée du cortège mortuaire ; et l'on dira
dans toutes les chambres que Dieu est grand et que sa
gloire est immense. Où partir ? Les mimiques du Juif
venu là au risque de sa vie mettaient le comble à ma
fureur. Par les quais tavelés de petites dalles archaï-
ques, le corbillard cahoterait sur l'espace durci par la
chaleur, et les prières seraient fantastiques parmi ce
grouillement d'hommes et de mer. Enfin, la grue
arriva et c'était une pure humiliation que cette
machine attrapant le corps de Zahir ; mais que faire ?
Le cercueil se balançait déjà à un énorme piton, avec
juste la tentation de culbuter dans la mer ; tout le
monde levait les yeux : là-haut, la grosse boîte de
chêne avait quelque chose d'extravagant, de surréel ;
elle descendait très lentement et s'éternisait à ne pas
atteindre le sol ; toute l'assistance était anxieuse ; les
chefs religieux oubliaient leurs griefs contre le mort ;
tout à coup, la grue s'arrêta dans un toussotement
pénible et le cercueil resta suspendu entre ciel et terre ;
un murmure secoua la foule qui voyait là quelque
vague symbole ; le Juif, ne pouvant en supporter
davantage, s'en alla avec des mines de conspirateur.
Personne, au fond, n'était consterné par la position
ridicule de l'énorme cercueil suspendu entre la mer,
torturée par la jetée de quartz, et la terre, comme
évanouie dans une réflexion solaire où ne subsistait
qu'une étrange sensation de foisonnement serré et

crêté comme un empennage grandiloquent, avec des couleurs dont on ne saurait dire si elles étaient roses ou orange ; la terre, perpétuellement, partait à l'assaut de nos yeux éblouis par la transparence de l'air. Et de la mer, nous arrivait une odeur caséeuse par-dessus les détritus déchiquetés, coincés entre l'argile et l'eau, entre la terre et la mer. Il fallait continuer à tourner en rond jusqu'à ce que la grue fût réparée par quelque ouvrier abasourdi par l'odeur de putréfaction émanant du cercueil qui se balançait toujours là-haut, à l'instar de Zahir vivant, lui qui terrorisait la famille par ses attitudes étranges, puis sortait tout à coup de son mutisme pour une frénésie qui l'effritait le long des tavernes où il laissait à chaque fois un peu de son âme. En attendant, les vibrations lumineuses nous fatiguaient les yeux ; nous rêvions de transir de fraîcheur à l'abri d'un bateau de pêche rempli de murènes ; en vain, car nous étions tous à la recherche de la suture inaliénable qui nous aurait évité tant de malheurs. Le père se perpétuait dans ses ambulations accessoires et s'évertuait à rassurer les alliés du clan, tout en se méfiant des guet-apens que lui tendraient les fumeurs qui lui faisaient des avances pour s'approcher de lui, lui écraser les pieds et le jeter à la mer ; plus que son attitude vis-à-vis de la mort du fils, c'était son air de belluaire qui le rendait insupportable à leurs yeux rétrécis par quelque imagerie d'où naîtrait un monde pacifié débarrassé de tous les câbles d'acier qui enserraient la mer, dominée par le feu et le travail de l'homme ; ils ne pouvaient supporter pareille domination, eux qui n'avaient de la mer qu'une idée de large et d'éternité, liée aux seules précessions des équinoxes, rejetant toute affirmation catégorique.

La grue se remit en marche et en une seconde déposa le fardeau pestilentiel que l'on s'empressa de porter jusqu'au corbillard, mais la foule, terrifiée par la senteur du mort entré en décomposition, recula devant la caisse en chêne dans un mouvement spontané et solidaire ; seuls les fumeurs restèrent intransigeants et portèrent le mort jusqu'à la voiture funèbre ; je restai avec eux, malgré leur attitude devenue insupportable, à cause de leur héroïsme et pour éviter leurs terribles sarcasmes. Voulaient-ils me lyncher pour venger leur ami ? non, simplement, ils me méprisaient. Je préférais rester dans le vague pour ne pas leur montrer que j'avais peur. Le trajet fut long. Nous étouffions à l'intérieur du tabernacle déglingué et personne ne disait mot ; l'air s'alourdit encore plus dès que mes compagnons se mirent à fumer et l'odeur molle et suave du kif manqua de me faire vomir ; je n'osais pas fulminer contre eux, alors que leurs yeux s'adoucissaient et changeaient de forme sous l'effet de l'extase qui les gagnait peu à peu. Leurs voix devenaient pâteuses et rauques et le mort dans sa boîte sentait de plus en plus mauvais ! Eux, continuaient à maugréer parce qu'ils ne pouvaient fixer leurs idées sur une image (celle du mort) impossible à saisir, malgré l'opacité du monde dans lequel ils se sentaient couler et où, d'ordinaire, les formes gagnaient une quintessence merveilleuse ; mais l'exécrable odeur taraudait nos têtes chavirées par tant de malheurs et de fatigues insoutenables, lancinées maintenant par le chant âcre murmuré par les amis fidèles de mon frère : tenanciers de bars louches, proxénètes sans femmes et voleurs sans fortune qui luttaient contre l'envie de pleurer, échoués dans leur peine à travers une cigarette miraculeuse et mal roulée mais sans aucun effet sur le désespoir qui les prenait tout à coup face au mort abandonné par le père et par les notables, n'espérant plus que dans une lacération profonde de la chair maternelle, seule capable, avec l'amante, de lui payer généreusement ce tribut du sang dont les morts ont besoin pour supporter les vivants. Le fourgon cahotait sur l'espace noué par la chaleur ; nous restions emmurés dans notre impuissance à tout nier et à partir nous laver dans les criques fabuleuses afin de délivrer nos muscles de ces espaces tavelés par la lumière, et de la chair croupissante d'un mort erratique.

La tôle se tord et endort le voyageur qui se dirige vers la maison de Ma. Assoupissement. Il fallait escalader toutes les pentes de la ville, klaxonner aux carrefours et ne pas cesser la lente scansion jusqu'à l'arrivée. Chaleur. Cahots. Allaient-ils se remettre à me morigéner ? Ils rêvaient de commettre un meurtre pour se débarrasser des miasmes qui leur collaient à la peau ; ils avaient beau tomber leur veste en toile de Chine bleue, ils n'arrivaient pas à se sentir à l'abri ; et le monde les déroutait parce que l'aube n'aurait plus la douceur de la soie ; ils croyaient rêver en regardant à travers les vitres le long cortège de voitures ; peut-être même éprouvaient-ils une peur panique à voir ces cadis affalés sur les banquettes, les yeux injectés de sang. Ils n'étaient plus sûrs de rien, malgré leur air hautain et imperturbable. En somme, le mort déteignait sur eux et comme la drogue ne faisait pas son effet, ils se sentaient traqués par la corporation des commerçants, la police et les lecteurs du Coran qu'ils haïssaient par-dessus tout. Avaient-ils envie de sauter de la voiture en marche et de m'abandonner au désarroi d'un tête-à-tête avec le cercueil dans lequel gisait Zahir, le ventre rompu par les vers voraces ? certainement pas ! Leur fidélité était à la mesure du dégoût éprouvé par les autres pour le cadavre floche du frère détruit par le désespoir, loin de la terre des ancêtres bafoués par cet accident imprévu ; d'autant plus inattendu que Zahir avait l'air de se remettre de sa tristesse et, l'âge adulte venu, on était en droit d'espérer une amélioration chez ce transfuge qui venait, sans aucun avertissement préalable, d'ébranler une tradition millénaire selon laquelle il était interdit de mourir hors de la terre sainte, celle des avunculaires sporeux et du père hargneux. Nous étouffions dans le fourgon où les anciens commensaux de Zahir continuaient à chanter des poèmes du grand Omar, inconnu de la multitude abreuvée du Coran et des préceptes du prophète, totalement ignorante de la culture profane des ancêtres.

Lorsque le corbillard s'immobilisa devant la maison de ma mère, les hurlements des femmes, livrées à une hystérie radicale, nous accueillirent brutalement et réveillèrent les fumeurs assoupis. Le cercueil fut déposé à même le sol dans la plus belle chambre de la demeure et l'on s'installa tout autour avant l'heure de l'enterrement, qui devait avoir lieu après la sieste torride. Ma et Zoubida, calmées par la proximité du corps, vidées de toute leur substance, pleuraient le fils et l'amant ramené à une rigidité primordiale et à une puanteur terrifiante. Pour lutter contre la senteur du mort, on brûlait des bâtonnets d'ambre, mais en vain car elle dominait tout et collait sur les visages poisseux de l'assistance, au bord de l'évanouissement et du vomissement collectifs ; il fallait asperger d'eau de rose les moins vaillants et les faire sortir dans la cour ; Si Zoubir et les autres amis restaient dehors, devant la maison, à lire des versets du Coran et à boire des boissons glacées. Je rôdais autour d'eux, à la recherche d'Heimatlos qui devait certainement assister aux funérailles ; je faisais tout, d'ailleurs, pour ne pas rester seul avec le père aveuglé par sa conviction que moi aussi j'allais bientôt mourir, le débarrassant ainsi de toute crainte au sujet du patrimoine ; de temps en temps je jetais sur lui un regard haineux et il semblait accuser le coup, se perdait dans ses phrases et changeait constamment de position, mais il ne fallait pas lui donner d'alibi et je préférais le laisser se griser de ses certitudes atroces pour mieux le démasquer le jour où je me déciderais à le tuer pour venger la mort de mon frère trépassé à vingt-cinq ans, dans sa rage de n'avoir pas étouffé le fœtus. Les cris des pleureuses et les litanies des lecteurs du Coran étaient coupés, de temps à autre, par la voix de stentor d'un des oncles ou de quelque ami zélé de la famille, affirmant que Dieu était grand ; et cela ajoutait à l'irréalité de l'atmosphère mortuaire, car le soleil donnait aux choses et aux visages une sorte de torpeur plus proche du rêve que de la veille ; et les dalles en marbre blanc, désertées par les chats, exaspéraient encore ce sentiment d'inutilité teinté de cocasserie ; il suffit que le Juif fît son apparition, sous un accoutrement impossible, pour que le réel sombrât définitivement. Il arriva en rasant les murs, la barbe repentante, les mains et le front inondés de sueur et ne s'arrêta que parvenu à la hauteur des fumeurs entre les mains desquels il remettait son sort, n'osant plus lever son regard sur l'assemblée calamiteuse, arborant un sourire extatique. Je reconnaissais, malgré tout, qu'il était audacieux de s'entêter à se mêler à un enterrement musulman ; mais je lui en voulais d'avoir quitté le port au moment crucial de la panne ; je savais aussi qu'il me cherchait, empêtré dans ses habits d'un autre siècle, précipité d'infortune en infortune, courant le risque de se faire lapider par l'assistance sacerdotale ; j'étais jaloux de le voir entouré affablement par les fumeurs qui me rejetaient et se cloisonnaient dans une agressivité larvaire dès que je leur adressais la parole (n'allaient-ils pas jusqu'à parler, en ma présence, d'un langage codé qui finissait de m'abasourdir ?). Les quittant, j'allai quêter auprès de Zoubida un regard de compassion qu'elle s'évertuait à me refuser parce que j'avais eu tort de ne pas mourir à la place de l'amant convoité dès le premier jour et qu'elle n'avait jamais pu séduire. Le Juif finit par me trouver, engoncé dans un soliloque frénétique grâce auquel j'essayais de m'adapter à la nouvelle situation provoquée par la disparition soudaine de Zahir. Ma allait certainement m'adorer et renforcer son amour pour moi ; j'étais anxieux à l'idée de la tornade qui allait s'abattre sur moi, arbre brûlé dans le désordre d'un délire insomnieux, assumé mille fois, mais chaque fois de travers ; démon incestueux ne sachant plus que faire, dans mes rêves, du corps de Leïla souillé par mon exubérance ; amant pétrifié par l'attitude singulière de la marâtre renversée sur le cercueil venu de l'autre côté de la mer troubler un monde provisoirement calmé et risquant de prendre feu à la moindre inattention. Allais-je l'insulter pour m'avoir interrompu en pleine méditation rutilante ? Non, il serait capable de me traiter de raciste et n'arrêterait plus d'évoquer la légende du Juif errant à la poursuite d'une ombre insaisissable. Je me taisais, écartelé entre plusieurs désirs incompatibles et du reste fallacieux ; en définitive, il me gênait dans mes mouvements et je n'osais plus aller dans la chambre mortuaire de peur que Ma ne le découvrît sous son déguisement stupide. L'odeur fécale devenait outrecuidante et les femmes, vaincues par l'excès du chagrin, se calmaient progressivement ; pris de léthargie, j'espérais que le silence allait s'abattre sur la maison, mais ce n'était qu'une accalmie, d'autant plus précaire que les fumeurs de kif entretenaient l'agitation et empêchaient toute trêve véritable.

Mercredi. Cinq heures de l'après-midi. La levée du corps donna lieu à une ultime démonstration des femmes tordues de douleur, d'autant plus qu'elles n'avaient pas le droit d'aller au cimetière ; Ma fut plus réservée que la marâtre qui se refusait à toute compromission, me toisait de haut et me terrifiait avec son air

hagard de femme rivée à quelque puissance surnatu-
relle qui l'eût possédée sans halte ni repos. Je savais
qu'elle n'allait plus épargner personne, pas même
Si Zoubir, responsable à ses yeux de la mort de l'être
sublimé. Le cortège s'ébranla, indifférent aux derniers
déferlements des femmes ; le cercueil était porté à bout
de bras par les jeunes gens de la ville ; la foule était
énorme et ne cachait pas sa peine ; mais il y avait
surtout des voyous juste sortis de prison ou sur le point
d'y aller, arrivant de la kasba et du port, étonnants
jusque dans leur démarche résolue, alors que les autres
traînaient et se plaignaient de la chaleur ; méfiants dès
qu'on leur adressait la parole. Blue-jeans râpés. Barbes farfelues. Sourires sataniques. Ils avaient tous l'air
pernicieux et écrasaient de leur supériorité les autres
membres du cortège, dirigés de main de maître par le
marchand de cierges échappé provisoirement à la
bretelle dominatrice de son épouse. Les juifs étaient
nombreux et comme ils étaient venus en force, personne n'osait les défier : c'étaient tous d'anciens amis
de Zahir. Le vieil Amar n'était pas le moins fier :
« C'est moi qui lui ai appris à boire, marmonnait-il,
quelle belle mort ! » En tête, le chœur s'époumonait, et
à travers la ville basse l'écho donnait aux voix une
sonorité caverneuse. En se déployant, le cortège gros-
sissait de badauds intrigués par l'ampleur du déferlement humain, de chômeurs en quête de quelques sous
et d'un plat de couscous, d'enfants que l'on s'évertuait
en vain à chasser. Emportés par la foule de plus en
plus dense, Heimatlos et moi somnolions dans la
chaleur desséchante, ne sachant que faire dans ce
tumulte assourdissant où nous allions enterrer Zahir et
le livrer aux vers et à la roche qui, peu à peu,
cisaillerait son cercueil et pénétrerait dans sa chair où
quelque gentiane sauvage trouverait refuge jusqu'à
éclater dans la turbulence de son feuillage touffu,

dévorant le corps de cet impénitent, fissuré par les
larves processionnaires qui déposeraient des brindilles
dans les yeux du cadavre. Il fallait continuer à avancer
dans la cohue et se frayer difficilement un chemin
jusqu'au cercueil que nous nous relayions pour porter
très haut tout en hurlant la même litanie ; par à-coups
je me rendais compte du grotesque de la situation et
l'incertitude me lancinait jusqu'à une envie de rire que
je ne pouvais réprimer, à cause surtout de l'attitude
d'Heimatlos, complètement empêtré dans ses phrases
arabes et ne sachant que les rimes de la litanie ; il
ouvrait et fermait la bouche, donnant l'illusion aux
autres qu'il dominait son texte, mais personne n'était
dupe : on le tolérait ! Vite exténués, nous laissions la
place à d'autres jeunes gens pressés d'accomplir un
geste de solidarité vis-à-vis du défunt en portant son
cercueil un bout de chemin. Mon compagnon ne me
pardonnait pas mes outrances ; je le menaçais de le
dénoncer à la foule déchaînée qui le reléguerait au
niveau des autres juifs dont il abhorrait le parler
algéro-hébreu et la faiblesse pour les amandes salées ;
il était alors prêt à toutes les compromissions et me
laissait rire, continuant à me regarder à la dérobée
pour voir si, en définitive, je n'étais pas en passe de
perdre la raison ; parfois il avait des regards si étranges
que je cessais de l'importuner : j'avais l'impression
qu'il allait bientôt se suicider. En fait, nous ne savions
plus que faire et cherchions une faille à travers laquelle
passer sans trop de risques, car la situation se détério-
rait à la tête du cortège : la pagaille était à son comble,
sciemment entretenue par des agents occultes payés
par les avunculaires sporeux parvenus à la limite du
doute intenable qui les tiraillait et les obligeait à se
demander sans ambages si le mort ne les avait pas
cocufiés naguère. Ils espéraient que les porteurs trébu-
cheraient sur quelque rocaille infâme surgie miracu-

leusement de l'asphalte plat et lisse, et que cela finirait, après la série d'accidents étranges, par inquiéter sérieusement les cadis qui se décideraient enfin à quitter le cortège devant le spectacle du cadavre échappé de sa boîte éventrée ; mais c'était compter sans les fumeurs, les proxénètes et les dockers, discrètement éparpillés selon un ordre stratégique établi à l'avance, le couteau à cran d'arrêt à fleur de poche, prêts à éventrer quiconque essaierait de troubler ce bel enterrement de leur ancien compagnon — lui qui s'était toujours montré disposé à les aider matériellement ou à les faire sortir de prison grâce aux relations du père, qu'il utilisait à son insu, bien sûr ; il ne fallait donc pas s'inquiéter : les oncles et le chef de la tribu savaient à qui ils avaient affaire et n'oseraient pas agir.

Dès que le vieil Amar était à notre hauteur, il répétait : « Quelle mort ! je la souhaite à tous les bons croyants. Mourir ivre, quelle aubaine ! Si seulement cela pouvait m'arriver à moi. » Il m'exaspérait mais je le laissais dire pour ne pas être en butte à ses sarcasmes et à son œil tuméfié ; le Juif, lui, le flattait et lui donnait de petites tapes dans le dos d'un air entendu, ce qui avait l'air de plaire au vieillard dont l'haleine empestait l'alcool ; il aurait bien voulu évoquer ses cuites mémorables en compagnie du défunt, mais nous ne lui en laissions pas le temps, car nous voyions approcher, mine de rien, le petit marchand de cierges, traînant dans son sillage des effluves de camphre et d'ambre ramenés de son capharnaüm du souk des parfums ; il voulait certainement nous rappeler à l'ordre mais comme nous nous taisions à présent, il restait là coupé de son désir de puissance, catapulté contre notre silence soudain, éberlué de nous voir hurler des litanies plus fort que les autres, avachi tout à coup par notre zèle extraordinaire. Cafés... Devantures. Rues, face à la mer. Finirions-nous par atteindre le cimetière coincé entre une chocolaterie et un stade de football, en plein quartier populaire de la ville ? Les mots dans nos bouches raclaient nos gorges blessées, la sueur nous donnait des visages inutiles et rétrécis. Aux abords du cimetière, les voix s'amplifièrent et je fus frappé soudainement par la réalité de la chose que j'avais plus ou moins refoulée devant l'ampleur de cette masse humaine. Je venais de comprendre à l'instant que Zahir était mort véritablement ; et au moment où je foulai l'herbe drue et grasse, nourrie par les ossements des morts, je décidai de m'enfuir. Vite, je fus très loin, courant vers la ville, Heimatlos à mes côtés empêtré dans ses habits trop larges.

Zahir était bel et bien mort !

Zahir était bel et bien mort ! Maintenant, c'était elle qui ne voulait pas me croire, et si elle ne mettait pas en doute la mort de mon frère, elle n'arrivait pas à concevoir l'histoire d'Heimatlos. J'aimais la laisser dans cet état désagréable d'incertitude, pour la voir, finalement, éclater d'avoir trop macéré dans l'absurde d'une situation, somme toute, très claire. Nous attendions l'un de l'autre une résipiscence sans bavure, et passions la nuit à nous consumer d'une haine tranchante que rien n'entamait, pas même l'irruption dans la chambre, à travers la maudite vitre cassée, de quelque papillon de nuit dont le contact moŭ la mettait hors d'elle. Je ne faisais pas un geste et il n'était pas question qu'elle fît appel à moi pour la sauver de l'effroi ; au bout du compte, elle finissait par ne plus avoir peur et j'en restais mortifié pour toute la semaine. La chambre croulait sous les livres et la poussière et elle ne faisait jamais l'effort d'y mettre un peu d'ordre car elle voulait m'en dégoûter et pouvoir m'emmener chez elle, sur les hauteurs de la ville, là où pullulait une faune rose et barbue, retranchée derrière une schizophrénie véhémente, faune venue d'outremer à l'Indépendance, vite déçue, et agglomérée autour d'une boucherie à l'enseigne douteuse : *Boucherie de la Coopération,* sise dans un beau quartier, tout près de la Cité universitaire. Elle avait tout fait pour me convaincre de déménager dans son antre luxueux (ne coupait-elle pas aux ciseaux, chaque jour, un morceau de l'unique couverture ramenée d'un autre monde au prix de luttes intestines ; et ne disait-elle pas que son rétrécissement phénoménal l'intriguait au plus haut point ?). Elle était même capable de m'accuser de sorcellerie héréditaire depuis que je lui avais raconté les longues pérégrinations de ma mère auprès des mages de la ville ; mais la couverture avait beau diminuer, je m'entêtais à rester dans ma chambre, auprès de mes manuscrits qui ne me servaient qu'à séduire les femelles — parvenues, dans ce pays marin, au bout de l'extase erratique qui les faisait voyager d'une ancienne colonie à l'autre, à la recherche de quelque orfraie qui décimerait leurs phantasmes abominables ; comme Céline, elles étaient venues alphabétiser une marmaille agressive et hostile qui avait peur de tomber dans la déréliction la plus complète. Les étrangers finissaient par s'enrichir et mépriser cette population d'autant plus inaccessible qu'elle possédait une langue rocailleuse à la syntaxe infiniment rigide et complexe ; ils changeaient alors de quartier et se mettaient à vivre entre eux, à l'exception de quelques femelles qui s'entêtaient à aimer l'odeur forte des hommes du pays, envahis par un irrationalisme radical et confondant leurs amantes jusqu'au jour où ils se mariaient avec quelque vierge emmurée, venue de la maison du père à celle de l'époux dans un accoutrement impossible, et donnant ainsi l'occasion aux Européennes abandonnées de se gausser, pour mieux cacher leur humiliation et leur hargne à l'égard de mœurs si étranges. Je ne voulais pas de ces hommes insupportables, tombés dans le piège de l'argent et dans les rêves de grandeur qui les ramenaient à leur race un instant refusée et à nouveau adulée, la comparant avec l'autre race fantastique dont ils n'arrivaient jamais à prévoir le comportement si bizarre. Ainsi le fossé se creusait entre Céline et moi, d'autant qu'elle se targuait d'aimer l'unique Arabe intelligent, alors que je ne savais pas moi-même où j'en étais ! Elle m'agaçait. Lorsque je me rendis compte de la lacération définitive de la couverture, qui ne m'arrivait plus aux testicules, je la chassai sans aucun scrupule, sachant qu'elle allait revenir avec une nouvelle dont je ne voudrais pas à cause de l'odeur écœurante de la laine neuve ; elle revenait en effet, repentie, avec de nouveaux livres, et l'entassement devenait tel que je les vendais lorsque je n'avais plus d'argent pour m'acheter des cigarettes.

Elle ne voulait pas me croire, mais je ne pouvais supporter le doute qu'elle cultivait exprès pour me garder à sa merci, incapable que j'étais de m'échapper vers quelque autre coopérante que je séduirais avec un poème écrit sur le dos blanc et large de l'amante occupée à se coiffer devant une glace que je finirais par briser. Pour lui faire peur, je me remettais à lui parler de suicide et à exiger qu'elle m'achetât tous les livres qui en traitent et que je ne lisais jamais ; il lui fallait alors pactiser et elle se résignait à accepter ma version de l'enterrement. La paix revenait dans la chambre exécrable, et le racisme latent, noué entre nos deux espaces et nos deux modes de vie, s'atténuait jusqu'à disparaître provisoirement, juste le temps nécessaire à la maturation de nouveaux griefs. L'on se remettait aux fornications abondantes, aux poèmes du Chantre et aux « noubas » andalouses qui empêchaient les voisins de dormir ; ces derniers me craignaient comme la peste (n'étais-je pas, à leurs yeux, un malade mental, en rapport avec des forces occultes, dangereuses pour tous ceux qui s'exposeraient à ma colère ?). Il me suffisait de m'enserrer la tête dans une serviette de bain pour avoir l'air plus démoniaque, et je faisais reculer toute la canaille de locataires légalement endormis au sein d'une interdiction qui m'empêchait de jouir des délices de la chair, alors qu'eux se faufilaient, dès l'aube, dans des bordels hasardeux où ils risquaient de perdre leur dignité et leur fanatisme devant de grosses putains qui s'amusaient, pour les épater et les exciter, à s'enfoncer dans le vagin des bouteilles de Coca-cola.

« Fermez-la ! » J'avais ensuite la paix pour tout un mois de fornication et de pâmoisons exagérées, moins pour faire plaisir à Céline que pour effrayer les voisins que je savais collés à notre cloison, incapables d'utiliser contre moi le moindre pouvoir de coercition. L'amante riait d'une telle situation et pour l'empêcher de trop se moquer de ceux de ma race, je savais la ravaler au rang de « coopérante technique », chose qu'elle craignait par-dessus tout car elle savait le sens que je donnais à cette dénomination ; j'en prenais prétexte à une reconstitution de l'Histoire — rapine, viol et massacre — qui me faisait parler, jusqu'à l'aube, de la tribu sortie du chaos pour plonger dans un autre chaos plus difficile à supporter, parce que nous étions parvenus à l'âge de la responsabilité, ayant éclaté pour avoir trop maturé et trop attendu l'arrivée de l'aigle trébuchant, de jour, dans ses insanités scabreuses et équarrissant, de nuit, des bêtes écorchées à vif. Elle se résignait à m'écouter et je lui donnais des leçons de haute politique dont elle soupçonnait l'aboutissement, sans en comprendre les mécanismes ; sans doute avait-elle le droit de réfuter mes théories mais le bilan était si désastreux qu'elle ne pouvait me contredire lorsque je préconisais le pourrissement politique de la situation pour mieux préparer la déflagration révolutionnaire.

Elle allait et venait dans la chambre exiguë et, afin

d'éviter les objets qui encombraient son parcours, elle était obligée de se déhancher, ce qui ameutait en moi le désir belliqueux ; je parvenais à la faire taire pour ne pas tomber dans le traquenard grossier qu'elle me tendait sournoisement, espérant une réconciliation totale et définitive ; je ne pouvais accepter une telle solution, car j'appréhendais une intrusion de Céline dans mes soliloques irrationnels — et parfois même talentueux, à cause d'une simulation naturelle qui désarçonnait tous ceux qui étaient à mon contact. Le soir, la pièce prenait son air paisible et sentait la mer stercoraire, enserrée par le port ; elle nous parvenait par bouffées, faisait la joie des tarets qui foraient profondément le bois des quelques vieux meubles éparpillés dans la chambre, ouverte sur la darse pavée de vert et de bleu ; et le pèlerin que je portais en moi se calmait face à la mer abondante, blanchie par les bateaux à la recherche de quelque aiguade accidentée et dangereuse. Nous éteignions dans le local pour empêcher les moustiques d'entrer et nous nous reposions à regarder, des heures durant, la mouvance aquatique virer imperceptiblement à des couleurs flagrantes ; c'était l'heure incertaine où j'aimais prendre le frais et retrouver le fil de mes idées pour mieux me déterminer par rapport à des événements d'une authenticité non douteuse. Céline, entre la mer et le délire, ne savait plus à quel éblouissement se vouer et, à défaut d'un choix crucial, elle s'abandonnait à l'un et à l'autre, conquise bien avant de s'être rendue, contrariée par la cohérence interne d'un récit fictif dans lequel je la tenais prisonnière et haletante. Elle arrivait à me suivre, à s'accrocher à mes certitudes, à ne plus être gênée par mes insanités qualifiées tout à l'heure de mythiques, car elle voulait faire mon jeu ; au besoin, elle eût été jusqu'à m'encourager à inventer des détails surprenants auxquels je n'avais pas pensé, faisant preuve elle-même de virtuosité pour déformer ce que j'avais déjà largement arrangé ! A chaque instant je m'arrêtais dans mon récit pour lui rappeler que tout ce que je lui avais dit au sujet de l'enterrement était vrai et que je n'admettrais plus aucune contestation, si jamais elle essayait un jour de tout remettre en question. Recommençait-elle à évoquer le Juif travesti dans le cortège ? Non, c'était moi qui en parlais le plus souvent car je sentais confusément qu'elle n'était pas tout à fait convertie et qu'elle faisait semblant, pour éviter de me mettre en colère ; elle avait d'ailleurs peur de me fatiguer et voulait m'éviter à tout prix une rechute et un retour à l'hôpital : tout serait à recommencer, nous repartirions à zéro. Avais-je été l'amant de Leïla ? Zahir était-il réellement mort ? Pour oublier ces questions qui me hantaient continuellement et dont je connaissais les réponses, je partais à nouveau dans un récit, que mon amie avait certes déjà entendu, mais paré de nouvelles variantes, si bien qu'elle ne pouvait plus savoir où elle en était véritablement ; je profitais de sa surprise pour mieux l'acculer et introduire en elle ce monde dont elle persistait à croire qu'il n'était qu'une pure invention de mon imagination malade ; mais pour ne pas me vexer, elle finissait par croire à tout ce que je disais, et n'arrêtait plus de me poser des questions pour vérifier mes dires précédents. Plus j'avançais dans mon récit, plus elle perdait de sa rigidité initiale, et elle me laissait tranquille jusqu'aux premières heures de l'aube, moment où elle s'assoupissait, me laissant seul face à la fraîcheur du petit matin. Elle n'était plus rien et j'avais l'impression d'un cadavre étendu sur la couche étroite que le soleil envahirait tantôt, lorsque sur le port les premiers sardiniers seraient revenus avec leur cargaison mirifique ; la réveiller m'était une très grande joie : c'était le moment où je découvrais ma tendresse en face de ce visage dévoré par le sommeil et la blancheur laiteuse de l'aube ; je la trouvais belle et à son contact glacé mes lèvres gagnaient une nouvelle fraîcheur dont j'essayais de profiter le plus longtemps possible, sachant que, tout à l'heure, l'habitacle deviendrait intenable sous le flamboiement solaire, et Céline hargneuse et agressive ; je ne saurais plus que dire ni que faire, parce que je lui aurais laissé l'initiative ; elle savait en profiter, se déshabillait et assiégeait l'unique robinet de l'antre pendant des heures, pour tourner en ridicule ma théorie sur la propreté des femmes musulmanes, liée à la nécessité de l'ablution cinq fois par jour, avant chaque prière. Elle m'en voulait surtout de l'avoir réveillée et refusait d'aller me chercher un paquet de *Bastos,* sous prétexte que je ne savais pas préparer le café dont nous buvions d'énormes tasses brûlantes avant le départ de Céline pour son lycée ; on eût dit l'espace ravagé tout à coup et rétréci ; avant de partir, elle me faisait promettre que j'irais à la Faculté pour assister à quelque cours fastidieux, mais je n'y allais jamais : il m'était déjà arrivé de m'endormir en plein cours magistral, ce qui avait attiré sur moi le courroux du vieux professeur et le mépris des étudiants qui ne me pardonnaient pas d'avoir joué la décontraction jusqu'au bout.

Les jours où je ne savais plus rien de moi, Céline aimait me faire parler de mon adolescence, où « Midi-moins-le-quart », le surveillant corse du lycée, jouait un grand rôle ; tout le monde le haïssait et les professeurs lui vouaient une vindicte d'autant plus tenace qu'elle ne pouvait s'exprimer clairement. Il s'agissait surtout de l'éviter et de le mettre en quarantaine, quitte à sacrifier notre turbulence au profit d'un calme purement tactique dont les maîtres, tacitement, comprenaient la nécessité. Il n'y avait plus alors aucune discipline à maintenir, ce qui mettait l'atroce bonhomme dans des fureurs silencieuses dont nous épiions les moindres manifestations ; il fulminait tout bas et, au bout de quelques jours, voyant que l'étau se resserrait autour de lui et que sa valeur fonctionnelle n'était plus d'aucune utilité, il changeait de méthode et devenait engageant. Il en arrivait à sourire continuellement et nous nous demandions s'il n'était pas devenu carrément débile, auquel cas il fallait cesser immédiatement la mise en quarantaine ; mais les professeurs calmaient vite notre doute et nous encourageaient à continuer notre grève jusqu'à l'effondrement total et définitif du surveillant-chef qui maigrissait à vue d'œil, suppliait nos meneurs d'arrêter ce jeu par trop barbare, arguait qu'il était trop vieux, qu'il allait bientôt prendre sa retraite pour partir très loin et que, en attendant, il prenait l'engagement solennel de modifier radicalement son comportement. Nous étions tentés de prendre acte et de revenir à notre attitude naturelle, d'organiser des chahuts et de nous faire punir pour notre bêtise crasse ; mais nous craignions toujours quelque supercherie du surveillant. Cependant, à la longue, tout le monde était las de cette situation anormale et nous acceptions la reddition du vieux Corse. Au bout de quelques jours d'affabilité, de complicité même, son penchant terroriste l'emportait une fois encore et il se remettait à nous donner la chasse dans les couloirs lugubres, à titiller pour un retard de quelques secondes, à engueuler les professeurs qui nous en voulaient d'avoir mis fin à l'accalmie et se vengeaient sur nous en nous collant le plus possible. M. Le Coq, professeur d'histoire et de géographie, jouait double jeu : il se déchaînait contre nous dès que le surveillant retrouvait ses prérogatives : « Les Arabes, vous êtes des cons ! ne croyez surtout pas que vous avez inventé la boussole ! » hurlait-il.

Nous ne pouvions pardonner un tel affront, d'autant plus qu'en ce qui concernait la boussole nous savions qu'il avait raison, mais il n'avait pas à expliciter une situation où nous préférions laisser les choses baigner dans une confusion voulue et entretenue. Du coup, les murs du lycée se couvraient du cri du coq, tracé la nuit par de véritables équipes subversives qui œuvraient pour le droit des Arabes. « Midi-moins-le-quart » devenait alors carrément raciste et prenait fait et cause pour le professeur qui n'osait plus traverser la cour, de peur d'ameuter les élèves. Des grèves s'organisaient contre le surveillant général et ses suppôts, et chaque fois nous finissions par obtenir gain de cause et isoler M. Le Coq qui en oubliait ses histoires de boussole. Grâce à l'arrivée dans le lycée d'un jeune professeur progressiste, notre action se radicalisa et nous refusâmes dorénavant tout compromis avec le Corse. Notre dernière mise en garde amena le surveillant à démissionner. Nous en étions débarrassés !

Cette année-là, le clan s'était éparpillé à l'est du pays et la propagande nationaliste s'intensifia au lycée ; nos tracts étaient rédigés en arabe et nos réunions se faisaient dans cette seule langue ; nous nous coupâmes alors du professeur progressiste qui nous engageait à créer une nouvelle langue internationale plutôt que de tomber dans le chauvinisme petit-bourgeois. Nous fréquentions à cette époque les cours de poétique arabe pendant lesquels le maître était en perpétuelle extase ; il s'agissait de scander chaque vers selon un rythme différent pour mieux le mesurer. Nous passions notre temps à nous époumoner tout en balançant la tête de droite à gauche à l'instar du maître qui entrait en béatitude, les yeux mi-clos, ses mains battant la mesure ; il était tellement ridicule que nous ne pouvions nous empêcher d'éclater de rire. Surpris dans sa naïve passion pour la poésie, il s'arrêtait net, outré de nous voir rire alors qu'il était au bord des larmes, pris jusqu'aux tripes par le rythme merveilleux. Il boudait pendant le restant de l'heure et refusait, à la séance suivante, de nous laisser scander les vers comme à l'accoutumée. Il se bornait à nous expliquer au tableau, avec des schémas compliqués, les différents modes de versification ; mais connaissant sa faiblesse pour la rythmique poétique, nous trouvions toujours le moyen de le faire chanter : la ruse consistait à feindre l'incompréhension et il avait beau se démener entre ses graphiques et ses chiffres, nous ne voulions rien entendre ; horrifié à l'idée de faire des cours si peu clairs, il tombait dans le piège et se mettait à scander un vers pour mieux nous expliquer ; en chœur nous reprenions la scansion, et le maître, vaincu et heureux de l'aubaine, s'asseyait à sa chaire, prenait une baguette et se perdait dans sa transe. De temps en temps, il ouvrait les yeux, regardait la classe bien en face et disait d'une voix encourageante : « oui, c'est cela, allez-y ! » Il n'était plus question de nous freiner et nous atteignions les sommets de l'euphorie ; le rite reprenait son droit et si quelque professeur français se hasardait à venir se plaindre du chahut, notre maître l'ignorait et continuait de plus belle, nous encourageant de sa voix magnifique et nous excitant du geste. C'était en fait une action politique que nous cherchions à travers les cours de poétique arabe : nous voulions créer des incidents et provoquer l'administration, hostile à nos activités nationalistes ; abrités derrière les programmes et la personnalité du professeur, nous nous sentions capables d'assener des coups à tous ceux qui ne voulaient pas reconnaître nos droits. Nous ne pouvions donc perdre de pareilles occasions de nous manifester passivement, de chauffer les esprits dans le lycée ; dénoncés à la police, les élèves l'un après l'autre l'abandonnaient pour aller rejoindre le Clan parti à la recherche de lui-même, et qui ne pouvait se retrouver que dans les gorges et les grottes calcinées par le soleil et les bombardements.

Il faut faire gaffe! Nous sommes repérés. C'est la faute du professeur de mathématiques. Toujours le même dilemme. C'est un mouchard! Le professeur communiste, avec lequel nous sommes en froid, nous met en garde. Le professeur de mathématiques est algérien et fait partie de la cellule du lycée, reliée au Clan par l'intermédiaire d'un paysan qui se promène constamment en ville, tirant une vache par une corde. Il a l'air idiot mais il est très efficace. Que faire? c'est à nous de nous débrouiller. Conseil de guerre. Le professeur est prêt à donner nos noms à la police. Il nous faut vite nous en débarrasser et réorganiser le réseau. C'est Si Zoubir qui cache la ronéo dans l'un de ses magasins. Nos rapports ne se sont pas améliorés pour autant. Il continue à me haïr. Nous nous décidons : sabotage. Dévisser le tableau avant le cours du mouchard et faire en sorte qu'il lui tombe sur la tête au moindre contact et l'écrase. L'attentat est finement travaillé. Le professeur-flic arrive. Attente pénible. Il se met à écrire sur le tableau. L'énorme masse de bois se décroche, mais d'un geste calme, le maître la plaque contre le mur. Il est sauf! Il était sur ses gardes. Il l'a échappé belle! Nous baissons les yeux. Il ne dit rien. Une équipe d'ouvriers vient réparer les dégâts. Le cours se poursuit. Il faut vite quitter le lycée avant l'arrivée des policiers. La débandade est générale. Il faut retrouver le paysan à la vache, nouer le contact et rejoindre le Clan qui s'efforce, dans une marche harassante, d'éviter les traquenards et l'hostilité d'une population pas encore convaincue.

Céline écoutait. Elle ne pouvait déceler dans mon récit aucune extravagance, et pour quelque temps l'état d'agressivité cessait entre nous ; elle m'aidait à reconstituer les événements qui avaient précédé ma rencontre avec le Clan et notre poursuite commune, à travers les nopals et les arbousiers foudroyés par le soleil ; nous haletions, avides de pouvoir et de possession, qui se révélaient hasardeux à cause du mythe éclaté et brisé auquel personne ne croyait plus. Il fallait surgir puis cahoter éternellement, à la cadence des cochenilles dispersées entre nous et l'ombre de ceux qui voulaient nous assaillir, dans une sieste gluante où nous nous laissions avoir par des songes hérissés de flammèches, à travers quelque massacre, dans un pays où l'étranger avait tous les pouvoirs. Surgir et haleter à l'ombre de quelque ossuaire, frapper et laisser nos plaies se couvrir d'escarres, dans un interstice d'agonie qui prenait soudainement les dimensions hallucinantes d'un gouffre ; nos morts défiaient le temps et l'espace grâce à la fleur de pavot que nous leur faisions humer avant de les recouvrir, à cause des fortes chaleurs, de chaux vive qui ne laissait aucune trace. Insensés, nous courions hors du chemin tracé par le diktat de nos ancêtres guerriers, acculés au compromis devant la force de l'envahisseur catapulté sur le sol et entêté à venir à bout de la race. Il fallait nous débrouiller, car en vérité il n'y avait ni legs, ni testament, ni parcours. Nos aînés nous traitaient très mal, jaloux peut-être de nous voir, au hasard des haltes, lire des traités de poétique, de mathématiques et de haute politique, alors qu'eux n'en savaient rien et brûlaient de les connaître ; il fallait quelque fou rire de potache pour faire taire les paysans méfiants, véritables écales à travers lesquelles on ne sentait rien frémir. Nous pardonnaient-ils notre accent ? Certainement, car au fond d'eux-mêmes ils nous respectaient et veillaient la nuit autour de nos maigres bivouacs, pour empêcher les rapaces de venir planer au-dessus de nos couvertures roides; ils voulaient aussi faire tomber dans une embuscade le professeur de mathématiques, cause de nos malheurs; mais effrayés à l'idée d'une aussi lourde responsabilité, nous refusions catégoriquement une solution aussi draconienne, préférant nous essouffler en injures et menaces proférées contre le traître, traqué certainement par ceux d'entre nous qui se cachaient dans la ville et organisaient la lutte à l'intérieur des quartiers populaires. Nous étions sûrs qu'il n'en réchapperait pas, mais dès qu'on nous proposait de le capturer nous prétextions des impossibilités logiques abstraites, qui donnaient le vertige à nos chefs et heurtaient leur bon sens; ils acceptaient à la fin nos arguments et souriaient dans leur barbe de notre appréhension à nous retrouver nez à nez avec notre ancien maître dont l'arrestation poserait plus de problèmes qu'elle n'en résoudrait. Après la halte, nous repartions, en quête de quelque genévrier pour nous y tapir et attendre que l'odeur de massacre vînt nous réveiller de notre torpeur; puis nous escaladions les crêtes pour mieux faire saigner nos pieds fourbus, gercés de cannelures immondes qui nous démangeaient jusqu'à la folie — folie qui nous quittait lorsque nous apercevions quelque excroissance poreuse annonciatrice d'anfractuosités sublimes, au détour desquelles nous rencontrions la mer.

Céline écoutait et il était de plus en plus évident que l'agressivité avait cessé de nous miner et de pourrir nos rapports; elle aimait m'entendre évoquer cette période précaire — images douteuses et gros plans méticuleux, si clairs dans ma mémoire. La rocaille me transperçait les mains dans un paysage de désolation buriné par le soleil et par l'ambroise-absinthe, suppôt de mon ivresse et de mon égarement, tranquillisant contre la déchirure douloureuse que je malmenais jour et nuit, pour en pressurer la négation de tous mes actes affolés, perturbateurs d'un ordre haï, jusqu'à la résonance ultime du père fendu et déchiqueté à la recherche duquel j'errais, essoufflé, plus violent que ma course. Tous ces souvenirs tournaient autour de la couverture grège tissée en Tchécoslovaquie et que j'avais hérité du Devin tué à bout portant parce qu'il lisait Marx, tatoué ainsi pour l'éternité, engoncé dans une savonneuse altération. J'évoquais pour la première fois le Devin devant Céline qui me croyait, non à cause de la vraisemblance de mon récit, mais pour bien honorer le pacte tacite qui nous liait tous les deux, appréhendant la couleur ocre dans laquelle baignait ma conscience chaque fois que je racontais la vie erratique du Clan, depuis ma fuite du lycée. Le Devin m'avait donc légué tout ce qu'il avait : une couverture et des livres à moitié brûlés au cours d'un autodafé public ordonné par les assassins ; je pus sauver la couverture après des luttes sournoises, et depuis, je me devais de la traîner partout ; personne ne s'était intéressé à ce legs du Devin, jusqu'au jour où Céline eut l'idée saugrenue de la couper en petits morceaux pour me faire mourir de froid. Pouvais-je pardonner cette trahison vis-à-vis du Devin, assassiné pour avoir propagé des livres séditieux à l'égard de la religion et de la fraternité entre les classes ? Non ! Céline le reconnaissait elle-même, mais elle n'avait pas su l'importance de l'abominable couverture, qui ne couvrait plus rien depuis la lacération aveugle par la femme amoureuse. A parler de mon maître disparu, je courais un danger du fait que le Clan détenait aujourd'hui l'autorité et le pouvoir suprême et n'aimait pas qu'on évoquât ces règlements de comptes où les purs avaient été décimés par une racaille catapultée au sommet de la gloire et de la puissance, dépassée par la situation nouvelle dans laquelle elle se trouvait, revenue à sa nature première et calamiteuse. Qu'étaient-ils venus faire dans la révolte ? Ils n'étaient pas seulement égarés mais malencontreusement arrivés pour assouvir cette soif du sol et de la terre des ancêtres dans l'air brûlant qui sentait l'eucalyptus grillé, terre saccagée par des forces malsaines dont ils ne savaient rien et ne voulaient rien savoir ; virevoltant, ils éternuaient dans leurs mouchoirs imprégnés de fleur de girofle et de tabac à priser. Ils ne voulaient pas penser à l'avenir dans lequel ils avançaient à reculons à la façon des écrevisses ; et seule la possession de la glèbe abondante et riche les grisait, au détriment de la longue gestation qui restait à commencer et dont ils ne se préoccupaient pas. C'était la raison pour laquelle ils avaient tué le Devin en lui tirant dans le dos : il s'intéressait trop à l'avenir et pas assez au présent ; en outre ses prophéties leur faisaient peur car elles étaient terribles : ne leur prédisait-il pas un avenir où la terreur dirigée contre le peuple serait le trait dominant d'une politique hautement démagogique, fondée sur la richesse du verbe et sur la construction de mosquées fastueuses où les masses viendraient oublier leurs revendications ?

Elle savait, maintenant, que le Devin avait eu raison car elle voyait la ville se couvrir de minarets svelte et de bars américains, alors que la misère devenait de plus en plus grande et que la campagne se ruait à l'assaut des villes factices, incapables de nourrir ceux qu'elles attiraient, encerclées par la mer et largement pénétrées par les jetées oblongues, véritables armatures de béton et d'acier ; villes encombrées par les technocrates et la mauvaise foi. Elle savait maintenant et elle se taisait, n'ayant rien trouvé à redire à mes analyses, mais elle ne pouvait s'empêcher d'exagérer la mortification que lui causait la couverture lacérée : attitude magique insupportable ! Elle était responsable. Pleurait-elle dans cette chambre où rien ne la retenait plus ? Non, elle ne pleurait pas, maintenant qu'elle me voyait resurgir au sein de ma propre lucidité et expliciter bien des points demeurés jusque-là obscurs et même mythifiés à plaisir grâce à mes silences et mes brusques fureurs concernant des détails dont elle ignorait l'importance vitale. Non, elle ne pleurait pas, ou si peu, pendant ces retrouvailles maléfiques du rêve et du rationnel ! Elle ne bougeait pas ; à la voir figée dans cette position définitive, on eût dit qu'elle pompait l'ombre qui rendait son attitude plus éphémère et plus insupportable ; la nuit nous rattrapait dans une quiétude soudainement revenue qui engloutissait nos deux corps. Aucune lueur ne parvenait plus du port car les bateaux étaient tous partis, et sachant sous la fenêtre cette vacuité énorme, nous répugnions à allumer pour ne pas nous reconnaî-tre dans nos visages blafards et afin de donner une sorte de vivacité définitive à mon évocation du Devin. Nous préférions nous caresser et nous découvrir pro-gressivement à la lueur rougeoyante de nos cigarettes, et ne plus parler de l'extravagance du Clan qui se reposait, à l'heure qu'il est, de sa guerre et jouissait d'une allégresse étonnante. J'aimais que Céline m'adulât, et dans ses cheveux légèrement blanchis par la mer je retrouvais la senteur de notre première tendresse, aliénée depuis par toutes sortes de problè-mes plus ou moins réels. Il nous arrivait de rester ainsi pendant des semaines, à jouir de la paix retrouvée ; mais durant cette accalmie inespérée, nous refusions de tomber dans le jeu des chefs du Clan et de nous rappeler la mort du Devin sous la couverture duquel nous faisions continuellement l'amour, lorsque nous partions passer nos nuits sur les plages désertes propices à la lecture de poèmes interminables, scandés au rythme de la houle assourdissante ; mais au fur et à mesure que la nuit avançait, nous nous mettions à tout confondre, dans notre crainte de ne pas être assez sagaces par rapport à une situation malgré tout difficile. Les formes s'absorbaient les unes les autres dans une contingence agaçante et se débarrassaient de leur être consumé dans les délices du soleil, disparu depuis longtemps. Pour ne pas être transis de froid, nous préférions réintégrer la mansarde baptisée pompeusement : *Villa du bonheur* et y attendre le retour des sardiniers. Ils nous apparaissaient subrepticement accolés les uns aux autres, dans une progression régulière jusqu'à l'accostage bariolé où les voix émergeaient de l'aube laiteuse comme du fond d'une rêverie faramineuse : moment suprême, et le sommeil nous lancinait la nuque ! Nous résistions jusqu'au bout de nos corps fatigués mais durcis par la lutte inégale que nous livrions à chaque petit matin d'été : sentir nos membres gourds et roidis et nos gorges irritées par l'humidité, souffrir de la douce fatigue entre nos yeux picorés par le songe dans lequel nous allions nous pétrifier tout à l'heure et nous endormir pour nous réveiller en sursaut à cause des cauchemars ; et si j'étais seul à me réveiller, je bousculais l'amante et embrassais son visage enlaidi par la fatigue et le froid.

— Est-ce que tu y crois à la mort du Devin ?

— Pas beaucoup, répondait-elle, énervée par mes questions qui l'empêchaient de dormir et de s'arc-bouter en chien de fusil, dans l'ultime abri, pour échapper à mes hallucinations.

Ainsi, aucun chemin n'avait été parcouru ; tout restait à faire ! Une seule certitude, cependant : mon amour pour Céline ; mais je me devais de tout remettre en question une fois de plus.

L'enfance, elle aussi, fut un saccage ! Nous avions tout gaspillé et il ne restait plus rien que cette égratignure fatidique dans l'étoffe du rêve, cauchemar passé à l'ocre d'un sang qui séchait dans la grande cour chez la mère répudiée, où la tribu somnolait après la geste de l'eau. La seule fraîcheur nous parvenait d'un agglomérat de loches dont le contact nous glaçait et nous crispait à la fois ; mais il fallait absolument chasser les bestioles fraîches, sous peine de mourir étouffé par la chaleur dans un amoncellement de couscous qui sèche sur des draps atrocement blancs.

Non, il n'y avait pas eu de refuge ! Nous nous étions mis très tôt à hanter les tavernes à l'odeur de basilic et de pavot planqué sous les cuisses des mauvaises filles les soirs où l'on craignait une descente de la police. Nous nous étions mis très tôt à vouloir plonger dans l'eau du port où les palefreniers, venus baigner leurs chevaux, nous violaient entre deux cageots de melons sans que nous comprenions rien à l'affaire ; ce qu'il nous fallait, c'était quitter la maison, les querelles des femmes, l'assaut des femelles calcinées par les terribles nuits d'été, les prières communautaires des oncles ; et aller, guidés par Zahir, là où l'eau est le plus fangeuse, pour trébucher sur le père et croire à un quelconque bonheur ; mêlés aux fumeurs et aux vieilles putains des quartiers réservés où nous risquions de tomber sur le chef de famille en train de payer royalement ses odalisques vulgaires, avant de les faire emménager dans des villas sur les hauteurs de la ville. Nous baisions les femmes les plus tatouées, celles qui avaient, collée encore à la peau du ventre attaqué par les longues cicatrices de césariennes, l'odeur de la terre piquante et tenace qui ne les quitterait jamais. Pénibles, les déambulations dans les petites ruelles, à la sortie de la prière du soir, où nous allions nous délecter à la vue de quelque sillon rouge et alcalin appartenant à une vieille femme déculottée assise sur une chaise basse, qui passait et repassait sa main dans son vagin ridé, en un simulacre d'autopénétration qui avivait la rancœur du peuple, juste sorti de la mosquée et qui se ruait à l'assaut des paysannes aux yeux noircis par le khôl. Nous étions atteints au cœur, car il nous fallait palabrer de longs instants avec les mécréantes assises derrière leurs portes basses, dans le seul but de leur faire dire des mots charnels que nous adorions entendre dans leurs bouches, lorsque nous n'avions pas d'argent pour les pénétrer. L'ensemble nous aidait à amplifier nos soliloques, restés dans le vague de notre jeune conscience comme des chancres dans le réel touffu du quotidien banal dont le père, la mère, les avunculaires et les cousines étaient les jalons les plus précis et, malgré tout, les plus précieux ; mais nous passions à travers les mailles de la vie collective pour instaurer des jeux aux lois implacables et dont la pornographie était l'apanage le plus flagrant : masturbations collectives en classe, dès qu'un éclair de chair venait nous bouleverser de la tête aux pieds, par la faute de l'institutrice trop confiante et dont nous projetions de tuer l'amant ; viols maladroits de cousines éloignées venues passer leurs vacances dans la grande maison et dont nous exigions un déshabillage savant qui amenait dans nos bouches ce goût de cuivre qui nous rappelait l'âcre senteur de sang répandu dans tous les caniveaux de la ville, lors de la fête de l'Aïd ; femmes dont nous épiions les cuisses blanches et lisses, lors des grandes prières du Ramadhan à la mosquée, dès qu'elles s'abaissaient pour rendre hommage à Dieu et à son prophète. Le saccage était en nous, dès notre enfance éreintée par cette course à la découverte du père phallique mi-réel, mi-apparent, perdu dans ses sortilèges, accaparé par ses nombreuses femmes et dont nous poursuivions l'ombre désinvolte et sûre d'elle-même, sans répit ni espoir, transbaladés d'énigme en énigme, étonnés par le nombre croissant de demi-frères et de demi-sœurs qui entravaient notre marche vers la découverte merveilleuse du patriarche inique ; mais le périple s'enfonçait à jamais dans les affres de l'alcool et de l'inceste Quelque part la rupture avait été définitive, et déjà nous étions pressés de trouver la faille, pour nous en prendre à la tribu, transformée plus tard en clan restreint afin de mieux donner ses ordres et édicter ses lois et ses exigences. Quel marécage, quelle fiente avions-nous évités ? Aucun, car la sentence avait été vivace dès notre enfance, faussée par d'irrémédiables apocalypses dont Ma était la plaque tournante, obturés que nous étions par l'amour violent de notre mère qui nous mettait à portée de l'inceste et du saccage, dans un monde demeuré fermé à notre flair de mauvaises graines dispersées au sein de la maternité dévorante.

Nous ne pouvions nous rappeler notre enfance sans respirer cette atmosphère de venaison et de crottes noires d'agneaux. Nous exhibions nos agneaux des mois durant et nous les faisions cosser pour l'honneur de la tribu, dans les ruelles des quartiers arabes, avant de les tuer dans un rituel somptueux de sang, d'encens et de cris. L'Aïd représentait pour nous l'épreuve la plus terrifiante, car on nous obligeait à assister à la cérémonie durant laquelle on tuait plusieurs bêtes, pour perpétuer le sacrifice d'un prophète prêt à tuer son fils pour sauver son âme ; nous nous montrions hostiles pour mieux marquer la différence entre nous et les autres membres de la tribu. Nous étions reniés, et la cécité du patriarche malveillant nous mettait dans des transes d'épileptiques trop sûrs de leur bon droit ; nous appréhendions ce jour de fête où nous barboterions dans le sang, épaissi déjà dans la gorge des bêtes bien avant de se coaguler sur le sol en plaques vermillon qui tournaient à l'ocre, puis au noir au fur et à mesure que le soleil montait au zénith. La maison retrouvait son effervescence à chaque fête, mais avec la fête de l'Aïd c'était l'affolement général, entretenu sciemment par les femmes adoratrices du sang des animaux, immolés pour des nécessités métaphysiques ; mais la promesse de festins futurs balayait toute religiosité. Très tôt le matin, on nous réveillait pour assister à la mise à mort et notre perception, brouillée par les bribes de sommeil collés à nos yeux qui voulaient nier l'évidence, rendait le paysage tonitruant et les formes aiguës ; notre angoisse larvaire et notre haine du sang s'étaient profondément ancrées en nous depuis que Zahir avait fait la macabre découverte derrière la porte de la cuisine. Au fond, à chaque sacrifice, nous avions peur pour les femmes ; nous craignions leur mort lente due à ce saignement vaginal pernicieux dont nous ne comprenions pas la nécessité. On nous amenait de force assister au trépas des bêtes dont nous avions décoré les cornes avec des guirlandes en laine que nous avions tissées nous-mêmes ; et lorsque, dans un mouvement de crainte, nous refoulions vers la rue pour échapper au massacre et à l'odeur de sang et d'urine qui allait hanter nos cauchemars au long des siestes, quelque avunculaire menaçant et fulminant nous barrait la route, aidé par les femmes, inconscientes de l'association que nous faisions entre la gorge de l'animal et leurs sexes moites, se moquant de notre manque de virilité et jetant des exclamations horrifiées en constatant notre dégoût et notre peur de voir le mouton saillir avant de mourir, dans une perpétuelle quête de la pénétration libératrice de l'agonie, se tendant, obscène, vers quelque femelle, dans laquelle il eût assouvi, une dernière fois, son désir absurde où la peur se transformait en jouissance bavante. Les femmes détournaient la tête et rougissaient devant l'enflement inattendu de l'organe de l'animal immolé ; elles ne comprenaient pas qu'avant de mourir on pût faire une telle confusion entre le trou de la jouissance et le trou de l'éternité ; elles en restaient confondues pendant des semaines et finissaient par en rire, pour ne pas aller chercher trop loin des explications que les hommes passaient sous silence.

Nous n'avions pas eu d'enfance, car nous avions toujours mêlé le sang au sang sans faire de différence, et voilà que l'on nous obligeait à regarder gicler l'abominable liquide à l'assaut du ciel ; nous étions chavirés par le râle et le chyle et l'odeur de graisse jaillie de la grosse toison inondée de sueur, par l'expression intense d'effroi mortuaire renouvelé à chaque bête immolée, frappée soudainement à mort par le couteau levé et abattu à une vitesse vertigineuse et tailladant la chair fraîche jusqu'à l'os blanc comme du sel et brillant ; et le boucher reprenait sans cesse son geste fort, faisait gicler le sang dans un bruit de gorge éclatée en une onomatopée d'une abstraction saugrenue, à l'heure du massacre et du rite, à l'heure de la venaison envahissante. Un geignement du plus gros des oncles, hirsute et aveuglé par le sang frais, et le couteau brillait dans l'air chaud, donnait aux yeux des cousines des reflets splendides, taraudait l'espace bleuté entre le bras levé très haut et le sol où gisait la victime expiatoire dont la sève allait féconder la maison de Si Zoubir et la rendre plus que jamais prospère ; sa grosse voix emplissait la cour d'un écho terrifiant : l'hommage à Dieu (Dieu est grand ! Dieu est grand !) ; et les femmes, qui n'en pouvaient plus de tant de violence, de massacre et de bris, lançaient leur cri de guerre qui crépitait entre les murs blancs éclaboussés de taches rouges que les chats s'ingéniaient à lécher toutes, finissant par s'affaler, gorgés de sang, sous un soleil dont l'acuité impitoyable allait leur faire vomir une bile rougie par la semence du bétail abattu. Nous ne regardions plus, mais nous étions subjugués par le spectacle foisonnant de couleurs, de rythmes et de bruits, attirés pour finir par la violence du sang répandu et des coups portés au plus mou de la gorge, dans le fracas du choc fastueux qui faisait éclater en milliers de morceaux la cervelle rose des moutons. Quel bêlement suffirait pour arrêter la tuerie ? Il fallait aller jusqu'au bout du geste — éclair transcrit dans un va-et-vient entre la chair vive et la chair vive — que rien ne fatiguait, pas même la lamentation de l'un d'entre nous, arrêtée net par une gifle qui laissait sur la joue une marque visqueuse. Ainsi naissait en nous la brisure totale, dans l'odeur de ces matières fécales qui formaient des rigoles à l'orée de notre enfance désabusée par tant de sadisme et de cruauté scintillante ; une cruauté qui érodait toute l'innocence dont nous étions capables, ouvrant dans nos mémoires des brèches béantes aux traumatismes, agressant nos jeunes mentalités consternées par l'inexistence du père révélé abstraitement, de fête en fête, par les réminiscences d'une voix hurlant les louanges à Dieu et les psalmodies venues des ancêtres. Cruauté qui allait notre vie durant nous hanter et nous

harceler, sécrétant sa propre substance piquetée de
gris et de jaune, devenue délire monstrueux, dans le
désert de cette couleur rouille du sang coupé d'eau ;
pour le moment, la maison sentait l'atmosphère fétide
et gluante de l'abattoir, accrue par la lourdeur de l'air
d'une manière insupportable ; une fois les bêtes abat-
tues, il fallait les dépecer, les vider et aller chercher, à
pleines mains, les boyaux visqueux, encore brûlants de
l'angoisse fulgurante de la mort soudaine ; la peau
enlevée, la chair bleuie et glabre apparaissait à nos
yeux, tuméfiés par tant de violence et d'horreur ; l'on
exacerbait chez nous le sentiment de honte que nous
éprouvions à l'égard du comportement effréné des
adultes en nous obligeant à mettre la main à la
besogne et à toucher de nos doigts glacés la barbaque
gélatineuse dans sa tiédeur flasque, molle comme une
vieille mamelle chaude taraudée à coups de poignard.
Pouvions-nous nous évanouir ? Pouvions-nous céder
au vertige ? Il n'en était pas question : les femmes et les
hommes veillaient, lancés à notre poursuite et pénétrant jusque dans nos hantises ; nous voyions surgir
des taches de sang rouge et grumeleux sur les murs
burinés par le soleil et blanchis par la chaux vive,
comme des cratères jetés là par hasard dans un ordre
vertigineux, abstrait, irréel ! Et l'on nous pourchassait
sans répit, jusqu'à ce que nous eussions pleinement
assumé le bonheur du sang et de la fiente, dans un
monde où les adultes jouaient aux bouchers pour
mieux préciser la démarcation entre leur animalité et
notre humanité à fleur de conscience, malgré la haine
et la passion qui nous transformaient en bêtes féroces.
Il ne restait, alors, rien de nous qu'une facticité qui
nous corrodait à mort ; nous ne comprenions pas
toujours les signes qui barraient notre chemin vers
l'évasion. Quel atermoiement, quel subterfuge invoquer pour nos escapades ? Juillet brûlait tout ! Dans la

maison où l'on avait fini d'égorger les moutons, on se préparait à célébrer les ripailles gigantesques dans une odeur définitive de suint et d'encens brûlé, jusque dans les rigoles où le sang vivace charriait des caillots gros comme le poing.

Dans les rues le climat était le même ; partout le sang et la bouse donnaient à la ville un aspect étrange : les maisons n'étaient plus blanches, elles n'étaient pas rouges non plus ; on aurait dit qu'elles avaient acquis une couleur indéfinissable dont tout le monde savait le nom que personne n'arrivait à énoncer clairement ; les citoyens ne se souciaient guère, finalement, de nommer l'étrange phénomène qui s'était attaqué à la blancheur légendaire de leur ville, et l'on ne disait rien non plus de l'exécrable puanteur qui stagnait au-dessus des nuages de chaleur, laissant pleuvoir des millions de petites particules invisibles et assaillant l'odorat de milliers de promeneurs sortis exhiber leur énorme marmaille, joliment habillée, qui dégageait une odeur de parfum très fort dont on essaierait en vain de découvrir l'origine : c'était le secret des femmes qui le préparaient patiemment, pendant toute l'année, en vue de la grande fête du sacrifice. Quelques personnes avisées se rendaient vite compte que l'étonnante couleur plaquée sur les murs des édifices de la cité était due à la réflexion des rayons de soleil sur les innombrables rigoles de couleur rouille et ocre sang qui partaient de chaque maison, de chaque terrasse pour aboutir dans le grand cône de déjection à ciel ouvert, aux formes futuristes, inauguré depuis quelques mois seulement par les autorités, car tout le monde s'était plaint de la mauvaise odeur dégagée par les eaux du fleuve qui traversait la ville ; mais la cohorte se refusait, pure superstition, à expliquer cette couleur bizarre par les boucheries perpétrées dans chaque maison : c'eût été renier le sacrifice et les vertus purificatrices de l'acte pour ceux qui égorgeaient leur mouton, tournés vers la Mecque et récitant une formule incantatoire afin de bien marquer leurs bonnes intentions. Personne, donc, ne voulait croire à cette explication, fournie par quelques énergumènes ennemis de la religion, dénoncés, d'ailleurs, par le Cadi lors de son prêche solennel, du haut de la chaire, en présence des autorités du pays, promptes à arrêter ces philosophes, échappés certainement, selon la rumeur publique, de quelque asile d'aliénés. Il n'y eut pas d'émeute, grâce à l'intervention rapide du service d'ordre, tant le peuple était déchaîné contre la misérable minorité barricadée derrière ses raisonnements hérétiques, et qui ne voulait pas en démordre. La ville continuait de baigner dans une luminosité ocre et dans une puanteur fangeuse ; on rencontrait des gens avec, sur l'épaule, des quartiers de viande ; ils allaient les offrir à des parents qui faisaient de même et les rencontres se déroulaient à mi-chemin et donnaient lieu à des embrassades fraternelles et enthousiastes, à des bénédictions mutuelles puisées dans le Coran et dans la vie du prophète, à des formulations toutes faites pour la circonstance. Etaient-ils aveugles, ces citoyens, ne comprenaient-ils pas que quelque chose de grave s'était passé ?

En vérité, ils avaient l'habitude de pareils phénomènes qu'ils savaient éphémères ; tout le monde s'accordait à dire que dans quelques semaines il n'en resterait plus rien ; ce n'était pas tout à fait exact : si la luminosité de la ville redevenait très vite normale, l'odeur, elle, persistait jusqu'à la fin de l'été, lorsqu'on rentrait la viande salée et séchée sur les cordes à linge ; longtemps après, les chapelets de saucisses continuaient à enguirlander les terrasses, dégageant une forte senteur de cumin et de menthe brûlés.

Bien sûr, au début, était le saccage ; à travers nos

yeux injectés du sang des bêtes expiatoires, les ravines allaient creuser nos sillages incertains, réalisés peu à peu dans la désespérance de la tribu dispersée, regroupée puis dispersée à nouveau par la faute du sang dont la terre s'était imbibée, non pour quelque lourd maléfice mais pour des fins futiles; il s'agissait, d'abord, de nous imposer la loi du plus fort, et mes oncles, déchaînés entre le sang et la grêle des étés de sécheresse, ricanaient devant notre refus d'aborder le massacre plus sereinement; d'autre part, il s'agissait de couper la monotonie des jours semblables et de faire bombance une fois par an. Les ripailles allaient donc s'organiser et durant des semaines on allait manger de la viande, des tripes, des pieds, sans jamais s'arrêter, et on devrait parcourir la maison et jeter des bouts de viande crue dans tous les coins et recoins pour contenter les anges et les démons tapis dans un monde invisible contigu au nôtre. Les mendiants, comme à leur habitude dans les grandes occasions, s'entre-tuaient pour un pouce de terrain devant la grande maison; leur attente pouvait durer longtemps car le partage de la viande posait de véritables problèmes : chacun voulait la part la plus avantageuse et pendant des jours tout tournait autour de cette affaire; finalement, il fallait l'intervention draconienne de Si Zoubir pour régler le litige qui risquait de tourner au désastre si la viande venait à s'avarier. Les mendiants n'obtenaient que les bas morceaux et les tripes, mais ils étaient comblés de joie; ils partaient alors dans la ville, leurs maigres acquisitions dégoulinant sur l'asphalte brillant, et se faisaient interpeller par les rondes de police qui les guettaient pour les délester de leurs paquets suspects, sous prétexte qu'ils ne respectaient pas la propreté de la ville.

Comment échapper à l'horrible carnage?

Il n'était plus question de fuir : on nous surprenait

dans notre sommeil — contre lequel nous avions longtemps lutté, nous préparant à fuguer dès l'aube ; mais nous ne savions pas quand ni comment nous succombions pour tomber raide morts dans les ténèbres embrouillées où notre plan chimérique nous poursuivait ; nous avions conscience qu'il fallait agir au plus vite mais nous ne savions plus que faire au juste, et le dérapage avait, dans nos cauchemars de veille de fête, une inconsistance extraordinaire car tout était haché, coupé, entrecoupé, transformé en eau dans laquelle nos mains, devenues soudainement des poissons rouges, avaient peine à se mouvoir. Quelque part, la cassure était évidente mais nous ne pouvions pas la localiser ; et l'odeur de viande grillée nous parvenait en même temps que le sentiment de notre impuissance originelle à voir clairement ce que nous voulions, à comprendre le sens des symboles posés entre nous et le monde des adultes, au lieu de nous entortiller dans le sommeil qui ouvrait des failles dans notre corps englouti et démantelait notre langage — les mots ne voulaient plus rien dire, pas même leur contraire ! mais juste assez, peut-être, pour exprimer un bêlement arrêté net par un couteau ruisselant de sang sur une grosse toison piquetée çà et là de paille et d'avoine ; d'ailleurs, alentour, tout était calme et notre effort pour nous rappeler l'exigence vitale se faisait sans aucun remous, au sein de cette distance qui nous séparait de nos propres idées jetées dans un coin de cauchemar ; comment se traîner, marcher à quatre pattes pour les récupérer quand nous avions le dos fourbu, la langue coupée en deux et, à la place des yeux, deux guêpes somnolentes dont nous ne voulions, à aucun prix, gêner l'évolution satinée ? Les réveille-matin pouvaient sonner tout leur soûl, il n'y avait rien dans notre sommeil qui pût nous éblouir, nous donner le signal miraculeux de l'éclipse merveilleuse ; non !

rien que cet espace, toujours rutilant, aseptisé (sentait-il le chloroforme?) et sans aucune signification, galvaudant nos muscles et trahissant nos mâchoires dont l'étonnante fragilité nous faisait baver sur nos oreillers un liquide que nous savions sapide, sans y avoir goûté, comme une sorte de latex rejeté par quelque plante violacée et qui donnait à notre songe sa coloration définitive. Ainsi, nous étions tellement effrayés de ne pouvoir nous réveiller à temps pour échapper à l'immolation fastueuse, que nous sombrions dans d'atroces séismes qui engloutissaient notre volonté enfantine : tout croulait, se désarçonnait, dégénérait en un holocauste pour bêtes bigarrées à quatre pattes ; et sournoisement, nous ne voulions voir dans ces bêtes que les chattes de la maison de Ma, arrachées aux pertuis des femmes qu'elles léchaient abondamment, jusqu'au jour où elles seraient châtiées de tout le mal qu'elles avaient fait aux oncles et de toutes les perversions qu'elles avaient enseignées aux tantes innocentes dont les voix en émoi, dès le petit matin, nous parvenaient à moitié et ajoutaient à notre confusion! De toute manière, la partie était perdue d'avance car les fumeurs nous guettaient et nous rattraperaient à la moindre sollicitation des oncles, pour un gigot de mouton ; et les palefreniers, qui observaient une abstinence sexuelle en ce mois sacré, nous empêcheraient de nous baigner dans les eaux du port (où donc le refuge?). Il n'était pas question non plus de ruser car nous ne pouvions compter sur la compassion des femmes, promptes, d'habitude, à nous trouver des mines fatiguées et des fronts brûlants, mais qui refusaient avec énergie ce jour-là de nous aider à fuir ; nous ne pouvions même pas nous débattre comme les moutons qui râlaient, ahanaient, se convulsaient long-temps après la pénétration de la lame effilée dans leur gorge, car les oncles exigeaient de nous un comportement serein et un maintien viril et il n'y avait de place pour aucune mièvrerie, pour aucun chancellement. Nous étions les petits enfants de la tribu et il était nécessaire que nous nous tenions d'une façon exemplaire à la manière de nos ancêtres, battus certes, mais intrépides guerriers malgré tout, puisque leurs propres ennemis reconnaissaient leur mérite et leur art dans le combat. Si Zoubir, à ce sujet, ne manquait pas de nous rappeler la grande résistance de l'Emir et il possédait des témoignages écrits enfermés dans des livres précieux, rangés avec amour dans la bibliothèque, auxquels nous avions accès très facilement; au moindre évanouissement de l'un d'entre nous, il courait nous chercher les livres en question. Les femmes, dans ces occasions, avaient toutes l'œil allumé, la gandoura retroussée jusqu'aux genoux, la lèvre lourde et arrogante, prêtes à nous dominer et à montrer leur courage physique à notre petite bande d'enfants indociles et frondeurs, capables de les reluquer au moment où elles embaumaient leur sexe dans les petites salles du bain maure, mais incapables de regarder en face un animal mourir, perdre son sang non seulement par la gorge ouverte dans toute sa largeur, mais aussi par les narines, par la peau et par le pénis éclaté en mille morceaux suaves et mous. On nous traquait, on nous livrait aux sarcasmes des femmes idiotes et exploitées, on brisait net nos cauchemars farfelus; et on nous obligeait en outre à toucher la chair encore chaude de l'ultime pulsation, à jeter la vésicule biliaire contre les murs, en signe de prospérité, à ramasser les pattes et les têtes des animaux abattus et à les porter, toutes sanguinolentes, au four le plus proche pour les faire griller.

Le four est loin de la maison. Ah! que le panier est lourd... Surtout ne pas penser au contenu. Il faut y aller bravement. Comme pour la circoncision (encore une invention barbare des adultes !). Tiens, les gens ont l'air heureux. Chaleur. Mains moites. J'ai peur (et si la tête se mettait à s'agiter dans le panier ?). Ameuter le quartier ? Mais les flics pourraient me trouver une mine suspecte. Transporteur de têtes ! Suspicion. Trouille. Trams. Flics encore ! Merde. Le panier pèse à mon bras. Les femmes ! il faut se venger. Pas tout de suite, mais dès que l'odeur de sang aura disparu de partout (maisons, rues, rigoles et cône de déjection). Le cône... il faudrait aller vérifier de plus près, car c'est là que l'odeur est le plus tenace. C'est du côté de la mer, il faudrait y aller et perdre ses rancunes, au nez et à la barbe des garde-chevaux et des fumeurs qui n'auront jamais plus accès à nos fesses ! Il fallait continuer à maugréer pour ne pas avoir peur et ne pas penser à l'horrible fardeau. Réveillés brutalement. Habillés de force par les femmes dont les mains sentaient l'oignon, prélude à la cuisine fine et au massacre des bêtes. Fins gourmets, mes oncles ! Ils ont des secrétaires françaises. Se venger sur l'une d'entre elles. La lacérer. Lui jeter du vitriol sur la motte ! Ce sont aussi de bons musulmans, combien de fois ont-ils été à la Mecque ? (Ville de kleptomanes. « Ils sont vicieux, ils aiment se faire couper la main, dit un oncle. Quelle honte ! voler dans la ville du prophète ! » Nous n'en croyons pas un mot. Non, les oncles mentent. Méfiants comme ils sont, ils ne peuvent s'empêcher de médire de tout le monde. Et l'or, alors ! A brûle-pourpoint. Silence. Et le pétrole alors ? et les Cadillac ? et la mer Rouge ? Beaux poissons, certainement. Les oncles mentent. Les dénoncer à leurs femmes, dénoncer leurs rapports avec les secrétaires françaises. Nuances parisiennes ! Très important, la différence.) En définitive, il fallait s'attaquer aux palefreniers, aux femmes et aux oncles. Aller jusqu'au bout, jusqu'au crime. Oh, tuer leurs maîtresses est largement suffisant. Ils ne vivraient plus. Mais cela fait beaucoup de monde (ne pas oublier l'amant de l'institutrice française).

Et ce sac. Lourd. Lourd. Penser. Continuer à penser, puisque siffler est si fatigant. Liquide : sang dégénéré, mêlé à l'eau, pourri par l'air, perdant de sa vigueur et de sa couleur. Le four est encore loin. Ma prépare des mets savoureux pour la fête de l'Aïd. Rues encore... Trams... Soleil. Cinglant! Côtes à monter. Les promeneurs m'énervent. De beaux habits! Les salir. Foncer dedans. S'excuser après, une fois que le mal est fait. Taches sombres sur les habits blancs. Taches sur les murs aveuglants de blancheur de la villa de Zoubida. Insupportable, tout ce magma de choses et d'idées On n'aura pas assez de courage pour les bousiller tous, ces adultes. Trouilles. Il faut se méfier des voitures et ne pas se faire écraser, avec les pieds de mouton dans le panier. Ridicule! Ils rouleraient par terre, tomberaient dans le caniveau, seraient happé par les bouches d'égout! Dans les prières des morts, on évoquera les pieds les têtes des pauvres bêtes et on oubliera que je suis mort Plus tard, on se rappellera la chose et on fera des prières supplémentaires, non pour la paix de mon âme (je n'en ai pas!) mais pour la paix de ma tête, de mes pieds, de mes testicules, de mes yeux-sphex et de mon pubis où le poil ne veut pas pousser malgré tous mes efforts. Se méfier des voitures est une grande vertu! Se garer des trolleybus en est une plus grande encore! Klaxons. Ne pas leur faire cette joie que leur serait ma mort. Les oncles oseraient même dire que j'ai fait exprès de me faire écraser. Traverser la ville arabe n'est pas un jeu d'enfant. S'arrêter. Cafouiller. sur place. Puis le quartier juif. Les femmes ne portent pas le voile. Elles aiment les Sénégalais, depuis mai 1945. Flâner, mine de rien. Achat de beignets. Premier arrêt. Ils savent faire les gâteaux, ces juifs! Mmmm... Les gosses, cependant, ne sont pas commodes. Prendre l'accent de Mlle Lévy, le professeur de musique. Ils s'approchent de moi Me flairent (quelle odeur, bon Dieu!). Angoisse. Le verdict est flou. Ils n'osent se prononcer. Mosquée? Synagogue! Je suis prêt à trahir la tribu et la race pour une partie de billes. Champion. C'est le panier qui les intrigue. J'ai honte de leur dire la vérité. Se taire. Ils font semblant de n'accorder qu'une importance secondaire à mon fardeau. Corps souffreteux. Toux. Morve. Crasse. Bérets. Culottes courtes. Sans béret, je ne leur ressemble pas du tout! Plus gros. Ils sont chétifs, mais leurs mères sont obèses et mâchent du chewing-gum depuis le passage des troupes américaines dans le ghetto. Enervement. Aller au four. Beignets encore! Partie de billes. Je parle comme Mlle Lévy et gagne toutes les parties. Ils me traitent de sorcier puis découvrent que je suis un drôle de juif. J'ai peur, bafouille. Mon accent me trahit. Se débiner. Même misère que dans les quartiers arabes, du côté du port; pas du côté d'El Biar (villas, jasmin). Ici, rues étourdissantes. La troupe de tout à l'heure est à ma poursuite. Musulman! Musulman! (Merde! Merde! Zébi!) S'en aller avant qu'on ameute le rabbin. Cités imbriquées les unes dans les autres. Formes coupantes. Soleil. Bambins. Courir. Femmes grasses en maillot de bain. Bains de soleil dans la poussière. Chaises longues devant les portes cochères. Etonnement devant les aisselles poilues. Vite. Ils trichent. Ils veulent m'enlever jusqu'aux billes qui m'appartiennent. Et ce sac si lourd! Le sang doit certainement suinter à travers la paille du panier. Ne pas ameuter les chiens juifs et les chats juifs qui viendraient à la rescousse des garnements, toujours lancés à ma poursuite. Atteindre la limite. La borne, et je serai sauvé. Apparemment les adultes n'ont pas l'air de s'intéresser à moi. Tout bringuebale dans le maudit panier. Enfin sauvé ? J'ai perdu toutes mes billes, mais aucun pied ne manque dans mon sac. Quel culot, ces chats juifs : lécher du sang sacramental ! Apprentissage du racisme !

Ville européenne. Toujours plus de femmes. Rues propres. Ordonnées. Cafés rutilants. Les gens sont nets et ont tous un journal plié sous le bras (signe de distinction). Même la mer a l'air plus scintillante ici. Les passants me regardent d'une drôle de façon. Les chiens, eux, ne donnent aucun signe d'énervement ; ils sont gavés certainement, et dociles au bout de leur laisse. Ils font pipi-ci puis pipi-là. Une dame prodigue des conseils à un bouledogue probablement constipé. Les Arabes, eux, ne font pas uriner leurs chiens sur les troncs d'arbres des avenues, pour la bonne raison qu'ils n'en ont pas. Je n'aime pas les chiens, mais pour ne pas paraître louche aux yeux des roumis, je prends des mines ravies. Les autos, dans ce quartier, sont plus rapides qu'ailleurs. Il faut faire vite. C'est ici qu'une vieille tante a été écrasée par un colon, au volant de sa voiture. Elle était très vieille et venait de Constantine : gare de l'Agha, rue Michelet, boulevard du Télémly. Et, pan ! Il n'en restait plus rien lorsqu'on a ramené son corps déchiqueté à la maison ; un tas de membres sanguinolents. Elle était vieille et presque aveugle, mais elle savait prendre le train. J'en avais peur car elle n'avait plus dans la bouche qu'un chicot unique qu'elle faisait passer par-dessus la lèvre supérieure chaque fois qu'elle était en colère. Donc, ne pas se faire écraser par un fils de colon ! Mon père avait d'ailleurs gagné le procès intenté au responsable de l'accident. Tous les juges français étaient des amis de mon père, malgré ses opinions politiques nettement tranchées. Flot de voitures. Le sac est de plus en plus lourd (génération spontanée ?) ; j'apprécie par-dessus tout la correction des chiens dans ce quartier. Escaliers. Squares rétrécis par la brûlure de dix mille soleils. Immeubles étonnants. Décors compliqués. Eglises futuristes. Pigeons. Dames, encore. Ne pas courir car on tire à vue sur les Arabes suspects et le père nous a assez parlé de Guelma et de Sétif. Nous sommes avertis et je fais très attention. De temps en temps, pour me donner contenance, je prends une attitude agressive et fronce les sourcils. Je m'arrête devant les glaces des grands magasins pour voir si j'ai l'air terrible. Peut-être... mais le panier gâche tout. Alors, il faut repartir et ne plus s'arrêter jusqu'au four.

Four. Ombre dense. Flamme au fond. Odeur de sciure brûlée. Agréable ! A l'intérieur, le patron, gros bonhomme ventru et noir, originaire du Souf. Il a le torse nu et la bedaine fatigante : on ne peut pas s'empêcher de se perdre dans cette énorme surface de chair brillante et glabre, molle et rebondie, non appréciable, trop vague ; impossible de s'absorber dans la contemplation du grain de la peau ; on abdique vite, tant la tâche est ardue. Pantalon arabe. Les yeux très petits, enflammés par le trachome et la fumée, entourés d'une matière gélatineuse et blanchâtre qui rappelle vaguement le pus ou la salive séchée aux commissures des lèvres, lorsqu'on a trop parlé. Au niveau de l'aine et au milieu du ventre et de la poitrine, quelques touffes de poils blancs, presque insolites, apparaissent sur ce corps gras et huileux : pousses rachitiques sur l'ébène de la peau tannée et craquelée par endroits (sur les flancs, la marque nette, quasi laiteuse, due au frottement des bras contre le corps). Le visage apparaît aggloméré autour de deux traits minces mais vivaces : les yeux malades et tranquilles. Douceur des traits fins qui contraste avec le corps difforme, inondé de sueur. Four. Il faut s'habituer à la lumière pour découvrir les objets, peu à peu, jusqu'à un certain point de clarté à partir duquel, brusquement chaque objet devient agressif, chamboule les espaces drus. La flamme crépite là-bas à l'ouverture du four, orange, avec quelques flammèches vertes et noires. L'espace noir s'étend en un long glacis rivé entre deux flammes : celle du four à gauche, et celle du soleil, à droite. Une théière collée à un brasero : thé qui infuse, imprégné déjà de l'odeur de sang et de poils, brûlés à une température très élevée. Marmite dans laquelle cuit le repas du Soufi, sur un tas de braises posées à même le sol en terre battue qu'on dirait couvert d'une couche de goudron. Quelle odeur parvient à submerger les autres ? Aucune à vrai dire : on ne sent l'odeur du thé et les effluves du ragoût que lorsque l'on s'aperçoit de la présence de la théière et de la marmite, autrement on ne sent rien du tout. Le bonhomme ne s'intéresse pas à moi. Un banc est adossé le long d'un mur noir de suie. Un homme d'une quarantaine d'années y est assis. Je sais que je le connais ; son visage m'est familier mais je n'arrive pas à le voir sortir de sa maison, voisine de la nôtre certainement, ni à localiser son lieu de travail. Je m'assois à côté de lui. Le gros noir vient chercher ma provision macabre et s'en va là-bas, au fond de l'antre. Je reste seul avec l'autre client. Silence. Gêne. De temps à autre, une flamme assez haute sort la théière de l'anonymat et lui donne un brillant fulgurant mais éphémère. Le bonhomme à côté de moi se tait toujours. Imperceptiblement, je sens sa main effleurer mes cuisses nues. Stupeur. Je ne sais que dire. Il continue à me parcourir les jambes et s'attarde de plus en plus. Il regarde en face de lui et seule sa main tâtonne sur ma pauvre chair. J'ai très peur. L'homme n'a pourtant pas l'air de bouger. Je regarde de son côté. Sa tête est immobile. Seule sa main, comme une vipère aveugle, erre sur ma peau nue qui devient frileuse à ce contact visqueux et moite. Je suis pris de panique. Là encore, l'enfance vient d'être saccagée, trahie, violée à brûle-pourpoint par la faute d'un adulte monstrueux. Mais, j'ai surtout peur qu'il ne meure là, sur son banc, car je ne comprends rien à ses gestes ni à ses buts. Fuir (mais les femmes attendent les têtes de mouton pour les briser en deux et en extraire la cervelle flasque). L'homme, déjà, s'est agenouillé à mes pieds et a sorti son membre viril, tellement énorme que j'ai tout à coup la sensation d'avoir les dents très fraîches ; il me force à le toucher et malgré la raideur de l'organe, je pense à la cervelle de mouton sortie précautionneusement de la boîte crânienne par des mains de femmes, rougies d'un sang resté vif ; il a les yeux fermés et me supplie de lui caresser l'organe raide ; une envie folle d'uriner me prend soudainement ; il faut que je m'en aille (prétexter une course urgente, peut-être, dire que ma mère est très malade et qu'il faut que j'aille vérifier si elle n'est pas morte...), mais le cœur me bat si fort que je n'ouvre pas la bouche et que j'appréhende de tituber et de m'affaler dans les bras du satyre qui continue à balbutier et entre dans un état second. Je me lance dans le vide de la porte ouverte sur le brasier et le jaillissement lumineux, enfant pourchassé par la véhémence des grandes personnes, déchiqueté déjà par les futurs sarcasmes des tantes et des voisines, miné par le silence qu'il faudra observer pour ne pas déranger les certitudes d'une société ancrée dans ses mythes de pureté et d'abstinence. Comment dénoncer l'ignoble personnage que tout le monde a vu, le matin même, en train d'égrener son chapelet et de sacrifier son mouton ? Il faut se taire ; seul Zahir pourrait expliquer l'épisode du four. (Lui que ma mère a surpris, un jour, dans une position scandaleuse, en compagnie d'un gamin du voisinage ; elle ne comprenait pas et n'en croyait pas ses yeux ; abominable, le spectacle de son enfant monté en grande pompe sur le dos légèrement duveteux de l'autre misérable avec sa sale figure de petit jouisseur ; emportés tous les deux dans un monstrueux va-et-vient qui ébranlait leurs corps élancés, la tête ballottante, à la recherche d'un plaisir, somme toute, formel, entrevu à travers les fanfaronnades des grands, pressenti chez les femmes qui erraient, l'aine lourde, dans la maison comme si elles se rendaient compte tout à coup du plaisir que pourrait leur procurer ce fouillis de poils et de chairs vives, rouges et molles, annonciatrices, déjà, de l'ivresse du tréfonds ; et Ma les regardait faire, et Ma ne savait que dire ; et moi derrière elle, pris entre le fou rire et la violence, et les sœurs derrière moi fixant Saïda et attendant d'elle quelque explication à cette grotesque et haute pitrerie des deux garçons juchés là-haut sur la terrasse et dont on apercevait les têtes et les bustes qui gigotaient, se malmenaient et se violentaient tragiquement ; nous tous, rivés à ce spectacle incroyable, debout dans cette grande pièce tout en baie, ouverte sur la terrasse pleine de draps blancs et de vêtements multicolores roidis par le soleil qui s'incrustait dans chaque goutte de couleur, dans chaque millimètre du tissu criblé, craquelé sous la constante cuisson du ciel — poutre bleue au-dessus de cet étalage de linge séchant au grand air ; et moi griffé, écartelé, entre la bouffonnerie et la sage lente mort, dans cette belle chaleur immobile qui rendait les vibrations de l'air plus sonores et plus réelles ; et Zahir qui ne se rendait pas compte ! toujours amarré à son camarade rechignant, peut-être, contre la lenteur du partenaire qui venait juste de faire l'expérience de cette déflagration au bout de son membre, non pas hideux, non pas crispé, mais simplement étonnant dans son érection sordide ; et Ma qui ne pouvait interpeller son fils car elle n'était pas capable d'aller jusqu'au bout de l'explication à donner à cette agglomération de deux corps entrevus l'espace d'une douleur — d'autant plus âpre qu'elle n'allait pas pouvoir s'exprimer ; et Ma finit par nous chasser de la pièce, ferma la porte à clef : « ce n'est rien qu'un jeu brutal », dit-elle). Seul Zahir peut donc expliquer ce qui vient de se passer dans l'ombre du four. Il faut le retrouver, et sinon, fuguer quelques jours, le temps que les femmes oublient leurs têtes de mouton. Aller peut-être du côté du port et dormir entre les caisses de pastèques. Ce fut aussi le début du gâchis.

Me voilà prisonnier du Clan. Quelques membres, les plus secrets, avaient fait irruption chez moi, à deux heures du matin. Ils ne portaient pas de cagoules mais n'avaient pas non plus de mandat d'arrêt. Ils riaient à voir mon étonnement. Pourtant, la nuit avait été calme. La veille, les journaux du matin n'avaient pas paru et la radio avait retransmis toute la journée des marches militaires. Il n'y avait rien là d'extraordinaire, mais le Clan donnait, depuis quelque temps, des signes évidents d'énervement. Les membres se répandirent chez moi, dans la minable petite chambre, réveillant mon amante française ; ils la lorgnaient tandis qu'elle s'habillait, et soupiraient après sa chair moite et ses formes opulentes. Ils avaient fouillé partout et maugréaient de devoir lire les titres de tous les livres éparpillés dans toute la chambre — jusqu'au lavabo qui en était plein, jusque dessous le lit où ils s'étalaient parmi les détritus jetés à la hâte —, corrodés par la lèpre de la moisissure qui y faisait d'énormes taches lie-de-vin, rongés par les rats pourtant gavés de sardines et qui arrivaient directement du port en sautant par la fenêtre ; cachés sous le lit, ils s'adonnaient à la destruction méthodique de tous les livres qui s'y trouvaient, non parce qu'ils avaient faim, mais pour me signaler leur présence, contre laquelle je ne pouvais rien et que j'utilisais parfois comme moyen de chantage, efficace, contre Céline qui en avait très peur, surtout lorsqu'elle en trouvait un, au réveil, étalé à notre chevet, les pattes en l'air et les oreilles poilues, turgescent, le ventre noble comme celui d'un nabab, le corps atteint déjà, transformé en une chape molle gris vert, les moustaches noyées dans les yeux enflés aux extrémités, à la jonction des paupières et du nez, l'air calme et tranquille ; l'ensemble faisait penser à une pâte gorgée de levain et gonflant dans une fécondité prodigieuse, et la masse, blanche au départ, prenait déjà une couleur jaune d'œuf, ou verte.

Il fallait que les membres du Clan eussent reçu des ordres stricts pour aller ramper sous le lit, barboter dans le caca des rats et les résidus de sperme échappé naguère de mon sexe ou de celui de la femme, séché maintenant et recouvert d'une fine pellicule de poils et de cette pâte qui se forme dans l'entre-cuisse des personnes grasses quand il fait très chaud. Nous avions peine à les croire capables, eux si gros et si gras, de se glisser lestement sous les meubles, cherchant à tâtons les rares livres échappés à leur vigilance, poussant de petits cris de surprise lorsqu'ils sentaient sous leurs mains quelque chose de visqueux et de saugrenu — leurs mains si habiles, légendaires déjà, bien avant qu'ils eussent été affublés de ce titre absurde de Membres Secrets du Clan (M.S.C.). Leur vocation s'était affirmée depuis la libération du pays, grâce aux poursuites implacables qu'ils organisaient contre d'anciens camarades devenus à leurs yeux de simples bandits échappés à la légalité — incarnée par eux, les Membres Secrets, à la solde du Clan discret et anonyme des bijoutiers et des gros propriétaires terriens (dont Si Zoubir). Ils n'aimaient pas les livres, peut-être parce qu'ils ne savaient pas les lire ou tout simplement qu'ils n'avaient plus le temps de les lire, maintenant que leur incombait la lourde charge de diriger un État dont les citoyens étaient tous plus ou moins récalcitrants. (Au fait étaient-ils venus voir où j'en étais de mon évolution politique? étaient-ils au courant de mon séjour à l'hôpital psychiatrique? leur intrusion pouvait être liée aussi à ces deux faits inhabituels : la non-parution des journaux et la musique militaire à la radio.) Je voyais leurs yeux chavirer et leurs mines scrofuleuses s'allonger un peu plus au fur et à mesure de leur fouille ; ils en avaient assez, et ils m'en voulaient d'avoir tant de livres, achetés non pour être lus mais dans le dessein de les embêter, eux, et de les obliger à épeler, comme lorsqu'ils étaient à l'école coranique, des titres barbares, dangereux pour la sécurité intérieure et extérieure de l'État.

Céline n'avait pas le fou rire, elle était livide et essayait de lire dans mes yeux une explication à cette perquisition inutile : nous ne fermions jamais la porte à clé, même lorsque nous partions pour de longs voyages, non par confiance en nos voisins, tous ligués contre nous, mais par paresse, parce que nous n'avions jamais eu le courage, ni elle ni moi, d'aller chercher un serrurier, juste en bas de la rue, afin qu'il place un verrou à la porte d'entrée. Elle avait peur, car elle savait comment se terminaient les opérations de cette envergure, accomplies en pleine nuit, alors que le peuple dormait dans son indifférence majestueuse à tout ce qui émanait du Clan, bon ou mauvais, licite ou inique, vrai ou faux. Certains des membres me connaissaient très bien pour m'avoir disputé la couverture du Devin, dans ce camp situé à la frontière (mais quelle frontière ?) Eux le savaient certainement ! Mais il m'aurait beaucoup coûté de le leur demander, de les tutoyer tout à coup, de leur parler ce dialecte arabo-berbéro-franco-espagnol qu'ils appréciaient

par-dessus tout, ayant ainsi l'impression d'être poly-
glottes et très versés dans les langues universelles ; il
m'en aurait beaucoup coûté, car il y avait longtemps
que je les avais perdus de vue et écrasés de mon mépris,
un mépris que m'avait patiemment inculqué le Devin,
mort aujourd'hui par la faute de ces mêmes hommes
agglutinés dans la chambre exiguë : soulevant les
draps sales ; ricanant à la découverte des serviettes
hygiéniques de Céline ; démontant l'ampoule pour voir
si je n'y cachais pas quelque exorde au peuple ;
dévissant, au-dessus du lavabo, la glace criblée de
taches de rouille et de grains noirs, avec çà et là des
crevasses filiformes et grivelées qui donnaient à ceux
qui s'y miraient l'impression angoissante d'être grêlés
de variole ; exhibant de vieilles photos de ma mère et
une affiche poussiéreuse représentant un très beau
barbu (était-ce le dernier amant de Céline, ou bien le
portrait d'un homme qui avait fait pas mal de bruit
dans les Caraïbes et dont le nom m'échappait chaque
fois que je voulais en parler ?) dont ils voulaient soi-
disant connaître le nom afin de m'humilier, de me faire
dire que c'était bien l'ex-amant de ma femme, pour
s'en gausser des minutes durant, galvanisés par leur
victoire facile, excités par la présence de la femelle
lourde de son sommeil et de sa peur, se répandant en
sarcasmes sur mes mauvaises mœurs — ainsi, je
cohabitais avec cette dame (disaient-ils), certainement
enfermée contre son gré (répétaient-ils) —, sur mes
draps sales et le peu de soin que j'avais pour mes
beaux livres (ironisaient-ils), devenus un amas scrofu-
leux dont il fallait gratter les saletés avec de grandes
précautions ; continuant à tout examiner, à la recherche sûrement de paquets d'explosifs, camouflés peut-
être au-dessus du lavabo ou de la chasse d'eau, déjà
hors de service à mon arrivée dans les lieux ; farfouillant dans les tiroirs et en extirpant des stylos à bille

secs depuis des décades, de vieux bâtons de rouge à lèvres, une pince à épiler (quoi? disaient-ils en riant à gorge déployée), encore des stylos, éclatés et bavant d'une encre qui salissait leurs doigts grassouillets (ils s'étaient engraissés rapidement en quelques années d'abondance et de traitements mirifiques); découvrant mes florilèges dont ils ne comprenaient pas les titres, en profitant pour faire parler mon amie qui essayait de leur expliquer le mot « venaison » dont ils se méfiaient beaucoup, pensant à quelque vocable subversif; mais elle y renonçait au bout de quelques instants, non à cause de quelque impatience surgie de son désespoir, mais parce qu'elle était effrayée par la pauvreté mentale des Membres réputés parmi le peuple pour leur ignorance crasse et la sauvagerie de leurs métho-des héritées de l'ancienne puissance, en même temps que tout un matériel fabuleux devant lequel ils res-taient émerveillés; ils fronderaient le pouvoir d'ailleurs si on ne leur désignait pas quelque proie contre laquelle montrer leur savoir-faire et l'efficacité de leurs machines; ils avaient vite oublié leurs serments anciens — antiques même, aujourd'hui — de respecter les hommes déjà si amoindris par la longue marche à travers les montagnes et les gorges, à travers la mitraille et le déferlement de l'acier dans la chair vive; maltraitant une plante malingre laissée là par l'ancien locataire, reniflant autour de ses maigres feuilles comme des chacals affamés, croyant découvrir dans cette vulgaire plante, dont je ne savais même pas le nom, du pavot ou du kif ou du haschisch, ou n'importe quelle autre plante hallucinogène, pour mieux démon-trer ma dégradation morale liée à ma dégradation politique — ils avaient la preuve que j'avais organisé un complot contre ceux qui, le matin même, avaient empêché les journaux de paraître et la radio d'émettre des chants andalous comme à l'accoutumée, les remplaçant par une musique militaire assourdissante.

Maintenant qu'ils étaient là, ils n'étaient plus pressés de partir ; ils parlaient rarement et ne s'adressaient jamais à moi, mais toujours à mon amante. Je reconnaissais là leurs façons de procéder pour les avoir entendus naguère vanter leur technique, lorsque je les rencontrais de temps en temps et qu'ils voulaient bien me raconter leur vie d'agents secrets au service de la Révolution, luttant sans merci contre les espions étrangers qui pullulaient dans la ville ; mais ils avaient toujours tu devant moi leur activité la plus importante : établir dans le pays un vaste réseau de mouchardage au profit d'un homme du Clan, non pas celui qui paraissait être le chef, mais un autre, vivant dans son ombre et attendant son heure pour prendre le pouvoir (il venait certainement de gagner la partie comme le prouvaient ces journaux réquisitionnés dans les imprimeries et cette musique, entrecoupée de temps à autre par la voix du nouveau leader bredouillant quelques phrases rendues inaudibles par la faute de mon vieux transistor quelque peu enroué et qui émettait par saccades brusques suivies de silences, ce qui donnait au discours, certainement cinglant et dur, une apparence cocasse, comme une sorte de déglutition difficile). C'était leur tactique et ils me laissaient échafauder tous les plans pour mieux me tomber dessus, me surprendre, et ne me laisser aucune issue ; à leurs yeux, je n'étais qu'un traître, ils saisissaient mal mon affiliation politique, mais continuaient d'observer un mutisme complet sur les raisons qui les avaient amenés vers moi ; parfois, ils arrêtaient leur fouille et s'asseyaient sur le bord du lit pour fumer une cigarette et deviser tranquillement entre eux de choses futiles auxquelles nous ne comprenions rien : il s'agissait d'événements et de personnes dont nous ignorions tout, peut-être même étaient-ils tous fictifs et ne servaient-ils qu'à nous embrouiller et rendre notre situation plus difficile et plus absurde qu'elle ne l'était en réalité ; car tout, au fond, était empreint de quelque cocasserie et nous sentions monter une sorte d'envie de rire, alors qu'eux continuaient à nous regarder effrontément, impudiquement même ; notre rire jaillirait en grosses vagues saccadées, ferait trembler les carreaux de la petite chambre et surprendrait les Membres Secrets dans leur dignité, atteinte par ce déferlement soudain de lames démentes fusant de la gorge de Céline, puis de la mienne, brisées par l'attente et par cette mascarade feutrée. Et brusquement ils perdirent la tête, dégainèrent leurs colts et les braquèrent sur nous : « Salauds ! salauds ! » disait celui qui semblait être le chef ; mais en fait, personne n'avait ri, pas même Céline, prête à tout pour faire cesser cette situation. Non, personne n'avait ri. Avaient-ils réellement dégainé leurs pistolets ? oui ! j'en étais certain, car ils les avaient à la main depuis leur arrivée dans la chambre ; les armes étaient très petites et j'avais oublié qu'elles pouvaient être dangereuses (j'étais habitué à les voir transporter de grosses pièces qu'ils portaient sur les épaules, jadis, lors de marches épuisantes)

Vers quatre heures du matin, ils furent pris de panique, m'intimèrent l'ordre de m'habiller et m'emmenèrent dans une voiture, laissant Céline toute seule, complètement désemparée parmi le tas de livres et de vêtements jetés pêle-mêle à même le sol poussiéreux, ne comprenant pas qu'on pût arrêter un homme pour une histoire de couverture, complètement lacérée pour l'heure et qui ne pouvait plus servir à personne, pas même au Devin (enterré dans une chemise mauve et un blue-jean râpé, à la lisière d'une forêt que personne ne pouvait plus localiser, pas même ceux qui l'avaient enterré, gênés peut-être par la rapidité avec laquelle ils

avaient opéré, pendant cette pluvieuse et froide journée ; pressés, peut-être, de lui voler ses lunettes de
soleil, sans aucune valeur mais qui les fascinaient à
cause de ce miroitement fabuleux qui plaquait sur les
yeux des couleurs aveuglantes et meurtrières — soleil
et taches d'ombre superposés — donnant aux visages
et aux objets alentour un air fantastique et irréel ;
jamais ils ne lui avaient pardonné de leur faire ainsi
plisser les yeux chaque fois qu'ils essayaient de le
regarder en face ; et lui s'amusait de son astuce et de
leur trouble, prêt à en rire, non seulement avec nous
qui étions ses amis, mais avec eux aussi qui maugréaient dans leurs barbes, s'enfermaient dans leur
gangue, voyant bien qu'il se moquait de leurs traditions ancestrales, et préparaient déjà leur revanche
pour le faire taire à jamais ; il profanait à leurs yeux
tout ce qui était sacré ; alors que lui, assis sur ses talons
à la manière d'un singe ou d'un devin — son surnom
lui venait de cette position qu'il préférait —, passait
son temps à expliquer aux paysans, à chaque halte, ses
théories plus ou moins arides ; eux le comprenaient,
hochaient la tête et crachaient par terre en signe
d'assentiment ; les Membres du Clan, faufilés parmi
eux ne disaient rien).

Et les voici maintenant, sortis de leurs grottes et de
leurs caches, débarrassés de leurs burnous, déguisés à
l'européenne, les yeux abrités derrière des lunettes très
noires (une coquetterie héritée du Devin !) qui s'adonnaient à deux passions : la bijouterie et la poursuite de
méchants bandits de mon acabit, totalement inoffen-
sifs, mais qui refusaient de rentrer dans leur jeu et leur
rappelaient le crime commis en bordure de la forêt.
Les voici, surgis de leur voiture dont ils sont si fiers,
assaillant ma porte, recopiant sur une longue feuille de
papier les titres de mes livres, faisant en ma présence
des propositions à mon amie, m'obligeant à m'habiller

et à partir avec eux dans leur rapide et silencieuse automobile, un peu vexés que je ne leur fasse pas des compliments sur la puissance du moteur (allemand!), proférant leurs premières menaces, exigeant des aveux immédiats (sinon, ils me...). Je n'entendais pas la fin de la phrase, peut-être parce que le chauffeur passait juste à ce moment-là ses vitesses, peut-être aussi parce que j'avais peur et que je ne voulais pas me rendre à l'évidence; mais leurs intonations ne laissaient aucun doute sur leurs intentions! J'essayais de deviner, à travers les rideaux opaques, la ville totalement vide, livrée à l'aube et que je n'avais jamais pu imaginer sans ses passants, ses autobus, ses policiers, ses magasins et ses devantures. (Des aveux complets! Sinon, ils...) J'avais beau regretter d'avoir laissé échapper la fin de cette phrase, je ne pouvais pas la retrouver et m'y escrimais en vain tandis que l'auto se dirigeait vers les hauteurs. Les Membres continuaient de me menacer mais je persistais à chercher désespérément la fin de cette première et fondamentale menace; je lâchais ainsi bêtement le fil de leurs idées, et les mots perdaient sens et consistance et devenaient, non plus menaçants ou banals, mais grotesques, absurdes et prêtaient au fou rire; mais il y avait l'intonation de leurs voix, non pas sèches ou agressives mais lentes, calmes et posées : terrifiantes! Elles n'étaient pas nettes, coupantes, comme on aurait pu l'imaginer en pareil cas, mais emphatiques, redondantes et quelque peu recherchées. Tout cela ne m'aidait pas, cependant, à retrouver ce bout de phrase maudite prononcée par le Membre assis à ma droite et où se trouvait certainement la clé de cette opération — dont je n'étais pas l'unique victime, puisque Céline restait seule dans la chambre; ma mère, ne recevant pas de mes nouvelles, ameuterait Si Zoubir qui serait très heureux de me savoir entre les mains de ses amis et ne ferait rien pour intervenir en ma faveur et me faire libérer, lui, membre influent du Clan. Décidément, je n'arriverais pas à retrouver ce mot ; j'essayais de me répéter mentalement le début de la phrase pour arriver à en découvrir la fin, par quelque illumination soudaine et inexplicable comme lorsque j'oubliais un mot dans un vers et que j'arrivais, en scandant le début, à le retrouver en entier. (Des aveux complets ! Sinon, ils... ils... me...) Il fallait répéter ce morceau de phrase des dizaines et des dizaines de fois, avant que n'éclate dans ma conscience, comme un fruit trop mûr, ce jaillissement de mots qui m'inonderait brusquement jusqu'au ruissellement, sortant non seulement de ma tête, mais aussi de tous mes membres et de tous mes organes, laisserait couler dans ma bouche une saveur ferrugineuse et achèverait de m'assommer, me laissant à la merci de ces salauds, de ces voyous protecteurs de nouveaux empires, oublieux des temps passés et des prophéties du Devin.

Combien de temps l'interrogatoire avait-il duré ? Quelques heures, quelques semaines... Je n'avais plus aucune conscience du temps, car durant mon séjour dans la villa j'avais les yeux constamment bandés, sauf lorsque j'étais interrogé dans la grande pièce ripolinée, brillante et violemment illuminée, où il n'y avait aucune fenêtre. Une chaise en métal blanc occupait seule le milieu de la grande salle, et l'espace, à cause de ce siège perdu dans l'immensité, abstraite à force de blancheur et de propreté, prenait des proportions inquiétantes d'autant plus que, malgré mes cris et mes hurlements, il n'y avait pas le moindre écho dans la pièce, pourtant vide et immense ; je craignais pardessus tout ce lieu aseptisé, inodore et incolore ; d'après les témoignages que j'avais lus sur les salles de torture, les lieux étaient exigus, humides et sales avec un plancher couvert de vomi accumulé en couches plus

ou moins épaisses selon que l'interrogé avait juste fini
de manger au moment de son arrestation, ou qu'il était
encore à jeun ; je savais qu'une bile verte transformait
les chambres de torture en véritables patinoires sur
lesquelles le torturé se cassait les reins. Rien de
semblable dans cette villa ! Aucune trace de souffrance, aucun indice permettant de déceler le passage
d'un homme, aucune odeur de sueur non plus. Rien,
en fait ! Cela n'en était que plus terrible, plus inhumain. Rien, sinon cette blancheur aveuglante, ce
silence effroyable, chaque fois que l'on m'amenait sur
les lieux de la question. Que me voulaient-ils ? Bien
sûr, ils me reprochaient mon ancienne amitié pour le
Devin, la saleté repoussante de mon habitacle, mon
concubinage avec une étrangère mécréante et ils
avaient contre moi bien d'autres griefs encore, conte-
nus dans un dossier volumineux dont on me lisait, au
début de chaque séance, des pages étonnantes : toute
ma vie, depuis l'Indépendance, y était consignée dans
ses moindres détails ; le plus déroutant, c'était cette
annotation scrupuleuse de mes actions, de mes gestes,
de mes sommeils et de mes délires. Puisqu'ils savaient
tout de moi, pourquoi voulaient-ils donc que je fisse
des aveux complets ? Ils insistaient surtout pour savoir
deux choses : pourquoi j'avais été demander plusieurs
fois le journal au marchand, cette fameuse matinée,
alors qu'on m'avait bien spécifié à plusieurs reprises
qu'il n'avait pas paru et qu'il était inutile d'insister ;
ensuite pourquoi j'avais cassé délibérément mon poste
de radio juste le jour où l'on diffusait sans arrêt
l'hymne national et la musique militaire. J'eus beau
répéter que cela était dû au hasard, mes tortionnaires
ne voulaient rien savoir et s'évertuaient à me poser les
mêmes questions. Je reconnus que ma radio, quoique
détraquée depuis des mois, n'avait jamais été en si
mauvais état qu'en ce jour mémorable ; mais là encore,

ils ne voulurent pas me croire. Pour le journal, je répondis qu'ayant contracté la mauvaise habitude de commencer ma journée par la lecture des journaux du matin, j'avais été très gêné de ne pas avoir mon quotidien, ce qui m'avait amené à redescendre chez le marchand de journaux plusieurs fois, pour en avoir le cœur net (était-ce le même marchand qui m'avait dénoncé à la police ? était-il un agent au service du Clan, déguisé en marchand de journaux pour mieux tromper ses clients ? Il est vrai qu'il m'inspirait de la méfiance à cause de ses moustaches que je trouvais plus blondes que ses cheveux). Je m'étonnais que personne ne m'eût encore parlé de la couverture ; toutes les questions me semblaient n'être qu'une diversion de la part des Membres, trop sûrs de leur façon de procéder. Ils voulaient tout savoir et je m'épuisais à leur répondre, leur donnant tous les détails nécessaires, ce qui avait le don de les exaspérer. Je prenais le parti de leur répondre très rapidement : un mot, une phrase concise, un geste même ; ils devenaient alors plus méfiants ; je ne savais plus que faire et perdais la tête, affolé par leurs hurlements et les obscénités qu'ils déversaient sur moi en giclées rauques, criant à l'unisson et scandant leurs menaces contre moi ; affalé sur la chaise dure et inconfortable, brisé par l'insomnie et la faim, aveuglé par les lumières impitoyablement crues et blanches, j'essayais de les calmer, les suppliais de faire cesser la séance, j'avouais tout ce qu'ils voulaient, faisant tout pour ne pas les contrarier ; seulement, il m'arrivait parfois de ne pas comprendre leurs questions, et ils avaient beau me hurler à l'oreille (croyant à une faiblesse auditive), je ne parvenais pas à formuler la moindre réponse. Parfois je répondais à des questions que je ne comprenais pas, mais ils ne se calmaient pas pour autant ; ils pensaient que j'essayais de les ridiculiser ou de les embrouiller avec mon langage compliqué. Chaque fois que je voulais m'expliquer sur certaines choses, ils m'intimaient l'ordre de me taire et reprenaient toujours par le début leur implacable inquisitoire :

— Quel âge avez-vous ?

— Vingt-cinq ans.

— Votre prénom ?

— Rachid.

— Taille ?

— Personne ne sait au juste et on m'en donne plusieurs, cela dépend de celui qui mesure.

— Cessez vos explications stupides et tenez-vous bien droit sur votre chaise. Taille ?

— Entre 1 m 68 et 1 m 70.

— Taille exacte !

— Aucune idée.

— Parlez-nous de votre chambre.

— Que voulez-vous dire ?

— Décrivez !

— Vous l'avez visitée.

— C'est un ordre !

— Bon, c'est une pièce de 3 m sur 3 ; les murs sont blancs, mais ils s'écaillent à cause de l'humidité en hiver, et à cause du soleil en été...

— Ne vous étalez pas, soyez précis, combien de fenêtres ?

— Une seule, je l'ai déjà dit.

— Décrivez cette fenêtre.

— Mais...

— Ne perdez pas de temps, vos instants sont comptés.

— Elle est rectangulaire, avec six carreaux dont plusieurs sont cassés, nous avons mis du carton collé avec du scotch pour éviter les courants d'air et remplacer le verre que le propriétaire avait promis d'acheter, ce qu'il n'a jamais fait malgré nos démarches. Il est stipulé, pourtant, dans le contrat qu'il doit réparer les vitres et la chasse d'eau inutilisable.

— Continuez.

— Mais il n'y a plus rien à dire.

— Si ! Vous omettez beaucoup de choses.

— Lesquelles ?

— Nous n'allons tout de même pas vous les dire ! ce n'est pas notre métier ! pour qui nous prenez-vous ? Décrivez votre chambre et la fenêtre.

— Je pourrais ajouter, peut-être, que le mastic de tous les autres carreaux est en train de s'émietter et que de grands morceaux en tombent dans la rue, lorsque la fenêtre est ouverte, et dans la chambre lorsqu'elle est fermée ; ce qui me met en mauvais termes avec tout le monde, c'est-à-dire avec Céline qui n'aime pas balayer les débris et avec les pêcheurs qui n'aiment pas en recevoir sur leurs sardines.

— Pourquoi ?

— A cause des clients qui rouspètent et ne reviennent plus acheter chez eux, car la sardine ne manque pas en été, dans la ville ; enfin cela ne fait pas l'affaire des vendeurs qui se plaignent du marasme et de la crise.

— Quelle crise ?

— Ce sont eux qui emploient de tels termes, je suppose qu'il s'agit tout simplement de mévente et qu'ils ne font pas de politique.

— Pourquoi les défendez-vous ?

— Quel rapport avec la fenêtre ?

— C'est vrai ! Continuez à la décrire.

— Je pourrais ajouter qu'elle est située à l'est et que c'est très gênant car le soleil nous brûle dès le matin et nous empêche de dormir.

— Vous mentez, tous nos rapports soulignent que vous dormez beaucoup.

— Je fais peut-être semblant pour faire taire Céline.

— Ne faites pas de l'esprit, vos jours sont comptés. Avez-vous quelque chose à ajouter au sujet de la fenêtre ?

— Non...

— Décrivez votre lit.

— Il est en fer forgé avec une statuette très laide représentant un bébé embrassant une croix.

— Pourquoi cette croix dans votre chambre ?

— Certainement les anciens locataires... vous comprenez...

— On ne comprend rien du tout !

— Enfin, ils n'ont pas la même religion que nous...

— Très bien, continuez !

— La description du lit ou celle de la fenêtre ?

— Celle du lit bien sûr.

— Le sommier est en bois tout craquelé et perforé par les punaises qui y font de grosses taches brunes : sur l'une des planches, il y a une inscription en lettres noires : « Made in France », ce qui montre que le lit a été fabriqué avec de vieilles caisses d'emballage, mais le propriétaire nie cette évidence ; il n'est pas monté pour vérifier mes accusations et comme il est sujet à l'asthme, je n'ai pas trop insisté auprès de lui, pour lui éviter de monter plusieurs étages.

— Continuez.

— Le matelas est neuf, c'est un cadeau de mon amie.

— Savez-vous que la religion interdit les unions libres ?

— Non... c'est-à-dire oui, mais ce n'est pas très clair pour moi...

— Pourquoi vivez-vous avec une étrangère ?

— C'est elle qui le veut ; elle m'a même relancé après mon séjour à l'hôpital psychiatrique ; je pensais que notre liaison s'arrêterait là, qu'elle aurait peur d'une éventuelle rechute ; à ma sortie de clinique, elle a insisté pour que j'aille habiter chez elle.

— Et le lit, dans tout cela ?

— Mais c'est vous qui...

— Continuez votre description scrupuleuse du lit !

— Le sommier est neuf.

— Vous l'avez déjà dit, ne vous répétez pas, votre temps est compté.

— Il y a deux draps dont je ne sais plus la couleur.

— Pourquoi ? c'est exprès que vous devenez vague.

— Non.

— C'est grotesque.

— Oui.

— Ah ! vous trouvez aussi que vous êtes grotesque !

— Il y a aussi un traversin peu épais, que j'enroule sur lui-même. Céline n'en a pas besoin, elle préfère dormir sans oreiller pour ne pas ronfler, car j'ai le sommeil léger.

— Évitez les digressions et restez dans le sujet.

— D'accord.

— Vous n'avez pas à donner votre accord, vous êtes condamné à mort !

— Comment !

— Continuez.

— Il y a aussi une couverture.

— Parlez-nous de cette couverture.

— C'est celle du Devin et vous savez bien qu'elle est en ma possession.

— Vous l'avez volée dans le Camp.

— Non, elle m'a été léguée par le mort.

— Pourquoi employez-vous le mot « mort » ?

— Parce que le Devin a été enterré devant moi.

— Qu'est devenue cette couverture ?

— Elle est toujours dans la chambre.

— Nous ne l'avons pas trouvée.

— Elle y est pourtant, mais elle n'est plus reconnaissable, il n'en reste qu'une bande très mince qui ne peut plus rien couvrir.

— Pourquoi l'avez-vous déchirée ?
— C'est une longue histoire.
— Racontez.
— A quoi bon, puisque vous ne me croirez pas.
— Racontez, c'est un ordre !
— C'est Céline qui l'a déchirée.
— Expliquez pourquoi.
— Je n'en sais plus rien !

Puis ils me ramenaient, ils ne me demandaient jamais rien d'autre que de décrire ma chambre, la fenêtre, le lit et d'autres accessoires encore, dont je ne voyais nullement l'importance, avant d'en arriver à la description de la fameuse couverture, alors ils me renvoyaient tout de suite, escorté par deux hommes qui me bandaient les yeux et me raccompagnaient à ma cellule, par un labyrinthe de couloirs interminables et d'escaliers redoutables dont je devinais la forme en colimaçon et la rampe en métal rouillé, à cause de l'odeur que je gardais dans mes mains longtemps après. L'angoisse me prenait en montant les marches car j'avais peur de trébucher et de dégringoler jusqu'en bas ; le temps me paraissait infiniment long et je m'épuisais à essayer de compter les marches, mais je me trompais à chaque fois et cela avivait ma haine contre le Clan ; elle durait peu car la peur me ramollissait et j'abandonnais toute idée de lutte, me laissant aller au gré de mes interrogatoires et au gré de mes geôliers, muets comme des carpes, à croire que je me trouvais dans un hôpital où régnait la consigne du silence pour le repos des malades, et non dans une prison. L'entrevue journalière avec les Membres Secrets brisait en moi toute énergie et toute velléité et me laissait en proie au désespoir le plus violent car je ne comprenais pas où ils voulaient en venir, ni ce qu'on me reprochait exactement. Ils continuaient à me poser les mêmes questions absurdes, répétées chaque jour dans le même ordre strict et minutieux, ne changeant jamais, ne variant d'aucune façon, malgré toutes mes tentatives pour amener les tortionnaires à dévoiler leur jeu. J'en arrivais à espérer une torture physique, avec des questions importantes concernant mes opinions politiques ou mes tentatives de sédition solitaires et anarchiques — au lieu de ces questions sans queue ni tête au sujet de mes rideaux, de ma carpette (je n'en ai jamais eue!), de mon W.C., puis de ma fenêtre, et de ma fenêtre encore! Une fois seul, j'essayais, sous le noir de mon bandeau, de retrouver le fil conducteur qui m'aiderait à comprendre la situation, mais en vain! Il n'y avait rien à trouver. J'avais peur de mourir dans l'obscurité humide de mon cachot sans voir d'où viendrait le coup, sans voir le visage et les yeux de celui qui me donnerait le coup de grâce. Le bandeau m'aveuglait peu à peu et je souhaitais qu'on me fît descendre dans la cour et qu'on me fusillât en plein soleil, aux yeux de tous les gardiens et de tous les Membres ; la villa était bondée de gens arrêtés de la même façon que moi et cependant j'étais complètement isolé ; il était vain d'essayer de communiquer avec qui que ce soit. Je savais que les ennemis du Clan étaient nombreux et redoutés, malgré l'assurance affichée continuellement par les Membres Secrets durant l'interrogatoire. J'étais sûr qu'il y avait autre chose derrière cette façade et ces simulacres ; je voyais bien que mes interrogateurs eux-mêmes se lassaient de cet état de choses, mais ils avaient reçu des ordres pour faire durer les sévices. J'essayais devant cette situation désespérée de m'inculquer quelques notions d'héroïsme, mais en vain : j'avais de plus en plus peur et ne me faisais plus d'illusions sur ma mort inéluctable. J'épiais le moindre bruit dans le couloir (il n'y en avait jamais!), la moindre vibration de l'air (il n'y en avait jamais!) et je finissais, à force de me concentrer sur le petit bruit qui pourrait arriver à mon oreille, par avoir des hallucinations terribles qui me laissaient sans force ni voix. Le reste du temps, je le consacrais à l'attente du bourreau qui m'achèverait sans rien me dire, sans même hocher la tête devant ma peur lamentable et mes supplications vaines (puisqu'il ne ferait qu'exécuter un ordre), sans même me serrer la main dans un geste de solidarité, sans même m'enlever le bandeau qui me brûlait les yeux (peut-être même agirait-il avec douceur...), mes yeux qui devenaient progressivement mous et sirupeux, comme marinés dans les larmes et le pus (on ne me permettait pas de me laver), les paupières définitivement plissées, mortes avant ma mort totale décidée par les Membres. Il fallait attendre l'arrivée de l'homme chargé de me liquider et chaque fois que la porte s'ouvrait, je levais instinctivement les mains devant mon visage comme pour me défendre contre quelque abominable agression; cela ne faisait même pas rire mes gardiens : ils me soulevaient doucement, me mettaient sur mes pieds, puis me poussaient devant eux vers la maudite salle de torture aseptisée, vertigineuse à force de nudité et d'espace, sans la moindre faille, sans la moindre pénombre, ravagée par cette lumière métallisée et implacable qui ne semblait pas venir de quelque projecteur au plafond, mais enduire plutôt le local comme une couche de peinture aveuglante. Au bout de quelque temps, j'avais de plus en plus l'impression que mes yeux bouillonnaient dans leurs orbites inondées par quelque liquide pernicieux inoculé à mon insu par les Membres, pendant mes rares instants de sommeil; cette idée fit tant de chemin dans mon esprit fatigué que je décidai de ne plus dormir, ce qui ajouta à ma fatigue nerveuse et à mes souffrances, au point que je me mis à délirer, prenant la villa pour un hôpital psychiatrique et mes interrogateurs pour des aliénistes éminents dont j'avais lu les noms dans quelque revue spécialisée.

Comment ai-je fini par échapper au Clan ? Je ne l'ai jamais su. Céline, certainement pour me faire oublier cette pénible histoire, disait que ce n'était là que le fruit d'une imagination fertile, alliée à une mythomanie extravagante ; cependant, lorsque je la pressais elle ne niait pas l'existence du Clan, mais répondait d'une voix qui se voulait calme et patiente (comme celle d'une personne sensée parlant à un malade, et qui, au fond, était très agressive) que j'avais tendance à dramatiser tout. En réalité, elle répondait à côté, et ma question répétée à l'envi n'avait aucune chance d'aboutir ; pouvais-je rester dans le doute et supporter cette intrusion (factice ou réelle) du Clan dans ma chambre, puis dans ma vie ? Je me remettais à soupçonner Céline et à l'accuser d'être de connivence avec les Membres Secrets et avec les vieilles infirmières adoratrices de bestioles qu'elles élevaient sous les lits des malades, pour se débarrasser des patients les plus agités dès que leur séjour devenait insupportable, elles qui s'ingéniaient à sécher leurs mouchoirs sur les rebords des fenêtres, ouvertes sur l'été et sur la baie. Avais-je inventé toute cette histoire ? elle disait en soupirant que c'était là une vieille affaire, mais ne répondait ni oui ni non à ma question très précise. Pour me faire peur et obtenir la paix, elle laissait échapper, comme par inadvertance, quelques mots qui me glaçaient d'effroi : c'est ainsi que pour dire « lame » elle disait « Gillette », et pour dire « bas » elle disait le nom d'une marque très connue, j'en déduisais que toute cette histoire de Clan et de bestioles ne m'était qu'un prétexte pour cacher mon désarroi, après un essai avorté de suicide, ou une tentative de meurtre sur la personne de Céline. Mais les choses n'étaient pas aussi simples, car j'avais pleinement conscience d'avoir fait la navette entre le Clan et le bagne, puis entre le bagne et l'hôpital, et lorsque je lui donnais des détails sur ma séquestration et mon hospitalisation, mon amante répondait : « Tu n'as pas tout à fait tort ! » De fait, il y avait eu cette date, ce jour où les journaux et la radio... Je pouvais être rassuré, car j'avais gardé les journaux qui relataient ce fait, jugé inattendu par tout le monde ; il y avait aussi les scorpions et je ne pouvais pas les avoir inventés puisque je n'en avais jamais vus auparavant ; j'avais demandé à l'un de mes compagnons, dans la grande salle de l'hôpital, comment on appelait ces animalcules nourris par les infirmières à varices, au su et au vu de toute l'intendance qui n'osait pas intervenir. « Cela ne veut rien dire ! » disait Céline, exaspérée ; mais elle ajoutait, prenant cette fois-ci une voix mielleuse et ridicule qui me mettait hors de moi : « Il te faut beaucoup de repos ! » Ce fut à cette époque qu'elle essaya de me faire déménager de ma chambre, qui donnait sur le port, chez elle, sur les hauteurs, et qu'elle lacéra la couverture tchèque ramenée du camp (mais lequel ?), héritée de quelqu'un (mais qui ?), conservée au prix de luttes et de disputes dont l'aboutissement était l'irruption des Membres Secrets en cette nuit de juin. Depuis, j'avais été séquestré dans la villa, interrogé et torturé à mort, avant d'être envoyé en prison sans raison apparente, dans une atmosphère inconsistante et tellement grotesque qu'un soir, dans ma cellule, je fus pris d'un fou rire interminable qui dura des jours et des jours. Les Membres Secrets eurent-ils peur ? Toujours est-il qu'ils décidèrent que j'étais possédé par le démon et me relâchèrent. C'est à cette époque qu'elle cacha tous les objets contondants et qu'elle ne mit plus de bas, prétextant un printemps précoce, alors que je passais mes journées à lui raconter la vie de la tribu, la mort de Zahir, l'inceste consommé avec Zoubida et avec Léïla, la répudiation de ma mère par Si Zoubir, chef incontesté du clan; point de départ de la dissémination et de la destruction de la famille, prise à son propre piège, envahie par sa propre violence, décimée finalement au bout d'une longue lutte qui aboutit à cette guerre intestine au moment du partage, ravageant le pays comme une sorte de calamité naturelle contre laquelle on ne pouvait rien puisqu'elle était inscrite dans son propre génie.

(« Continue à évoquer la maison de Ma », disait-elle.)

Mais je ne voulais pas tomber dans son piège, car si j'avais beaucoup parlé jusque-là de la tribu, c'était uniquement dans le but de lui démontrer la cohérence dont j'étais capable; il s'agissait pour moi de me restituer une fois pour toutes par rapport à tous ces événements, depuis l'histoire invraisemblable de la tribu jusqu'à ma déambulation entre l'hôpital (ou clinique) et la prison (ou bagne, ou villa). Je rentrais dans un mutisme complet jusqu'à ce qu'intervienne dans l'attitude de la femme, ou dans notre vie à tous deux, quelque élément nouveau, capable de tout remettre en question; cependant je savais d'avance que rien ne pouvait survenir fortuitement et qu'il fallait provoquer les personnes et les choses pour pouvoir transformer le cours de ma vie. Céline n'aspirait qu'à une grande paix et à une grande insouciance qui envahiraient l'antre décrépit (ou mieux encore, le bel appartement qu'elle avait obtenu grâce aux services de la Coopération technique, alors que la crise du logement sévissait d'une façon chronique à cause de la migration des populations rurales, et plus encore du fait de l'irruption de la racaille venue de tout le pays profiter du grand festin qui allait s'improviser, maintenant que tout le pays était libéré de la férule étrangère et que le Clan avait pris le pouvoir), cet antre dont l'escalier risquait chaque jour de s'écrouler, car le bois en était complètement vermoulu par l'humidité marine, verdi par plaques rondes et blanchi par plaques carrées, picoré de toutes les manières par une inextricable faune nuisible (rongeurs, protozoaires et hyménoptères) qui côtoyait notre vie de tous les jours et n'épargnait rien, en raison de l'infernal atavisme qui condamnait les animaux et les hommes à cette fonction essentielle de la rapine, seul gage de survie. Elle voulait donc me faire parler, pour taire ses scrupules et ses angoisses, mais j'allais entrer en résistance ouverte contre toute tentative d'appropriation ; je voulais garder ma mémoire aussi fugace, aussi confuse, pour moi seul, afin de déterminer clairement ce que je poursuivais en allant de prison en prison, d'hôpital en hôpital et de ma chambre en ruine à ma chambre en ruine, repaire connu maintenant de la police qui m'accusait d'y avoir rédigé quelque exorde maléfique tout en entretenant des relations métaphysiques avec le Devin et son âme pernicieuse, et d'y avoir abrité des relations étranges avec une coopérante technique, moi l'Algérien devenu récalcitrant depuis le désastre dont le Clan était le responsable principal et l'instigateur superstitieux ; depuis, aussi, cette faillite du pays qu'on eût pu dire rocambolesque s'il n'y avait eu la maigreur des paysans assis en larges cercles sur leurs talons, fixant des yeux la terre nourricière épongée de sa sève, par la faute toujours des rapports magiques du Clan avec quelque divinité occulte qui lui permettait, à l'abri de la colère, de scruter tranquillement l'horizon, tout en sécrétant une démagogie effrayante, à force de mensonges, de tractations et de règlements de comptes — plus mythiques d'ailleurs que réels, même si l'élimination physique entre les différentes tendances était devenue un fait tout à fait banal.

Elle insistait toujours (poursuis ton récit!) et je finissais par refuser de parler, rejetant cette idée absurde de la catharsis thérapeutique, à partir d'un exercice déclamatoire qui devait m'aider à dépasser ce stade du tâtonnement qu'elle rappelait chaque fois que mon silence, pourtant ardemment souhaité par elle quelques instants plus tôt, la rendait nerveuse et irascible et la livrait complètement à ma hargneuse dépendance. Entre nous la suspicion s'aggravait et prenait des dimensions insoutenables, surtout lorsque, se croyant battue, elle abandonnait toute velléité de me faire parler, se murait à son tour dans un silence rédhibitoire, éliminant du coup mon propre mutisme, car, si elle se taisait, mon attitude n'avait plus aucun sens; je restais mortifié dans l'attente d'une nouvelle supplication de la part de mon amante, que j'espérais en vain pendant des jours, jusqu'à l'éclatement nerveux où tout se disloquait en moi; j'étais alors irrémédiablement livré à Céline, auprès de laquelle je savais retrouver des attitudes d'enfant, gros de son secret infamant. Il fallait réajuster les choses et les êtres et repartir à nouveau, dans une claudication pénible.

Entre le bagne et l'hôpital, j'avais choisi l'hôpital pour ne pas être en butte aux questions absurdes des Membres, désormais aux abois, depuis qu'une rumeur persistante circulait dans les villes et les campagnes, d'après laquelle le Clan était en train de se désagréger et de périr, ravagé par des luttes intestines. Il ne restait qu'une solution : éviter la susceptibilité des Membres Secrets, me faire oublier dans un quelconque hôpital et y attendre la réalisation de la prophétie du Devin : la faillite du Clan devenu la cible du peuple qui affluait des campagnes et des montagnes pour prendre d'assaut l'immeuble du gouvernement, cet immeuble aux lignes futuristes quelque peu déconcertantes pour des assaillants qui n'avaient jamais quitté leurs douars. Je craignais que mon entourage ne me traitât de lâche, mais Céline était témoin que tout n'allait pas pour le mieux dans ma pauvre tête boursouflée par tant de vestiges et de fluctuations tragiques, depuis la mort du Devin. Je me proposais même d'organiser la lutte révolutionnaire chez les malades mentaux et, vivant parmi eux comme un poisson dans l'eau, de tromper la vigilance et l'autoritarisme réactionnaire de quelques énergumènes habillés en blanc et posant aux flics. La tâche était-elle au-dessus de mes moyens ? Céline soutenait le contraire : malade, je saurais parler aux malades ; il suffisait de renforcer ma conviction pour réussir et donner raison à mon ami assassiné, mais tout danger n'était pas écarté, puisque les hommes de main du Clan avaient l'autorisation de venir torturer les malades à l'hôpital.

L'hôpital était toujours le même ; cependant, les bestioles avaient disparu et j'avais beau en chercher sous le lit, je ne trouvais rien. Les infirmières à varices étaient parties aussi et on les avait remplacées par de jeunes soignantes alertes et sympathiques, mais qui avaient hérité des anciennes la manie détestable de faire sécher leurs mouchoirs sur les rebords des fenêtres ; du coup, nous ne pouvions les imaginer sans varices et elles avaient beau exhiber leurs jambes et les dénuder jusqu'aux cuisses pour mieux nous convaincre du velouté de leur peau et de la blancheur de leurs mollets, nous persistions à nier l'évidence. Les médecins étaient les plus malheureux (n'avaient-ils pas consenti des efforts pour améliorer la qualité du personnel paramédical ?) car l'hostilité avait réapparu dès les premiers jours de mon arrivée dans la salle 18. Il s'agissait dès lors d'ouvrir d'autres fronts, dans d'autres salles, d'attiser le mécontentement général qui régnait partout dans le pays, de le renforcer là où il n'était pas assez aigu. Mon travail était difficile car les malades craignaient l'effort de réflexion et de synthèse que nous serions amenés à leur demander ; malgré leur admiration pour ma faconde, ils restaient méfiants car ils se rendaient bien compte qu'il ne s'agissait pas là d'un jeu mais de problèmes véritablement sérieux. Un fait, cependant, m'encourageait à aller de l'avant dans mon entreprise subversive : aucun malade ne boycottait les réunions que j'organisais dans les différentes salles, avec la complicité d'un psychiatre depuis longtemps acquis à la cause du peuple mais qui avait la dangereuse réputation d'être un communiste. Je m'évertuais, malgré mes déboires personnels, les tracasseries de l'administration et mon état mental précaire (selon les dires des médecins et de Céline), à mener cette mission que personne ne m'avait confiée mais que je jugeais primordiale pour l'exigeante formulation de la révolution permanente. Au bout d'un certain temps, mes efforts commencèrent à être récompensés ; mais nous devions encore attendre des signes probants de l'extérieur pour nous jeter dans la bataille décisive contre le Clan embourgeoisé, dévoré par sa propre démagogie ; je craignais une lassitude chez mes compagnons qui continuaient, en dépit de la longue attente, à exulter secrètement ; mais je devenais carrément anxieux. Étais-je sain d'esprit ? (le psychologue qui me testait savait-il que je l'endoctrinais patiemment ?) non ! car les Membres n'y étaient pas allés de main morte durant mon incarcération dans la villa et je gardais, par suite de la fêlure d'un os crânien, des signes évidents de déséquilibre, accentués par cette confusion totale qui malmenait quotidiennement ma certitude. Étais-je réellement dans un hôpital ? Je n'en savais rien : j'avais autant de preuves pour répondre par l'affirmative que pour répondre par la négative ; en outre, je soupçonnais le Clan de m'avoir enfermé, avec l'accord de mon père, dans le bagne de Lambèse, en même temps qu'un grand nombre de détenus politiques qui y moisissaient depuis de longues années, sans avoir jamais été jugés ni même informés des charges retenues contre eux. Chaque fois que j'essayais d'élucider cette question, je perdais contact avec le réel et il m'arrivait souvent de m'évanouir dans une réunion politique organisée par mes soins. Céline venait me rendre visite et j'essayais de lui paraître pathétique mais elle refusait de me plaindre car toute attitude compatissante vis-à-vis de moi était néfaste et renforcerait mon penchant à la simulation. Elle me mettait hors de moi et ravivait ma haine contre elle, femelle incapable de sublimer mon attitude héroïque ! N'étais-je pas en train d'organiser la résistance populaire au niveau de l'hôpital ? (ou du bagne, quelle importance, puisque je pouvais être aussi bien dans la villa aménagée depuis l'occupation étrangère en centre de torture). Elle mettait en doute les rumeurs qui arrivaient du fin fond du pays, affirmant l'imminence de la déflagration définitive ; et exultait en cachette de ne pas avoir à me supporter tous les jours, car elle avait abandonné notre antre depuis cet événement qu'elle appelait, pudiquement, ma rechute. Je récriminais dès que je la voyais arriver, la hanche houleuse et le teint avachi par l'insomnie (disait-elle !) causée par mon départ ; en réalité elle était heureuse d'être débarrassée de mes délires, en particulier de ceux du petit matin, qui mettaient en branle le songe et le réel et la laissaient pantelante d'incertitude quant à ma rééducation sentimentale, après la confirmation de la mort de Zahir et la visite de Leïla, ma demi-sœur juive que j'avais failli violer un soir, dans une chambre de la maison de ma mère, alors qu'elle s'amusait à m'embrasser sur la bouche et à dénuder en ma présence sa poitrine splendide.

Jactance bariolée de mots et de gestes, et la gorge finissait par me brûler d'avoir tant supplié pour apprendre de la bouche de mon amante le nom de la ville où j'étais prisonnier ; elle refusait de satisfaire ma curiosité sous prétexte qu'elle eût ainsi gâché la thérapeutique volontariste de mes médecins (ils auraient pu, bien sûr, être des responsables de l'administration pénitentiaire, portés sur la socio-psychologie des masses concentrationnaires !). Elle me poussait à bout et je finissais par évoquer les lapements chauds et humides de ma langue sur sa peau, et la façon dont elle crissait des dents, éperdue de jouissance et de reconnaissance, me suppliant de lécher le creux de ses aisselles rasées et parfumées en permanence, affirmant que c'était là la zone la plus érogène de son corps (elle aurait pu se passer de sexe, disait-elle, puisque ses aisselles lui donnaient de telles jouissances qu'elle en avait mal au bas-ventre, contracté par des crampes douloureuses mais excitantes). Elle n'aimait pas chez moi cette façon d'évoquer ses attitudes intimes (elle voulait dire : ses vices !) mais elle souriait quand même pour ne pas s'énerver et ne pas élever la voix, craignant de provoquer une réaction chez mes compagnons qui l'auraient conspuée sans aucun remords. Elle s'en allait les larmes aux yeux, vexée et vulnérable, au point que je me promettais de changer d'attitude à sa prochaine visite.

L'énigme restait liée au mythe du fœtus inventé par Zahir lorsque nous étions enfants et qu'il n'avait jamais explicité ; maintenant que mon frère aîné était mort, j'étais sûr qu'il m'avait caché quelque chose et qu'il avait eu un secret pour en finir avec cette obsession lancinante ; le mythe ne concernait pas seulement la recherche du père (aujourd'hui assimilé aux membres du Clan des bijoutiers), mais au-delà de lui, l'engeance fratricide de la tribu enchaînée pendant cent trente ans à une structure avilissante ; en fait il s'agissait d'un acte avorté pendant très longtemps, et le fœtus n'était pas l'enfant à venir de la marâtre-amante, mais le pays ravalé à une goutte de sang gonflée au niveau de l'embryon puis tombée en désuétude dans une attente prosternée de la violence qui tardait à venir. La violence eut recours au crime et la mort du Devin devait, prétendaient les Membres Secrets, supprimer toute démagogie, grâce à cette collaboration de classes que le Clan (depuis qu'il avait pris le pouvoir, racheté tous les cafés et les bordels aux Espagnols et aux Corses et essaimé à travers le pays des villas de souffrance, mieux équipées parfois que celles des hommes roses pendant la guerre de sept ans) essayait de rendre inévitable, à partir d'un retour fallacieux aux sources et des retrouvailles de tous les citoyens au sein de la Religion d'Etat. Et les paysans, aux yeux rétrécis par le rêve d'un jour meilleur, tombaient dans le traquenard de l'unité, gage du développement et de l'abondance, applaudissaient à tout rompre aux insanités des chefs sur la grandeur nationale et la dignité recouvrée. Et les dockers du port, tous amis de mon défunt frère et buveurs de gros vin rouge, trahissaient les enseignements du mort en organisant des milices anticommunistes qui mettaient les villes à sac et organisaient des autodafés monstres sur les places publiques, non par conviction politique, mais parce qu'ils étaient trompés par les loups et menacés par la police. Si Zoubir, qui soutenait moralement et financièrement le Clan, n'était pas parmi les moins acharnés à lutter contre la subversion étrangère : il fallait rejeter toute idéologie maléfique pour les intérêts des gros commerçants et des gros propriétaires terriens et coller à un traditionalisme réactionnaire qui figeait tout selon des modèles ancestraux, non pour la défense d'une éthique rigoriste, mais afin de mieux exploiter les classes pauvres et de les avoir à portée de la main (que ferait mon père sans les petites mendiantes qui venaient chaque matin lui demander l'aumône et qui, en échange, le laissaient caresser leur sexe, glacées d'effroi ? Elles se laissaient faire par crainte de perdre la piécette que le père tenait dans l'autre main en guise d'appât ; puis elles s'y habituaient et finissaient par venir dans le magasin pour satisfaire des vices que Si Zoubir avait su développer en elles. Combien de fois l'avais-je surpris en flagrant délit de viol sur les fillettes en guenilles ? Il savait alors reprendre contenance, mimer quelque jeu puéril, s'attendrir sur les loques de la gamine affamée, prendre tout à coup sa voix de stentor en mal de prêche, aller farfouiller dans son maudit coffre-fort à la recherche du livre saint, l'ouvrir juste à la page nécessaire, et sans perdre sa virulence me rappeler sévèrement à l'ordre de la charité préconisée par Dieu et par son prophète, renverser ainsi la vapeur, me coincer entre ma berlue irritante et le désir dérisoire de tuer l'immonde père échappé à ma filiation ; il ne restait alors en moi qu'une sensation de soleil, abrupte et tenace, qui ne laissait dans mon invective qu'une désespérance d'ombre fraîche, de froid — en dépit de la chaleur — et de porte étroite bleuie par la chaux et le silence ; puis resurgi tout à coup de l'innommable songe, je déferlais dans la rue et tapais dans tous les chats et chattes du quartier, que je soupçonnais d'être en chaleur, jusqu'à en avoir mal aux testicules).

Mais j'appris, alors que j'étais au bagne, que le chef de notre tribu n'était pas totalement satisfait des Membres dont il critiquait non la politique répressive mais la forme et le langage pseudo-révolutionnaire, bien qu'on l'eût à maintes reprises assuré qu'il s'agissait là d'une tactique nécessaire pour tenir la populace en haleine et ne pas lui laisser le temps de la réflexion. Le père rêvait d'un état théocratique où les Ulémas tiendraient les rênes du pouvoir, et il se plaignait de la licence qui régnait dans la ville et de la prostitution qui se développait d'une façon catastrophique ; préconisait-il l'interdiction de l'alcool, la fermeture des maisons closes, l'obligation pour tous les citoyens débarrassés de l'impureté étrangère de faire leurs prières devant un témoin, et la nécessité pour les femmes de se marier dès l'âge de neuf ans pour prendre exemple sur la femme du prophète ? cela ne m'eût pas étonné outre mesure ! En effet, je le savais fanatique et sincère : il voulait réellement éduquer le peuple dans la crainte de

Dieu, car si l'élite savait se conduire, même dans la débauche, la masse, elle, en était incapable. Cette idée l'obsédait véritablement et il avait des supporters très passionnés, dont le turgide bossu marchand de cierges ; mais le Clan se méfiait d'une telle cabale tout en leur accordant de larges concessions : ainsi ils construisaient des mosquées, dues à un architecte connu pour sa haine envers la religion et les Ulémas, mais tellement hanté par les arceaux qu'il acceptait, par faiblesse esthétique, de construire les maisons de Dieu alors que les hommes en manquaient terriblement. Qui s'en plaignait ? Personne, et le peuple rendait grâce au Clan de son programme religieux et de son mysticisme débordant ! Le chef suprême passait d'ailleurs pour un véritable anachorète que seul le danger d'un glissement du pays vers une idéologie importée avait fait sortir d'une longue méditation métaphysique entreprise au lendemain de l'Indépendance nationale, sur une montagne du pays, inconnue de tous pour des raisons de sécurité, car le grand leader, en dépit des tâches qui le retenaient au siège du gouvernement, continuait à y faire de courts séjours — utilisant pour y aller un hélicoptère bariolé de vert et piloté par un Français versé dans la science aéronautique et converti à l'Islam ; le pays en jasait et les journaux ne perdaient jamais une occasion de parler de l'extraordinaire aviateur dont le geste avait renforcé tous les croyants dans leur conviction inébranlable que la seule issue aux problèmes économiques était de se consacrer à Dieu et à sa dévotion totale

Céline disait, en haletant, que je délirais tout à fait et que mon cas s'aggravait ; elle ne m'avait jamais parlé si franchement et je m'étonnais d'une telle attitude ; pris de panique, je menaçais de délirer de plus belle et de mourir là sur-le-champ, en retenant dans ma tête malade toutes les idées obsédantes, que j'avais appris à élucider superficiellement et provisoirement, jusqu'à l'asphyxie totale de mes neurones et la paralysie définitive de mon thalamus. Elle courait chercher un des médecins qui, au lieu de me sermonner, me serrait la main et m'encourageait dans ma révolte, seule voie vers ma guérison ; il allait jusqu'à me suggérer de me débarrasser de mon amante française ; cette dernière n'y comprenait rien et décrétait que tout le monde était fou dans cet hôpital. Elle énervait ainsi mes compagnons qui, au lieu de lui jeter des couteaux comme ils l'auraient fait ordinairement, lui crachaient au visage des citations révolutionnaires — ils savaient bien que je tenais beaucoup à elle, malgré les apparences. Elle restait impavide et arrivait, à force de les regarder, à leur inculquer la pitié d'eux-mêmes ; déroutés, ils allaient au plus loin de leur être chercher quelque paix sublime ou quelque folie nécessaire à l'attitude d'indifférence qu'ils voulaient prendre vis-à-vis de Céline ; elle était plus désespérée qu'eux, complètement découragée par les malheurs qui se déversaient sur elle — elle n'avait avec le pays que des rapports factices, devenus fugaces depuis qu'elle avait fait ma connaissance. Elle savait aussi qu'il n'y avait qu'une seule issue : partir et réintégrer une société où le dentifrice coulait à flots, mais comme elle avait horreur de se laver les dents la solution n'était pas si adéquate que je le croyais. Elle ne voulait pas partir, mais elle ne pouvait pas non plus rester ; je lançais sur ce dilemme un nombre considérable de sarcasmes, sans aucun effet d'ailleurs ! ce qui me renforçait dans ma conviction que Céline ne m'adulait plus comme par le passé. Cependant la vie à l'hôpital me prenait beaucoup de temps et j'oubliais vite les problèmes de mes rapports avec la femme étrangère, pour me pencher sur d'autres questions plus importantes à mon sens : le mystère de la disparition des cloportes et autres scorpions, le rôle pernicieux des jeunes infirmières, l'organisation politique des masses handicapées mentalement ; un problème, surtout, m'obsédait de plus en plus, depuis la visite de Leïla ma demi-sœur juive dont l'attitude affectée m'avait intrigué tout le long de notre entrevue : j'aurais voulu en savoir plus sur ce qui s'était passé entre nous durant son court séjour dans la maison de Ma ; elle avait feint la surprise et prétendu ignorer qu'il se fût passé quelque chose d'insolite entre nous, sauf que je lui avais donné l'adresse d'Heimatlos qui séjournait alors en Israël. Avais-je fait réellement une telle suggestion à Leïla ? Elle était catégorique ; je la suppliai de ne rien en dire qui pourrait tomber dans l'oreille des Membres Secrets ; ils trouveraient là des raisons pour s'acharner contre moi et me livrer à l'opprobre du peuple qui ne pourrait pardonner une telle offense ; en effet, tout le monde se rendait compte de la faillite déplorable du pays et cherchait à en sortir par quelque agressivité refoulée ; les habitants des villes en devenaient quinteux et comme malpropres. Leïla ne comprenait pas mon émoi et je l'accusais de faire partie de l'énorme appareil répressif mis en place par le pouvoir pour effrayer tous ceux de mon acabit qui oseraient renverser l'ordre des phénomènes : mais elle riait de mes tendances à tout réinterpréter à cause d'un excès de mémoire qui, disait-elle, lui faisait peur ; était-ce une allusion à son propre oubli véhément de l'inceste qui avait failli nous jeter hors de la communauté, jalouse de ses prérogatives et de ses interdits et qui ne renonçait jamais à lapider ceux et celles qui frayaient avec le morbide et l'obscène ? Elle avait peur de m'entendre parler ainsi car elle savait que j'étais au courant de plusieurs de ses tentatives de suicide (elle se tailladait à chaque fois les veines du poignet) ; cette

246

propension à la liberté chez une femme avait de quoi ameuter les belliqueuses revendications de tous les mâles, décidés à châtier sans pitié toute tentative féminine en vue de l'émancipation devenue lettre morte et objet de risée — tout le pays demeurant arc-bouté à cette seule dignité que personne n'osait remettre en question : parquer les femmes et les élever comme des vers à soie, puis les laisser mourir dans le suaire blanc dont on les enveloppait dès la fin de l'enfance. Ma demi-sœur prétendait savoir à quoi s'en tenir : toutes les femmes du pays s'organisaient dans la clandestinité et préparaient une marche gigantesque sur le siège du gouvernement ; le principal but de leur mouvement consistait à étouffer sous leurs pets le chef suprême, jusqu'à ce que mort s'ensuivît ; elles avaient pensé à tout et, au cas où l'âme du chef serait assez tenace pour revenir dans le pays, elles prévoyaient un plan de longue haleine pour débarrasser toute la région de cette malencontreuse calamité naturelle. Mes compagnons, mis dans le secret par mes soins, se frottaient les mains et se délectaient déjà de la prochaine explosion ; ils étaient heureux à l'idée d'une telle unanimité derrière nous et derrière ceux qui préparaient l'avènement d'un monde nouveau où l'on décréterait la fermeture de tous les asiles d'aliénés et le renvoi chez eux de tous les malades coupés jusqu'ici de la réalité. L'excitation, parfois, parvenait à son comble lorsque dans quelque motion votée à l'unanimité on affirmait que l'existence des prisons, au sein du futur pouvoir, serait incompatible avec sa nature libre et populaire ; il faudrait fermer toutes les geôles du pays et les transformer en écoles du soir pour les éventuels chômeurs qui, par quelque miracle extraordinaire, existeraient encore en dépit des efforts planifiés du régime et de sa confiance dans l'investissement humain. On ne vivait plus, on trépignait du matin au soir. Les infirmières commençaient à nous prendre au sérieux et à s'inquiéter de leur avenir au sein d'une société où il n'y aurait plus de malades mentaux à soigner, du coup elles rejoignaient les rangs de la réaction et du Clan, hostiles à tout changement; de quoi nous plaignions-nous? Les cloportes et autres bestioles n'avaient-ils pas disparu? Notre armée n'était-elle pas la plus puissante du Maghreb? N'étions-nous pas membres influents de l'O.N.U.? Le prix des femmes dont on demandait la main aux parents n'avait-il pas augmenté, et par là même la valeur intrinsèque de la femme? Les arguments des infirmières à la solde du régime pourri et en état de désagrégation ne manquaient pas de nous laisser perplexes; l'intelligence nous manquait pour réfuter savamment de telles objections; mais nous la remplacions par un enthousiasme débordant; nous allions jusqu'à proférer des menaces de viol à l'encontre de nos ennemies de classe qui en riaient jusqu'aux larmes et nous rappelaient brusquement à notre sort lamentable d'hommes psychiquement malades et provisoirement impuissants. Comment violer ces pouliches qui se pavanaient de plus belle entre nos lits, se caressaient mutuellement le nombril devant nous, prosternés et perdus dans une méditation sans fin, essayant pour sauver la face d'attraper quelque brindille de cauchemar, ou à défaut quelque prémice de songe? Rien n'y faisait, nous étions bel et bien fous et nos délires étaient particulièrement incohérents; les tanks étaient plus efficaces que les ratiocinations de prisonniers politiques transférés perpétuellement du bagne à l'hôpital et de l'hôpital au bagne, tandis qu'au-dehors les masses se réjouissaient de nous savoir hors d'état de nuire, se battaient contre leurs voisins pour quelques mètres de désert et envoyaient des contingents de volontaires dans un pays du continent pour prouver leur virilité et l'omnipotence de Dieu.

Je me réveillais dans un monde où je ne savais pas quelle place occupait ma tête dans mon corps ; je devais longuement et précautionneusement me tâter pour arriver, au bout d'un long moment pénible, à saisir mon existence à partir de ma tête que je dodelinais énergiquement tous les matins de plus en plus fort comme pour me débarrasser d'un torticolis. Transes la nuit. Électrochoc le jour. Les Membres Secrets venaient parfois nous rendre visite pour s'enquérir de notre évolution politique et nous effrayer par des menaces de mort ; nous avions toujours le loisir de simuler la totale folie, ce qui les mettait mal à l'aise, et ils finissaient par partir pleins de doutes et d'appréhension, soupçonnant certains d'entre nous d'être déjà entrés en état de sainteté (il s'agissait de ceux qui étaient les plus atteints) et craignant de leur part quelque pouvoir maléfique susceptible de leur donner la mort ou de leur inoculer quelque maladie pernicieuse et douloureuse qui les clouerait pour le restant de leur vie sur un lit d'hôpital miteux. Ils espaçaient leurs visites et nous ne les voyions plus pendant de longues périodes où nous reprenions espoir. L'hôpital-bagne ne désemplissait pas et nos bourreaux ne savaient plus où donner de la tête ; ils rêvaient d'une loi qui n'enverrait dans les prisons et les hôpitaux psychiatriques que les supporters du régime, infime minorité dont on pourrait s'occuper beaucoup mieux que de cette faune innombrable, capable de susciter tous les malheurs et tous les complots ; mais l'on comptait sans notre terrible détermination à combattre de tels projets, pernicieux pour nos objectifs principaux : le pourrissement du régime au sein de la Berbérie ouverte sur la mer et sur les ruines, échancrée de larges baies où notre émerveillement ne cessait de grandir en quête de quelque bouffée d'air aspirée goulûment, la tête hors de la baignoire dans laquelle nos frères étaient passés avant nous, sans laisser d'autre trace de leur être endolori qu'un vomi opaque et glaireux où nous cherchions des signes et des symboles pour mieux communier avec eux à travers l'enfer de l'électrochoc (ou des électrodes grises) et chercher dans nos faiblesses et nos peurs une certitude qu'ils auraient laissée là — calamité pour nos tortionnaires, fleur à merde qui puerait au nez des Membres Secrets. Ils étaient agacés par notre superstition démesurée, ils ne voulaient pas nous liquider physiquement mais soutirer le virus de notre chair, virus ancré dans nos esprits convulsés, troublés non par les souffrances mais par ces maudits signes, plus expressifs que n'importe quelle douleur. Nous devions éviter de nous émietter à travers la signification des choses, nous accrocher à la revendication vitale, dépouillée de toute justification qui la rendrait vulnérable, et puiser notre force dans la rancœur du sang (de tout le sang !) qui coulait sur nos visages meurtris et brisés par les coups de poing et de pied de l'affreuse flicaille, juste sortie elle-même des camps, des geôles et des villas du pouvoir colonial ; à peine libérée de la répression et de la violence, elle fusait dans les débris de nos corps terriblement mutilés, au milieu des rires sardoniques de voyous qui jouissaient tellement de notre état déplorable qu'ils ne pouvaient s'empêcher, dans leur ébullition sadique, de toucher à travers l'étoffe de leurs pantalons leurs organes génitaux, mis en émoi par notre peur des coups et des brisures, peur liée à l'enfance haletante, au sein de la tribu, de la marmaille, de la vaisselle et du sang (sang des animaux sacrifiés et sang des femmes). Et l'hôpital n'était qu'un prétexte pour cacher à Ma l'amertume et la dureté du bagne, et la folie simulée n'était qu'une attitude de défense contre les bourreaux qu'effrayait notre mutisme radical dès qu'ils prétendaient nous interroger sur les détails de notre action clandestine contre le Clan des bijoutiers et des gros propriétaires terriens, occupé à s'enrichir sans vergogne et à réprimer férocement tous ceux qui voudraient l'empêcher de nuire.

En fait, l'échec du Clan était évident mais on nous reprochait d'avoir mis l'accent sur cette réalité qu'il aurait fallu camoufler, sinon taire. Cependant, la rumeur continuait à s'amplifier dans les campagnes de plus en plus misérables et affamées et dans les villes qui se mettaient à s'organiser à leur tour, après la faillite des chefs dispersés entre leurs intérêts financiers et particuliers et une certaine nostalgie réformiste dont ils ne savaient plus comment se débarrasser. Le va-et-vient entre l'hôpital et le bagne allait-il continuer longtemps ? Je n'en savais rien, maintenant que Céline avait fini par se défaire de ses scrupules à mon égard et par rentrer en France, me laissant dans un désarroi inouï. Depuis cette rupture avec l'amante, il m'arrivait de plus en plus de soliloquer tout haut dans ma cellule, provoquant ainsi, sans le vouloir, des cauchemars dans le sommeil de mes gardiens. Ce fut en prison que j'appris la mort de ma mère que je n'avais plus revue depuis mon arrestation, et qui avait traîné une longue maladie chez l'un de ses oncles. C'est là aussi que je fus mis au courant du troisième mariage de mon père, par Zoubida qui me suppliait de ne plus faire de politique (faisait-elle partie du complot, elle aussi ?).

Il fait nuit noire dans mon cachot, mais les bijoutiers prolifèrent dans la ville et s'organisent en milices pour la défense des vitrines, menacées par la constante hargne du peuple des chômeurs (200 000 de plus chaque année, selon les propres statistiques du Clan !) à l'affût de la moindre inadvertance, non pour voler mais pour tout saccager. Nuit noire, dans mon cachot. Demain, le chant des prisonniers (dont le poète Omar) me parviendra de la cour de la prison, à l'heure de la promenade. Moi, je suis toujours au secret (cela dure depuis des années...). Paix sur moi, puisque le soir vient, et silence autour de ma berlue interminable ; mes compagnons, dans les autres cachots, dans les autres cellules, savent que je ne suis pas voué éternellement au délire. Il faut donc tenir encore quelque temps...

DU MÊME AUTEUR

Aux Éditions Denoël

LA RÉPUDIATION (1969).

L'INSOLATION (1972).

TOPOGRAPHIE IDÉALE POUR UNE AGRESSION CARACTÉRISÉE (1975).

L'ESCARGOT ENTÊTÉ (1977).

LES 1001 ANNÉES DE LA NOSTALGIE (1979).

LE VAINQUEUR DE COUPE (1981).

LE DÉMANTÈLEMENT (1982).

LA MACÉRATION (1984).

GREFFE (1985).

LA PLUIE (1986).

LA PRISE DE GIBRALTAR (1987).

LE DÉSORDRE DES CHOSES (1991).

FIS DE LA HAINE (1992).

TIMIMOUN (1994).

Aux Éditions Hachette

JOURNAL PALESTINIEN (1972).

Aux Éditions SNED-Alger (1965)

POUR NE PLUS RÊVER.

Aux Éditions Grasset

LES FUNÉRAILLES (2003).

Impression Bussière Camedan Imprimeries
à Saint-Amand (Cher),
le 19 septembre 2003.
Dépôt légal : septembre 2003.
1ᵉʳ dépôt légal dans la collection : novembre 1981.
Numéro d'imprimeur : 034481/1.

ISBN 2-07-037326-6./Imprimé en France.
Précédemment publié par les éditions Denoël.
ISBN 2-207-28008-X.